"ÚLTIMA TOM... ...L PODER DE U... ...ARREMOLINA... ...O...

❖

"...Sus ojos contemplaron los montes circundantes y a través de ellos vi por primera vez la belleza silvestre de nuestras lomas y la magia del verde rio. Mis fosas nasales temblaron cuando escuché el canto de los sinsontes y el sonido sordo de los chapulines que se fusionaban al pulso del la tierra. Las cuatro direcciones del llano se encontraban dentro de mí, y el sol blanco brillaba en mi alma..."

—de BENDÍCEME, ÚLTIMA

❖

"Este cuentista extraordinario siempre ha escrito sobre la identidad sin pretenciones pero provocativamente. Cada obra es una fiesta, una ceremonia que conserva tanto como reforma las tradiciones antiguas que rinden homenaje al poder dentro de la tierra, dentro de la raza, la gente."

—*Los Angeles Times Book Review*

more...

"Probablemente la ficción contemporanea hispana más conocida y más respetada, la primera novela de Anaya, BENDÍCEME, ÚLTIMA explora el cartapacio de la juventud acordada."

—New York Times

❈

"Verdaderamente extraordinario...entremezcla lo legendario, lo folklórico, materia estilizada o alegórica con lo...realista..."

—Latin American Literary Review

❈

"Uno de los mejores escritores en este país."

—El Paso Times

❈

"Notable...una novela americana única...una síntesis rica y poderosa para algunas de las oposiciones más agudas de la vida."

—America

❈

"Una novela americana única que merece ser más conocida."

—Revista Chicago-Requeña

❈

"Anaya está en el vanguardia de un movimiento para rehacer la identidad hispana por escribir sobre ella."

—National Catholic Reporter

BENDÍCEME, ÚLTIMA

BENDÍCEME, ÚLTIMA

RUDOLFO ANAYA

WARNER BOOKS

A Time Warner Company

WARNER BOOKS EDICIÓN

Copyright © 1992 por Rudolfo A. Anaya
todos los derechos reservados

diseño de la cubierta: Diane Luger
ilustración de la cubierta: Bernadette Vigil

Esta edición de Warner Books es publicado por arreglos con el autor.

Warner Books, Inc.
1271 Avenue of the Americas
New York, NY 10020

Visit our Web site at
www.warnerbooks.com

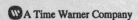A Time Warner Company

Impreso en los Estados Unidos de America
el primer edición por Warner Books: Septiembre, 1994

10 9 8 7 6

Índice

BENDÍCEME, ÚLTIMA

Uno

Última vino a pasar el verano con nosotros cuando yo estaba por cumplir los siete años. Cuando llegó, la belleza del llano se extendía ante mis ojos, y el murmullo de las aguas del río era como un canto que acompañaba el zumbido de la tierra al girar. El tiempo mágico de la niñez se detuvo, y el pulso de la tierra imprimió su misterio en mi sangre viva. Última me tomó de la mano y los callados poderes que poseía le dieron una increíble belleza al llano raso bañado por el sol, al verde valle junto al río y a la cuenca azul, hogar del blanco sol. Mis pies descalzos sentían palpitar la tierra, y mi cuerpo temblaba de agitación. El tiempo se detuvo, compartió conmigo todo lo que había sucedido y lo que estaba por suceder...

Permítanme empezar por el principio. No me refiero al principio que estaba en los sueños, ni a las historias que murmuraban sobre mi nacimiento, ni a la gente en torno de mi padre y de mi madre, ni a mis tres hermanos; hablo del principio que llegó con Última...

En el desván de nuestra casa había dos habitaciones pequeñas. Mis hermanas, Débora y Teresa, dormían en una y yo en el cubículo junto a la puerta. Los escalones de madera rechinaban cuando uno bajaba al pasillo que conducía a la cocina. Desde la parte alta de la escalera observaba claramente el corazón de nuestro hogar: la cocina de mi madre. Desde allí contemplaría la cara aterrada de Chávez el día que nos trajo la terrible noticia del asesinato del alguacil; vería cómo se rebelaban mis

1

hermanos en contra de papá; y muchas veces, ya entrada la noche, veía a Última regresar del llano donde iba a recoger las hierbas que solamente pueden recortar las cuidadosas manos de una curandera a la luz de la luna llena.

La noche anterior a la llegada de Última me acosté en la cama muy quietecito y oí a mis padres hablar de ella.

—Está sola —dijo él—. Ya no queda gente en el pueblito de Las Pasturas.

Habló en español y el pueblo que mencionó era de donde él provenía. Mi padre había sido vaquero toda su vida, oficio tan antiguo como la llegada de los españoles a Nuevo México. Aun después de que los rancheros y los texanos llegaron y cercaron las tierras del hermoso llano, él y los demás de la misma condición siguieron trabajando allí quizá porque sentían la libertad que sus almas necesitaban en aquella gran extensión de tierra.

—¡Qué lástima! —contestó mi madre mientras tejía a gancho la elaborada carpeta para el sofá de la sala.

La oí suspirar y también debe haberse estremecido al pensar que Última vivía sin compañía en la soledad del ancho llano. Mi madre no era mujer de ahí; era hija de un campesino. No podía apreciar la belleza del llano y le era imposible comprender a los hombres toscos que se pasaban la mitad de la vida montados a caballo.

Después de mi nacimiento en Las Pasturas, mi madre convenció a mi padre para que dejara el llano y trajera a su familia a Guadalupe, donde dijo que habría más oportunidades y un colegio para nosotros. La mudanza fue causa de que los compadres de papá le perdieran estimación, pues eran vaqueros que se aferraban tenazmente a su manera de vivir y a su libertad. No había lugar en el pueblo para los animales, por lo que papá tuvo que vender su pequeño hato, pero no quiso hacerlo con el caballo; prefirió regalárselo a un buen amigo, Benito Campos. Pero Campos no podía mantenerlo encerrado, porque de alguna manera el animal se sentía muy cerca del espíritu de mi padre, así que lo dejaron rondar libre.

No había vaquero en el llano que lo lazara. Era como si alguien se hubiera muerto y todos desviasen la mirada de aquella alma que vagaba por la tierra.

Mi padre estaba dolido en su orgullo. Veía cada vez menos a los compadres. Se fue a trabajar a la carretera, y los sábados, después de cobrar el salario, bebía con sus compañeros de trabajo en el Longhorn, mas nunca llegó a intimar con los hombres del pueblo. Algunos fines de semana, los llaneros llegaban por provisiones y los viejos amigos, como Bonney o Campos o los hermanos Gonzales, pasaban a visitarlo. Entonces sus ojos cobraban brillo mientras todos bebían, platicaban de los tiempos idos y se contaban viejos cuentos. Pero cuando el sol teñía las nubes de naranja y oro, los vaqueros trepaban a sus camiones y partían rumbo al hogar, y mi padre se quedaba sin compañía en la soledad de la noche. El domingo por la mañana se levantaba con una cruda tremenda y se quejaba de tener que asistir temprano a misa.

—Última ayudó a la gente toda su vida y ahora esa gente se ha dispersado como matas secas volando con los vientos de la guerra. La guerra absorbe todo hasta dejarlo seco —decía mi padre solemnemente—. Se lleva a los jóvenes al otro lado del mar y sus familias se van a California, donde hay trabajo.

—¡Ave María Purísima...! —mamá hizo la señal de la cruz por mis tres hermanos que se habían ido a la guerra—. Gabriel —le dijo a papá—, no es bueno que la Grande esté sola ahora que está vieja.

—No —convino él.

—Cuando me casé contigo y fuimos al llano a vivir juntos y a formar familia, yo no hubiera podido sobrevivir sin la ayuda de la Grande. ¡Ah!, esos años fueron muy duros.

—Fueron años muy buenos —la contradijo mi padre y mi madre no replicó.

—No había familia a la que ella no ayudara —continuó mi madre—. Tampoco vereda que se le hiciera demasiado larga para caminarla hasta el final y sacar a alguien de las garras de la muerte, y ni siquiera las

3

tormentas del llano le impedían llegar al lugar donde habría de nacer un niño.

—Es verdad.

—Ella me atendió cuando nacieron mis hijos —yo sabía que posaría su mirada brevemente en mi padre—. Gabriel, no podemos dejarla vivir sus últimos días en la soledad.

—No —dijo papá—. Así no se porta nuestra gente.

—Sería un gran honor brindarle un hogar a la Grande —murmuró mamá.

Mi madre, por respeto, se refería a Última como la Grande. Significaba que la mujer era vieja y sabia.

—Ya mandé a Campos decirle a Última que se venga a vivir con nosotros —dijo él con gran satisfacción, pues supo que así complacía a mi madre.

—Lo agradezco —dijo ella con ternura—. Quizá podamos pagarle a la Grande un poco de toda la bondad que ella le ha prodigado a tanta gente.

—¿Y los niños? —preguntó mi padre, quien se preocupaba por mí y por mis hermanas porque Última era curandera, sabía de hierbas y remedios de los antepasados. Mujer milagrosa que curaba a los enfermos. Se oía el rumor que Última era capaz de liberar a la gente de las maldiciones de las brujas, y exorcizar a las personas poseídas por el mal. Y puesto que una curandera tiene tales poderes, había la sospecha de que ella misma practicaba la brujería.

Me estremecí y se me heló el corazón con sólo pensarlo. La gente contaba muchas historias sobre el mal que podían causar las brujas.

—Si ella ayudó a que nacieran mis hijos, no puede traerles más que el bien —contestó mi madre.

—Está bien —bostezó papá—. Iré a recogerla por la mañana.

Así quedó establecido que Última vendría a vivir con nosotros. Yo supe que mis padres hacían lo correcto al brindarle un hogar. Era costumbre darles casa y sustento a los viejos y a los enfermos. En la seguridad y el calor familiares siempre había un sitio de más para ofrecerlo a quien lo necesitara, fuera extraño o amigo.

El desván era caluroso. Mientras yacía callado y escuchaba los sonidos de la casa hasta caer dormido a fuerza de repetir el Ave María una y otra vez en mi pensamiento, comencé a sumergirme en el mundo de los sueños. Una vez se los conté a mi madre y dijo que eran visiones provenientes de Dios, lo que le dio mucha felicidad, porque quería que yo creciera y fuera sacerdote. Después, no le volví a contar ninguno, y permanecieron dentro de mí para siempre.

En mi sueño volaba sobre los ondulados montes del llano. Mi alma recorría el campo oscuro hasta llegar a un grupo de casas de adobe. Reconocí el pueblito de Las Pasturas y mi corazón se alegró. Una de las chozas de lodo tenía una ventana iluminada, mi sueño me atrajo hacia ahí y vi que nacía un niño.

Casi no podía mirar la cara de la madre que descansaba de los dolores de parto, pero pude ver a la mujer de negro que atendía al recién nacido entre el tenue vapor que emanaba de su cuerpecito. La mujer ató ágilmente un nudo en el cordón que unía al bebé a la sangre de su madre; luego se inclinó con rapidez y mordió el cordón hasta cortarlo. Envolvió al bebé que se movía suavemente y lo acostó al lado de la madre para después ponerse a limpiar la cama. Hizo a un lado todas las sábanas que deberían lavarse y, con cuidado, envolvió el cordón inservible y la placenta, y dejó el paquete al pie de la virgen sobre un pequeño altar. Sentí que ese paquete todavía sería entregado a alguien más.

Se permitió entrar a la gente que había esperado pacientemente en la oscuridad para hablar con la madre y darle los regalos que llevaban para el niño. Reconocí a los hermanos de mi madre, mis tíos de El Puerto de los Luna. Entraron con grandes ceremonias. Una dócil esperanza asomó a sus oscuros y pensativos ojos.

"Éste será un Luna —dijo el viejo—, será campesino y mantendrá nuestras costumbres y tradiciones. Quizá Dios bendiga a nuestra familia y haga del niño un sacerdote."

Y para mostrar su esperanza frotaba la frente del bebé con la oscura tierra del valle junto al río, y rodeaba la cama con los frutos de su cosecha de tal manera que la pequeña habitación olía a frescos chiles verdes y a maíz, a manzanas y duraznos maduros, a calabazas y elotes.

Luego se rompió el silencio con el estampido de las cabalgaduras. Los vaqueros rodearon la pequeña casa y gritando dispararon balas al aire. Cuando entraron a la habitación lo hicieron riéndose, cantando y bebiendo.

"¡Gabriel —gritaban—, tienes un buen hijo! ¡Será un buen vaquero! Y aplastaban las frutas y verduras que rodeaban la cama, remplazándolas con una montura, mantas para el caballo, botellas de whisky, una reata nueva, bridas, chaparreras y una vieja guitarra. Y borraron la mancha de tierra en la frente del bebé porque al hombre no se le amarra a la tierra, sino que se le da libertad sobre ella."

Ésta era la gente de mi padre, los vaqueros del llano. Eran exuberantes e inquietos, y vagaban por la inmensidad del camino.

"Debemos regresar al valle —dijo el viejo jefe de los campesinos—. Nos llevaremos la sangre que fluye después del parto. La enterraremos en nuestros campos para reanudar su fertilidad y asegurarnos que el niño será de los nuestros." Movió la cabeza hacia el paquete que estaba sobre el altar para que la mujer se lo entregara.

"¡No! —protestaron los llaneros—, ¡permanecerá aquí! Quemaremos el paquete y dejaremos que los vientos del llano esparzan las cenizas."

"Es una blasfemia esparcir la sangre del hombre en tierra profana —canturreaban los campesinos—. El hijo recién nacido debe realizar el sueño de su madre. Ha de venir a El Puerto y gobernar a los Luna del valle. La sangre de los Luna corre con fuerza en él."

"Es un Mares —gritaban los vaqueros—. Sus antepasados fueron conquistadores, hombres tan inquietos como los océanos en que navegaron y tan libres como la tierra que conquistaron. ¡Tiene la sangre de su padre!"

Las maldiciones y las amenazas llenaban el aire; se desenfundaron las pistolas y los bandos opuestos se alistaron a pelear. Pero la batalla no comenzó porque la vieja partera que trajo al niño al mundo no lo permitió.

"¡No sigan! —gritó. Y los hombres callaron—. Yo traje a este niño a la luz de la vida, así que yo seré la que entierre la

6

placenta y el cordón que alguna vez lo ligaron a la eternidad. Solamente yo sabré su destino.''

El sueño comenzó a disolverse. Cuando abrí los ojos, oí a mi padre que arrancaba el motor del camión. Quería ir con él, deseaba ver Las Pasturas, quería ver a Última. Me vestí apresuradamente, pero llegué tarde. El camión iba saltando por la vereda de las cabras que llegaba al puente y a la carretera.

Di media vuelta, como siempre lo hacía, y miré la falda de nuestro monte, hasta el verde del río. Luego alcé la vista y contemplé el pueblo de Guadalupe.

Más alta que todos los techos de las casas y las copas de los árboles se veía la torre de la iglesia. Hice la señal de la cruz sobre los labios. La otra construcción que se alzaba sobre los techos de las casas, compitiendo con la torre de la iglesia, era el techo amarillo de la escuela. En el otoño, yo entraría a la escuela.

Se me entristeció el corazón. Cuando pensé que tendría que dejar a mi madre para ir a la escuela, sentí en el estómago un malestar caliente que me enfermaba. Para no sentirme mal corrí hacia donde estaban los animales para darles de comer. La noche anterior lo había hecho con los conejos, así que solamente les cambié el agua. Esparcí algo de grano para los pollos hambrientos y los vi correr alocadamente cuando el gallo los llamó a picar su alimento. Ordeñé la vaca y la solté. Durante el día se dirigía hacia la carretera, donde se alimentaba de pasto verde y suculento, y, al caer la noche, regresaba. Era una buena vaca, aunque a veces debía buscarla y regresar con ella ya entrada la noche. Me daba miedo porque ocasionalmente se iba a vagar por los montes donde volaban los murciélagos y lo único que oía eran los latidos de mi corazón al correr. Sentía tristeza y temor cuando estaba solo.

Recogí tres huevos en el gallinero y regresé a desayunar.

—Antonio —sonrió mi madre y tomó los huevos y la leche—. Ven a desayunar.

Me senté frente a Débora y Teresa y bebí atole mientras comía una tortilla caliente con mantequilla. No dije mucho. Generalmente hablaba poco con mis hermanas. Eran mayores que yo y estaban muy unidas. Casi siempre se pasaban el día entero en el desván, jugando a las muñecas y riéndose. Yo no las tomaba en cuenta.

—Tu padre se fue a Las Pasturas —me platicó mi madre—. Fue a traer a la Grande.

Sus manos estaban blancas con la harina de la masa. La oí cuidadosamente.

—Cuando regresen, quiero que ustedes demuestren su buena educación. No deben avergonzar a su padre o a su madre.

—¿Pues, qué no se llama Última? —preguntó Débora. Así era ella, siempre haciendo preguntas de gente grande.

—La llamarán la Grande —dijo terminantemente mi madre. La miré y me pregunté si esta mujer de cabellos negros y ojos sonrientes era la misma que parió en mi sueño.

—Grande —repitió Teresa.

—¿Es cierto que es bruja? —preguntó Débora. ¡Ah!, se la estaba buscando. Vi que mi madre giró, hizo una pausa y se controló.

—¡No! —la regañó—. ¡No deben hablar de esas cosas! ¡Ay!, realmente no sé adónde aprenden esos modos. —Sus ojos se llenaron de lágrimas. Siempre lloraba cuando creía que estábamos aprendiendo las maneras de ser de mi padre, los modos de ser de los Mares—. Es una mujer que sabe mucho —continuó y supe que no tendría tiempo para callar y llorar—. Ha trabajado para toda esa gente del pueblo. ¡Ah!, yo nunca hubiera podido sobrevivir esos años tan duros si no hubiera sido por ella, así que muéstrenle respeto. Es un honor que venga a vivir con nosotros, ¿entienden?

—Sí, mamá —dijo Débora, un poco convencida.

—Sí, mamá —repitió Teresa.

—Ahora, vayan y barran la habitación que está al final del pasillo. La habitación de Eugenio —oí como se le ahogaba la voz. Murmuró una plegaria e hizo la señal de la cruz en la frente. La harina le dejó manchas blancas en forma de cruz. Supe que estaba triste porque mis tres hermanos estaban en la guerra, y Eugenio era el menor.

—Mamá... —quería hablar con ella. Quería saber quién era la vieja mujer que había cortado el cordón umbilical del niño.

—Dime —volteó y me miró.

—¿Qué Última estaba cuando yo nací? —pregunté.

—¡Ay, Dios mío! —exclamó mi madre. Vino adonde yo estaba sentado y pasó sus dedos por mis cabellos. Olía cálidamente, como el pan—. ¿De dónde sacas esas preguntas, mi hijo? Sí —sonrió—. La Grande estuvo allí para ayudarme. Estuvo allí cuando nacieron todos mis hijos.

—¿Y mis tíos de El Puerto también estaban?

—Por supuesto —contestó—. Mis hermanos siempre han estado a mi lado cuando los he necesitado. Siempre han rezado para que yo los bendiga con un...

No oí lo que dijo porque estaba oyendo los sonidos de mi sueño y veía otra vez lo que había soñado. El cereal caliente en mi estómago me estaba provocando malestar.

—Y el hermano de mi padre estaba allí, los Mares y sus amigos, los vaqueros...

—¡Ay! —gritó ella—. No me hables de esos buenos para nada de los Mares y sus amigos.

—¿Hubo pelea? —pregunté.

—No —dijo ella—. Fue solamente una discusión tonta. Querían comenzar a pelear con mis hermanos. Nada más para eso sirven. ¡Se dicen vaqueros, pero no son más que unos borrachos que no valen nada! ¡Ladrones! Siempre de un lado para otro, como gitanos, llevándose a sus familias por los campos como si fueran vagabundos.

Desde que tengo memoria, ella siempre se enojaba muchísimo cuando hablaba de los Mares y de sus amigos. Decía que el pueblo de Las Pasturas era hermoso. Se había acostumbrado a la soledad, pero nunca había aceptado a la gente de mi padre. Ella era hija de campesinos.

Pero el sueño era cierto. Era como yo lo había visto. Última sabía...

—Pero no serás como ellos —sostuvo la respiración y calló. Me besó en la frente—. Serás como mis hermanos, serás un Luna, Antonio. Serás un hombre de la gente, y quizás un sacerdote.

Un sacerdote —pensé—, ése era su sueño. Debería decir misa los domingos como lo hacía el padre Byrnes en la iglesia del pueblo. Oiría las confesiones de la gente silenciosa del valle y les administraría los sacramentos.

—Quizá —dije.

—Sí —mi madre sonrió. Me tomó en sus brazos con ternura. La fragancia de su cuerpo era dulce.

—Pero entonces —murmuré—. ¿Quién oirá mi confesión?

—¿Qué?

—Nada —contesté. Sentí un sudor frío en la frente y supe que debía correr, tenía que aclarar mi mente sobre el sueño—. Voy a casa de Jasón —dije apresuradamente, y pasé a un lado de mi madre. Salí por la puerta de la cocina, pasé por los corrales y me dirigí a casa de Jasón. El sol blanco y el aire fresco despejaron mi cabeza.

De aquel lado del río nada más había tres casas. La falda de la loma se elevaba gradualmente hacia los montes de enebros y mezquite y hacia los grupos de cedros. La casa de Jasón estaba más alejada del río que la nuestra. Por la vereda que llegaba al puente vivía el enorme y gordo Fío y su hermosa mujer. Fío y mi padre trabajaban juntos en la carretera. Eran buenos amigos para tomar la copa.

—¡Jasón! —grité frente a la puerta de la cocina. Había corrido muy rápido y jadeaba. Su madre se asomó a la puerta.

—Jasón no está aquí —me dijo en español. Toda la gente mayor lo hacía, yo también sólo hablaba español. Hasta que uno entraba a la escuela aprendía inglés.

—¿Dónde está? —pregunté.

Apuntó hacia el río, al noroeste, más allá de las vías del ferrocarril, a los montes oscuros.

El río pasaba por esos montes donde había antiguas tierras indias, tierras sagradas para enterrar a los muertos, me había contado Jasón. Allí, en una vieja cueva, vivía un indio. Cuando menos, todo mundo decía que era el indio de Jasón. Era el único indio del pueblo y no hablaba más que con Jasón. El padre de éste le prohibió hablar con el indio; hasta le había pegado y tratado por todas las maneras posibles de mantenerlos separados.

Pero Jasón persistía, no era un muchacho malo, era sencillamente Jasón. Callado y pensativo y, a veces, sin razón aparente, explotaban de su garganta fuertes ruidos que salían de sus pulmones. A veces yo me sentía como Jasón, con ganas de gritar y de llorar, pero nunca lo hice.

Vi los ojos de su madre y estaban tristes. —Gracias —le dije y volví a mi casa. Mientras esperaba a que mi padre regresara con Última, me puse a trabajar en el jardín. Cada día reclamaba de la tierra rocosa de la loma unos cuantos metros más para el cultivo. La tierra del llano no era buena para sembrar, ya que la tierra buena estaba junto al río. Pero mi madre quería un jardín y yo trabajaba en él para darle gusto. Ya crecían algunas plantas de chile y de tomate. Era duro el trabajo. Mis dedos sangraban al sacar las rocas y me parecía que cada metro cuadrado de terreno llenaba de rocas una carretilla que debía llevar hasta el muro de contención.

El sol estaba blanco en el brillante cielo azul. La sombra que brindaban las nubes no llegaría hasta la tarde. El sudor hacía que mi cuerpo oscuro se sintiera pegajoso. Oí llegar el camión y volteé a verlo subir trabajosamente por la vereda de las cabras. Mi padre regresaba con Última.

—¡Mamá! —grité. Mi madre salió corriendo. Débora y Teresa la seguían.

—Tengo miedo —oí susurrar a Teresa.

—No hay nada que temer —dijo Débora con toda confianza.

Mi madre decía que había demasiada sangre de los Mares en Débora. Sus ojos y su cabello eran muy oscuros y siempre estaba corriendo. Había ido a la escuela durante dos años y ya solamente hablaba en inglés. Le enseñaba a Teresa a hablarlo y yo casi nunca entendía lo que estaban diciendo.

—¡Madre de Dios, pórtense bien! —nos advirtió mamá. El camión se detuvo y ella corrió a recibir a Última—.

Buenos días le dé Dios, Grande —exclamó mi madre. Sonrió, abrazó y besó a la vieja mujer.

—Ay, María Luna —sonrió Última—. Buenos días te dé Dios, a ti y a tu familia —y se puso el chal sobre la cabeza, tapándose los hombros. Su cara era café y estaba muy arrugada. Cuando sonrió, vi que sus dientes también eran cafés. Me acordé del sueño.

—¡Vengan, vengan! —nos llamaba mi madre para que nos acercáramos. Era una costumbre dar la bienvenida a los viejos—. ¡Débora! —llamó nuevamente. Débora dio unos pasos al frente y tomó la mano envejecida de Última.

—Buenos días, Grande —sonrió. Hasta hizo una pequeña reverencia. Entonces le dijo a Teresa que saludara a la Grande. Mi madre estaba radiante. La buena educación de Débora la sorprendió y la hizo feliz, porque a una familia se le juzgaba por su buena educación.

—¡Qué lindas hijas has criado! —confirmó Última dirigiéndose a mi madre, quien vio orgullosamente a mi padre que estaba recargado en el camión, observando y juzgando las presentaciones.

—Antonio —dijo él, sencillamente. Di un paso al frente y le tomé la mano a Última. Miré hacia arriba para ver sus claros ojos cafés y me estremecí. Su cara vieja estaba arrugada, pero sus ojos eran claros y brillantes, como los ojos de una niña.

—Antonio —sonrió ella. Tomó mi mano y sentí el poder de un ventarrón que se arremolinaba en torno mío. Sus ojos contemplaron los montes circundantes y a través de ellos vi por primera vez la belleza silvestre de nuestras lomas y la magia del verde río. Mis fosas nasales temblaron cuando escuché el canto de los sinsontes y el sonido sordo de los chapulines que se fusionaban al pulso de la tierra. Las cuatro direcciones del llano se encontraban dentro de mí, y el sol blanco brillaba en mi alma. Los granos de arena a mis pies y el sol y el cielo parecían disolverse en un solo ser, extraño y total.

Un grito se me quedó atorado en la garganta, pero hubiera querido soltarlo y correr por la belleza que había descubierto.

—Antonio —sentí a mi madre urgiéndome para que dijera algo. Débora se rió porque ella había saludado correctamente, y yo, que era la esperanza y el gozo de mi madre, me había quedado mudo.

—Buenos días le dé Dios, Última —susurré. Vi en sus ojos mi sueño. Vi a la vieja mujer que me había ayudado a dejar las entrañas de mi madre. Supe que ella guardaba el secreto de mi destino.

—¡Antonio! —mi madre estaba anonadada de que hubiera pronunciado su nombre en vez de decirle Grande. Pero Última hizo un ademán con la mano.

—Está bien así —sonrió ella—. Éste fue el último niño que saqué de tus entrañas, María. Yo sabía que habría algo entre los dos.

—Como usted diga, Grande —dijo mi madre, que comenzaba a susurrar disculpas, y luego calló.

—He venido a pasar los últimos días de mi vida aquí, Antonio —dijo Última.

—Nunca te vas a morir, Última —contesté—. Yo te voy a cuidar —me soltó la mano y rió. Luego mi padre dijo:

—Pase, Grande, pase. Nuestra casa es su casa. Hace demasiado calor para estar parada aquí, haciendo la visita en el sol.

—Sí, sí —insistió mi madre. Los vi entrar. Mi padre llevaba sobre sus hombros un baúl grande de lámina azul que más tarde supe contenía todas las posesiones terrenales de Última, los vestidos y chales negros que usaba, y la magia de sus hierbas de dulce olor.

Al pasar junto a mí, por primera vez olí el delicado rastro y la dulce fragancia de hierbas que flotaba en el aire por donde pasaba Última. Muchos años después de haber muerto ella, cuando yo era ya un hombre, despertaba por las noches y me parecía oler su fragancia en la brisa templada de la noche.

Y con Última llegó la lechuza. La oí esa noche por primera vez en el enebro que estaba junto a la ventana de la habitación que le destinaron. Supe que era su lechuza porque las otras, las del llano, no se acercaban tanto a la casa. Al principio me perturbó y también a Débora y a Teresa. Las oí susurrar en la habitación contigua. Oí que

Débora le aseguraba a Teresa que la cuidaría, y luego la tomó en sus brazos y la arrulló hasta que ambas se durmieron.

Esperé. Estaba seguro que mi padre se levantaría para darle un balazo a la lechuza con el viejo rifle que tenía colgado en la pared de la cocina. Pero no lo hizo, y acepté su comprensión. En muchos cuentos se decía que las brujas a veces se transformaban en lechuzas, así que cuando las oía en la noche el miedo hacía latir mi corazón. Pero no me atemoricé con la lechuza de Última. Su canto era suave y rítmico como una canción y calmaba las lomas bañadas con la luz de la luna y nos arrullaba hasta que nos quedábamos dormidos. Su canto parecía decirnos que estaba ahí para velar por nosotros.

Soñé con la lechuza esa noche, y mi sueño fue bueno. La virgen de Guadalupe era la santa patrona de nuestro pueblo. El pueblo llevaba su nombre. En mi sueño vi a la lechuza de Última levantar a la virgen sobre sus anchas alas y volar con ella al cielo. Luego la lechuza regresó por todos los niños del limbo y se los llevó volando hasta las nubes del cielo.

La virgen sonrió al contemplar la bondad de la lechuza.

Dos

Última se acostumbró a nuestra vida diaria con suave facilidad. Desde el primer día se puso un mandil y ayudó a mi madre a preparar el desayuno; después barrió la casa y más tarde la ayudó a lavar la ropa en la vieja lavadora que jalaron hasta afuera, donde había más fresco bajo la sombra de los álamos. Era como si siempre hubiera vivido con nosotros. Mi madre estaba muy contenta, pues tenía con quien platicar y no era necesario esperar hasta el domingo cuando sus amistades del pueblo llegaban por la polvorienta vereda a visitarla en la sala.

Débora y Teresa estaban contentas porque Última hacía muchos de los quehaceres que normalmente desempeñaban; así les sobraba tiempo para pasarlo en el desván cortando interminables muñecas de papel, a las que vestían, les ponían nombres y, milagrosamente, hacían hablar.

Mi padre también estaba complacido. Ahora tenía a alguien más a quien contarle su sueño. El sueño de mi padre era reunir a los hijos a su alrededor y partir hacia el oeste, a la tierra donde se ponía el sol, a los viñedos de California. Pero la guerra se había llevado a sus tres hijos y esto lo llenaba de amargura. Casi siempre se emborrachaba los sábados por la tarde, y entonces se quejaba de la vejez, del pueblo que estaba al otro lado del río y que le robaba a un hombre su libertad, y se echaba a llorar porque la guerra había arruinado su sueño. Era muy triste ver a mi padre llorar, pero yo lo comprendía

15

porque, a veces, un hombre tiene que hacerlo. Aunque ya sea un hombre maduro.

Yo estaba contento con Última. Caminábamos por el llano y por la orilla del río juntando hierbas y raíces para hacer sus medicinas. Me enseñaba los nombres de las plantas y de las flores, de los árboles y los arbustos, de los pájaros y de los demás animales; pero algo aún más importante es que me mostró la belleza del día y de la noche, y la paz que existe en el río y en las lomas. Me enseñó a escuchar el misterio de la crujiente tierra y a sentirme un ser completo dentro del tiempo. Mi alma creció bajo su cuidado.

Me daba miedo la horrible *presencia* del río, que es el alma de éste, pero Última me hizo comprender que mi alma comparte todo con el alma de todas las cosas. Desgraciadamente, la inocencia que protegía nuestro aislamiento no podía durar para siempre, y los asuntos del pueblo empezaron a llegar por el puente y entraron a formar parte de mi vida. La lechuza de Última dio la voz de alarma para avisarnos que el tiempo de paz en nuestro llanito llegaba a su fin.

Fue un sábado por la noche. Mi madre acababa de acomodar la ropa limpia que nos pondríamos para ir a la misa del domingo, y ya nos habíamos acostado porque íbamos a la iglesia muy temprano. La casa permanecía silenciosa y yo soñaba cuando escuché a la lechuza dar un grito de alarma. Me levanté de inmediato, me asomé por la pequeña ventana, y vi una forma oscura que corría alocadamente hacia la casa. Se estrelló contra la puerta de la entrada y comenzó a golpearla.

—¡Mares! —gritaba—, ¡Mares! ¡Ándale, hombre!

Me asusté, pero reconocí la voz. Era el padre de Jasón.

—¡Un momento! —oí que mi padre le respondía mientras iba a encender el farol.

—¡Ándale, hombre, ándale! —gritaba angustiosamente Chávez—, mataron a mi hermano...

—Aquí estoy —mi padre abrió la puerta y el hombre, muy espantado, entró como un bólido. En la cocina mi madre dijo lamentándose:

—¡Ave María Purísima, mis hijos! —No había escuchado las últimas palabras de Chávez, así que pensó que venía a darnos aviso de algún infortunio de mis hermanos.

—Chávez, ¿qué sucede? —dijo mi padre, sosteniendo con los brazos al hombre que no dejaba de temblar.

—¡Mi hermano, mi hermano! —sollozó Chávez—. Él mató a mi hermano.

—Pero, ¿qué dices, hombre? —exclamó mi padre. Jaló a Chávez hasta el pasillo y subió el farol para verlo. La luz alumbraba los ojos salvajes y asustados de Chávez.

—¡Gabriel! —gritó mamá y dio un paso hacia el frente, pero mi padre hizo que retrocediera. No quería que ella fuera a ver la monstruosa máscara de terror que tenía aquel hombre por cara.

—No son nuestros hijos, es algo que sucedió en el pueblo. Trae agua para que beba.

—Lo mató, lo mató... —repetía Chávez.

—¡Contrólate, hombre, cuéntame lo que ha sucedido! —mi padre sacudió a Chávez y los sollozos del hombre se fueron apagando. Chávez tomó el vaso de agua y después ya pudo hablar.

—Reynaldo acaba de traernos la noticia. Mi hermano está muerto —suspiró y se reclinó contra la pared. El hermano de Chávez era el alguacil del pueblo. Chávez hubiera caído al suelo si mi padre no lo sostiene.

—¡Madre de Dios! ¿Quién? ¿Cómo?

—¡Lupito! —gritó Chávez—. Su cara se llenó de gruesas venas. Por primera vez desde su llegada subió el brazo izquierdo y pude ver que sostenía un rifle.

—¡Jesús, María y José! —rezó mi madre.

Mi padre se quejó reclinándose contra la pared.

—¡Ay, qué Lupito! —sacudió la cabeza—, la guerra lo enloqueció...

Chávez se repuso un poco y dijo:

—Agarra tu rifle, debemos ir al puente...

—¿Al puente?

—Reynaldo dijo que lo deberíamos encontrar allá. El loco ése se fue al río.

Mi padre asintió silenciosamente. Fue a la habitación y regresó con su abrigo. Mientras cargaba su rifle en la cocina, Chávez le relató lo que sabía del asunto.

—Mi hermano ya había terminado sus rondas —jadeó—, estaba en la terminal de los camiones sentado tranquilamente en la cafetería, sin preocupación alguna, y este desgraciado llegó hasta donde estaba y sin siquiera avisarle le pegó un balazo en la cabeza... —su cuerpo temblaba al relatar los hechos.

—Quizá sea mejor que esperes aquí, hombre —dijo mi padre tratando de consolarlo.

—¡No! —gritó Chávez—. Era mi hermano. ¡Debo ir!

Mi padre estuvo de acuerdo. Lo vi parado junto a Chávez y rodearle los hombros con el brazo. Ahora él también iba armado. Yo no lo había visto disparar el rifle más que cuando mataba a los puercos en el otoño. Esta vez iban armados a perseguir a un hombre.

—Gabriel, ve con cuidado —le dijo mi madre a papá cuando él y Chávez se perdían en la oscuridad.

—Sí —lo escuché cuando contestaba, y luego se cerró la puerta de alambre.

—Cierra las puertas con llave —dijo todavía mi madre al ir hacia la puerta y correr el pasador. Nunca cerrábamos con llave, pero esta noche había algo extraño en el aire que daba temor.

Quizá fue eso lo que me hizo salir en la noche para seguir a mi padre y a Chávez hasta el puente, o tal vez sentía preocupación por mi padre. No lo sé. Esperé a que mi madre entrase y quedara en la sala, luego me vestí y bajé cuidadosamente para no hacer ruido. Miré hacia el pasillo y vi una vela prendida en la sala. Nunca entrábamos en esa habitación más que los domingos cuando llegaban visitas, o cuando mi madre nos ponía a rezar novenas y rosarios por mis hermanos que se habían ido a la guerra. Yo sabía que ahora estaría hincada frente a su altar, rezando, y permanecería ahí hasta que regresara mi padre.

Salí por la puerta de la cocina hacia la noche. Estaba fresca. Al sentir el aire, percibí un leve olor a otoño. Corrí por la vereda de las cabras hasta que pude ver dos sombras más adelante, Chávez y mi padre.

Dejamos atrás la oscura casa de Fío y luego el enebro alto que estaba donde la loma descendía hasta el puente. Aún a esta distancia podía oír la conmoción que había en el puente. Mientras más nos aproximábamos, más temor me daba de que me fueran a descubrir, pues no había razón alguna para que yo estuviera por allí. Mi padre se enojaría mucho. Para que no me vieran, corté por la derecha y me interné en las oscuras plantas que había junto al río. Me fui abriendo paso entre el denso follaje hasta llegar a la ribera. Desde donde estaba parado podía ver los haces de luz de las lámparas de los hombres excitados. Los oía dar órdenes frenéticas, a gritos. Hacia mi izquierda, a la orilla del puente, vi a mi padre y a Chávez que corrían hacia donde provenía toda la excitación, justo al centro del puente.

Mis ojos ya se habían acostumbrado a la oscuridad, pero fue un chispazo de luz lo que me hizo voltear hacia un matorral en el agua corriente del río, a unos cuantos pasos de donde yo estaba. Lo que miré me heló la sangre. Encorvado entre las matas y sumergido hasta la mitad del cuerpo en las lodosas aguas, estaba Lupito, el hombre que había matado al alguacil. El destello de luz provenía de la pistola que sostenía en las manos.

Me causó pavor encontrarlo ahí, tan de repente, y al caer de rodillas por el miedo, debí haber gritado, porque volteó y se quedó mirándome. En ese instante, uno de los rayos de luz lo encontró iluminándole la cara contrahecha de locura. No sé si la luz lo cegó, pero pude ver su amarga y contorsionada sonrisa. Mientras yo viva jamás olvidaré esos ojos salvajes, como los de un animal atrapado y feroz.

Al mismo tiempo alguien gritó desde el puente:

—¡Allí! —y las luces enfocaron la encorvada figura. Lupito dio un salto y pude verlo tan claramente como si fuera de día.

—¡Aieeeeee! —aulló, y ese alarido rebotando en ecos camino abajo del río nos heló la sangre. Los hombres que estaban en el puente no sabían qué hacer. Se quedaron inmóviles, viendo al loco mover su pistola de un lado a otro, agitándola—. ¡Aieeeeee! —volvió a gritar. Era

19

un chillido de rabia y dolor que me enfermaba el alma. El grito de un hombre atormentado había llegado al verde y tranquilo misterio de mi río, y la gran *presencia* del río observaba desde las sombras de sus profundas aguas. Yo observaba a mi vez agazapado en la ribera.

—¡Soldado japonés!, ¡soldado japonés! —clamó—. Estoy herido. Vengan a ayudarme —llamaba a los hombres sobre el puente. La niebla que subía del río se esparcía entre los rayos de luz de las linternas. Era como una horrible pesadilla.

De pronto dio un brinco y corrió por el agua hacia mí. Las luces lo siguieron. Se fue haciendo más grande. Podía oír su jadeo, el agua que pateaba me salpicaba la cara y por un momento pensé que me iba a arrollar. Después, tan rápidamente como había brincado hacia donde yo estaba, dio vuelta y desapareció de nuevo entre las oscuras hierbas del río. Las luces se movían en todas direcciones, pero no lo podían encontrar. Algunas pasaron sobre mí y temblé por miedo a que me descubrieran, o peor todavía, que me confundieran con Lupito y me dispararan.

—¡Este loco infeliz ya se nos escapó! —gritó alguien en el puente.

—¡Aieeeeee! —volvimos a oír su lamento. Era un grito que yo no comprendía, y estoy seguro de que los hombres que estaban en el puente tampoco. El hombre que perseguían había perdido su razonamiento humano, convirtiéndose en un animal salvaje que atemorizaba.

—¡Carajo! —los oí exclamar. Luego llegó un auto con sirena y luces rojas intermitentes. Era Vigil, el policía estatal, quien patrullaba en el pueblo.

—¡Chávez está muerto! —oí que gritaba—. Nunca le dio oportunidad de salvarse. Le voló el cerebro... —Se produjo un silencio total.

—¡Tenemos que matarlo! —gritó el padre de Jasón. Su voz estaba llena de ira, rabia y desesperación.

—Tengo que darles poder legal para hacerlo... —comenzó a decir Vigil.

—¡Al diablo con el poder legal! —gritó Chávez—. Mató a mi hermano, ¡está loco! —los hombres asintieron con su silencio.

—¿Ya lo encontraron? —preguntó Vigil.

—Lo acabamos de ver, pero después lo perdimos de vista...

—Está allá abajo —dijo alguien.

—¡Es un animal! ¡Lo tenemos que matar! —sentenció Chávez.

—¡Sí! —los hombres asintieron.

—Esperen un minuto... —era mi padre el que hablaba. No sé lo que les dijo porque había muchos gritos. Mientras tanto, busqué a Lupito en la oscuridad del río. Por fin lo vi. Estaba aproximadamente a cuarenta pasos de distancia, encorvado entre las hierbas como antes. Las aguas lodosas golpeaban y burbujeaban salvajemente alrededor de él. Antes, la noche había sido fresca, pero ahora estaba fría y temblé. Me debatía entre el miedo que hacía temblar mi cuerpo y el deseo de ayudar al pobre hombre. Pero no podía moverme, sólo observar como un espectador encadenado.

—¡Mares tiene razón! —oí una voz estruendosa en el puente. En la luz, podía ver la figura de Narciso. En el pueblo sólo había un hombre de ese tamaño y con una voz así. Yo sabía que Narciso era de las gentes de Las Pasturas y que era un buen amigo de mi padre. Sabía que bebían juntos los sábados y había estado en nuestra casa un par de veces.

—¡Por Dios, hombres! —gritó—. ¡Comportémonos como hombres! Ese que está allá abajo no es un animal, es un hombre, Lupito. Todos conocen a Lupito. Saben que la guerra lo enfermó... —pero ellos no escuchaban a Narciso. Supongo que era porque Narciso era el borrachín del pueblo y decían que jamás hacía algo útil.

—Vete a beber, y deja esto a los hombres —dijo burlonamente uno de ellos.

—Mató al alguacil a sangre fría —dijo otro. Yo sabía que admiraban mucho al alguacil.

—No estoy tomado —insistía Narciso—, son ustedes los que están borrachos de sangre. Han perdido la razón...

—¡Razón! —contestó Chávez—. Qué razón tenía para matar a mi hermano... Ustedes saben —dijo, dirigiéndose a los hombres— que mi hermano nunca le hizo mal a nadie. Esta noche un animal rabioso se le acercó por la espalda y le quitó la vida. ¡Y a eso le llaman razón! ¡Debemos destruir a ese animal!

—¡Sí, sí! —gritaron todos los hombres al mismo tiempo.

—Por lo menos tratemos de hablar con él —suplicó Narciso. Yo sabía que era muy difícil para un hombre del llano tener que suplicar.

—Sí —agregó Vigil—. Quizá se entregue...

—¡Crees que va a escucharnos! —dijo Chávez, dando un brinco hacia enfrente—. Está allá abajo y todavía tiene la pistola con la que mató a mi hermano. ¡Baja y habla con él! —podía ver a Chávez gritándole a la cara a Vigil, y éste no contestaba. Chávez se rió —. Esto es lo único que va a entender... —volteó y disparó sobre la barandilla del puente. Sus disparos tronaron y silbaron hacia el río. Yo podía oír las balas cuando salpicaban el agua al caer.

—¡Esperen! —clamó Narciso. Empujó a Chávez y con una mano lo sostuvo. Chávez luchaba contra él, pero Narciso era demasiado alto y fuerte.

—Yo hablaré con él —dijo Narciso. Empujó a Chávez hacia atrás—. Comprendo tu dolor, Chávez —dijo—, pero basta con una muerte por esta noche...

Debió haber impresionado a los hombres con su sinceridad porque dieron un paso atrás y esperaron.

Narciso se recargó en la barandilla de concreto y gritó hacia la oscuridad.

—¡Oye, Lupito! Soy yo, Narciso. Soy yo, hombre, tu compadre. Escucha, mi amigo, ha sucedido algo muy malo esta noche, pero si nos comportamos como hombres, podemos arreglarlo... Déjame bajar a hablarte, Lupito. Déjame ayudarte...

Miré a Lupito. Había estado observando la acción del puente, pero ahora que Narciso le hablaba, vi caer su cabeza hasta el pecho. Parecía estar pensando. Yo rezaba para que le hiciera caso a Narciso y para que los hombres iracundos sobre el puente no fueran a cometer pecado mortal. La noche permanecía muy callada. Los hombres del puente esperaban una respuesta. Sólo el agua del río hacía ruido con su pequeño oleaje.

—¡Amigo! —gritó Narciso—, tú sabes que soy tu amigo, que quiero ayudarte, hombre... —rió suavemente—. Oye, Lupito, ¿te acuerdas de hace unos cuantos años, antes de que te fueras a la guerra, de la primera vez que fuiste al Eight Ball a jugar barajas? ¿Te acuerdas cómo te enseñé que Juan Botas marcaba los ases con un poco de jugo de tabaco, y pensaba que tú todavía estabas muy verde, ¡y le ganaste!? —rió nuevamente—. Ésos eran los buenos tiempos, Lupito, antes de que viniera la guerra. Ahora tenemos este negocio que debemos arreglar. Pero somos amigos, Lupito, y te queremos ayudar...

Vi cómo temblaba el tenso cuerpo de Lupito. Un gemido bajo, triste y fúnebre se desgarró en su garganta y se fundió con el sonido del oleaje de las aguas del río. Movía lentamente la cabeza y debe haber estado debatiendo consigo mismo si se entregaba o permanecía libre y perseguido. Después, como resorte, brincó con su pistola apuntando hacia el cielo. Hubo un destello de fuego y se escuchó el fuerte estallido de la pistola. ¡Mas no había disparado contra Narciso o contra alguno de los hombres del puente! Lo encontraron con la ayuda de las linternas de mano.

—¡Ahí va tu contestación! —tronó la voz de Chávez.

—¡Está disparando! ¡Está disparando! —gritó otra voz—. ¡Está loco!

La pistola de Lupito sonó de nuevo. Pero tampoco había apuntado hacia los hombres del puente. ¡Disparaba al aire para que le apuntaran a él!

—¡Disparen! ¡Disparen! —ordenó alguien.

—¡No, no! —murmuré entre dientes.

Pero era demasiado tarde para tratar de hacer cualquier cosa. Los hombres asustados respondían con sus rifles recargados sobre la barandilla del puente. Primero se oyó un solo disparo al que siguió una descarga que parecía el rugir de un cañón, como el sonido que hacen los truenos en una tormenta de verano.

Muchos de los disparos dieron en el blanco. Vi a Lupito casi volar en el aire con los pies en alto, como si lo hubieran aventado hacia atrás, pero eran las balas. Todavía se pudo levantar y correr, cojeando y llorando, hacia la ribera donde yo estaba.

—Bendíceme... —pensé que me decía, cuando se oyó la segunda ronda de disparos desde el puente, sólo que esta vez sonó como un gran revoloteo de pájaros, como cuando aletean los pichones para alcanzar la torre más alta de la iglesia.

Lupito cayó de frente y después comenzó a rascar la tierra del fondo del río y a gatear, tratando de salir del agua sagrada para llegar a la ribera donde yo estaba. Quise extender mis brazos para ayudarlo, pero permanecí helado de miedo. Alzó la vista y me miró, su cara estaba bañada de agua y de sangre caliente que manaba sin cesar, sangre que se hacía oscura y tranquila al caer sobre la arena de la ribera. Hizo un sonido burbujeante que le salió por la garganta, y luego se quedó quieto. Arriba, en el puente, se oyó un grito... Los hombres corrían hacia el extremo para descender y reclamar al hombre cuyas manos ya muertas habían rasgado la suave y húmeda arena que tenía frente a mí.

Di la vuelta y corrí. Las oscuras sombras del río me rodeaban mientras huía hacia la seguridad de mi hogar. Las ramas me golpeaban en la cara como fuetazos y me la cortaban, y las trepadoras y las raíces de los árboles se enredaban en los pies y me hacían caer. En mi aterrada carrera despertaba a los pájaros que dormían, y sus gritos y aleteos nerviosos también daban en mi cara. El horror de la oscuridad nunca había sido tan completo como el que sentí aquella noche. Comencé a rezar en silencio desde el momento que oí el primer disparo y nunca dejé de hacerlo hasta que llegué a casa. Una y otra vez me pasaba por la mente el Yo Pecador. Todavía no iba al catecismo ni había hecho la primera comunión, pero mi madre me lo había enseñado. Se rezaba después de cada confesión frente al sacerdote, y también se rezaba como última oración antes de morir. ¿Me oiría Dios? ¿De veras me oiría? ¿Habría visto a mi padre en el puente? ¿Y hacia dónde iría volando el alma de Lupito, o la arrastraría el río hasta llegar al fértil valle de los ranchos de mis tíos?

Un sacerdote podría haber salvado a Lupito. ¡Ay, por qué soñaba mamá en verme convertido en sacerdote! ¡Cómo iba a poder limpiar las manchas de sangre en las aguas dulces de mi río! Creo que entonces fue cuando comencé a llorar, porque al dejar las plantas que estaban junto al río y subir por las lomas, oí por primera vez mis propios sollozos.

Y también ahí escuché a la lechuza. Entre mis jadeos y sollozos me detuve y escuché su canto. El corazón me latía con fuerza y los pulmones me dolían, pero la calma se había cernido sobre la noche bañada por la luz de la luna, cuando escuché el canto de la lechuza de Última. Me quedé muy quieto durante largo rato. Comprendí que la lechuza me había acompañado en todo momento durante la noche. Había observado todo lo sucedido en el puente. De repente el temor terrible y oscuro que me embargaba se alejó.

Vi la casa que mi padre y mis hermanos habían construido en la loma de los enebros. Estaba silenciosa y en paz en la noche azul. El cielo resplandecía con un millón de estrellas y la luna se reflejaba en forma de cuernos a los pies de la virgen. La luna de la gente de mi madre, la luna de los Luna. Mi madre estaría rezando por el alma de Lupito.

Nuevamente cantó la lechuza, el alma de Ultima me bañaba con su fuerte voluntad. Di vuelta y miré hacia el otro lado del río. Algunas luces brillaban en el pueblo. A la luz de la luna podía distinguir la torre de la iglesia, el techo de la escuela, y mucho más allá, el brillo del enorme tanque de agua del pueblo. Escuché el suave ulular de una sirena y comprendí que los hombres estarían sacando a Lupito del río.

Las aguas turbias del río quedarían manchadas de sangre para siempre...

En el otoño asistiría a la escuela del pueblo y en un par de años, a las lecciones de catecismo en la iglesia. Temblé. El cuerpo comenzó a dolerme por los azotes que me habían dado las ramas junto al río. Pero lo que más me afectaba era que, por primera vez, había sido testigo de la muerte de un hombre.

A mi padre no le gustaba el pueblo ni sus costumbres. Cuando nos mudamos de Las Pasturas, tuvimos que vivir en una casa que rentábamos en el pueblo. Pero cada noche, después de que mi padre salía del trabajo, él miraba al otro lado del río, hacia las solitarias y vacías lomas, hasta que finalmente compró unas cuantas hectáreas de terreno y comenzó a construir nuestra casa. Todos le dijeron que estaba loco, que la loma salvaje y rocosa no podría mantener vida sobre ella, y mi madre estaba molestísima. Ella quería que comprara tierra junto al río donde ésta era fértil y había agua para las plantas y los árboles. Pero mi padre ganó la batalla y pudo estar cerca de su llano, porque en verdad nuestra loma daba comienzo al llano. Desde aquí se extendía hasta donde alcanzaba a verse, hasta Las Pasturas, y aún más allá.

Los hombres del pueblo habían matado a Lupito. Pero él había asesinado al alguacil. Decían que la guerra lo había vuelto loco. Las oraciones por Lupito se confundían con las oraciones dedicadas a mis hermanos. Se me cruzaron tantos pensamientos por la mente que me sentí mareado, y muy cansado y enfermo. Corrí lo que me faltaba por recorrer y entré en silencio a la casa. Busqué el pasamanos de la escalera en la oscuridad y sentí que una mano cálida tomaba la mía. Sobresaltado alcé la vista y me encontré con la cara café y arrugada de Última.

—Tú sabías —murmuré. Comprendí que ella no quería que nos escuchara mi madre.

—Sí —replicó.

—Y la lechuza… —Me faltó el aire. Mi mente buscaba respuestas, pero mi cuerpo estaba tan cansado que se me doblaron las rodillas y caí de frente.

Tan pequeña y delgada como era Última, tuvo fuerza para levantarme en sus brazos y llevarme hasta su habitación. Me acostó en su cama y después, a la luz de una pequeña vela, mezcló algunas de sus hierbas en una taza, la puso encima del fuego a calentar y luego me la dio para que la tomara.

—Mataron a Lupito —le dije mientras daba un trago a la medicina.

—Lo sé —asintió. Preparó una nueva mezcla de hierbas y con ella me lavó las cortadas y rasguños que tenía en la cara y en los pies.

—¿Se irá al infierno? —pregunté.

—Eso no lo decidimos nosotros, Antonio. No le curaron la enfermedad de la guerra, así que él no sabía lo que hacía...

—Y, ¿los hombres que estaban en el puente? ¡Mi padre!

—Los hombres hacen lo que tienen que hacer —contestó. Se sentó sobre la cama, a mi lado. Su voz me calmaba y la bebida que me había preparado me daba sueño.

La salvaje y aterradora excitación que traía en el cuerpo se me fue quitando.

—Las cosas que los hombres tienen que hacer algunas veces son extrañas y difíciles de comprender —la oí decir.

—¿Las comprenderé yo? —le pregunté. Sentí un peso en los párpados.

—Aprenderás mucho, verás mucho —oí su voz muy distante. Estaba cubierto con una cobija. Me sentí a salvo en la dulce tibieza de la habitación. Afuera, la lechuza cantaba haciéndole a la noche oscuras preguntas. Yo dormía.

Pero aun dormido profundamente, llegaron los sueños. En mi sueño vi a mis tres hermanos; como los recuerdo antes de irse a la guerra, hacía ya mucho tiempo. Estaban de pie en la casa que rentábamos en el pueblo y miraban el otro lado del río hacia las lomas del llano.

"Papá dice que el pueblo nos roba nuestra libertad; él dice que debemos construir un castillo al otro lado del río, en la solitaria loma donde están los sinsontes." Creo que León habló primero, era el mayor, y su voz siempre tenía una nota triste. Mas en la oscura niebla del sueño, no podría asegurarlo.

"Su corazón está triste desde que llegamos al pueblo —dijo la segunda presencia—, sus antepasados eran hombres de

mar, los Mares, eran conquistadores, hombres cuya libertad no conocía límites."

¡Era Andrés el que lo decía! ¡Era Andrés! Estaba seguro porque su voz era ronca como su cuerpo grueso y fuerte.

"Mi padre dice que la libertad del caballo salvaje está en la sangre de los Mares, y su vista siempre se dirige al oeste. Sus padres, antes que él, eran vaqueros y por eso espera que seamos hombres del llano." Yo estaba seguro que la tercera voz era la de Eugenio.

Quería tocarlos. Tenía necesidad de su compañía. En vez de eso, hablé.

Debemos reunirnos con nuestro padre —me oí decir—. Su sueño es ir hacia el oeste en busca de una aventura nueva. Construye carreteras que se alargan hacia el sol, y debemos ir por ese camino con él.

Mis hermanos fruncieron el ceño.

"Eres un Luna —dijeron a coro—, vas a ser un sacerdote-campesino para nuestra madre." Las palomas vinieron a beber en los charcos junto al río y sus gritos se oían tristes en la oscuridad de mi sueño.

Mis hermanos se rieron.

"Eres solamente un niño, Tony, eres el sueño de nuestra madre. Quédate y duérmete al arrullo de las palomas con su cu-cu mientras nosotros cruzamos el gran Río de la Carpa para construir el castillo de nuestro padre en la loma."

¡Debo ir! —les grité a aquellas tres formas oscuras—. ¡Debo levantar las aguas lodosas del río para bendecir nuestro nuevo hogar! Por el río, el grito atormentado de una diosa solitaria llenaba el valle. El enroscado aullido hacía que se helara la sangre de los hombres.

"Es la llorona —gritaron mis hermanos, temerosos—, la vieja bruja que llora por las riberas del río en busca de la sangre de los muchachos y de los hombres para bebérsela.

"La llorona busca el alma de Antonioooooooo...

"Es el alma de Lupito —gritaron temerosos—, condenada a vagar por el río en las noches porque las aguas se llevaron su alma en la corriente.

"Lupito busca su bendicióoooooooooon..."

¡Ninguna de las dos cosas! —grité. Me puse la oscura túnica del sacerdote sobre mis hombros y alcé las manos al aire. La niebla se enredaba alrededor de mí, y volaban chispas cuando yo hablaba. ¡Es la presencia del río y ésta permitió que mis hermanos cruzaran el río con sus herramientas de carpintería para construir nuestro castillo en la loma!

Atrás de nosotros oí a mi madre gemir y llorar porque con cada vuelta del sol, su hijo se hacía más viejo...

Tres

Amaneció y los tiempos de juventud se escapaban de la casa que habían construido los tres gigantes de mis sueños en la loma de los enebros, la yuca y el mezquite. Noté que el sol del este subía y oí sus ligeros truenos y gemidos al unirse al canto de los sinsontes en la loma. Abrí los ojos. Los rayos de luz que se filtraban a través de la polvorienta ventana de mi cuarto, lavaron mi cara hasta dejarla limpia.

El sol era bondadoso. Los hombres del llano eran hombres del sol. Los hombres de los ranchos junto al río eran hombres de la luna. Pero todos éramos hijos del sol blanco.

Tenía un sabor amargo en la boca. Recordé el remedio que me suministró Última después de mi aterrada huida del río. Me vi los brazos y sentí la cara. Me había cortado con las ramas de los árboles y sabía que al día siguiente las heridas estarían rojas y pegadas con sangre seca, y que los rasguños arderían. Pero las cortadas amanecieron como leves líneas rosadas en la piel y no me dolían. Había un poder extraño en la medicina de Última.

¿Dónde estaba el alma de Lupito? Había matado al alguacil, así que se encontraba en pecado mortal. Iría al infierno. O lo perdonaría Dios y le otorgaría el purgatorio, ese solitario lugar de descanso sin esperanza, para aquellos que ni se salvan ni se condenan. Pero Dios no perdona a cualquiera. Quizá, como decía el sueño, las

31

aguas del río se llevaron su alma, y tal vez cuando el agua se fundiera con la tierra, el alma de Lupito regaría las huertas de mis tíos, y las relucientes manzanas rojas podrían...

O quizás estaba condenado a vagar por el fondo del río para siempre, un compañero ensangrentado para la llorona... Y de ahora en adelante, cuando caminara solo por el río, tendría que voltear a ver hacia atrás, para mirar la sombra, el alma de Lupito, o de la llorona, o de la *presencia* del río.

Me acosté mirando hacia arriba y observé los silenciosos y radiantes rayos de luz con los puntitos de polvo que había hecho revolotear. Me gustaba mucho ver los rayos de sol entrar al cuarto cada nueva mañana. Me hacían sentir fresco, limpio y nuevo. Cada mañana parecía como si despertara con nuevas experiencias y sueños entremezclados dentro de mí. Ahora eran todas las imágenes de lo que había sucedido la noche anterior en el puente. Pensé en Chávez, enojado por la muerte de su hermano, buscando venganza. Pensé en Narciso, de pie, solo, contra las oscuras formas que había en el puente. Pensé en mi padre. Me preguntaba si él también le habría disparado a Lupito.

Ahora los hombres que habían estado en el puente caminaban por la tierra con el terrible peso de un oscuro pecado mortal en sus almas, y el infierno era su única recompensa.

Escuché los pasos de mi madre en la cocina. Oí los ruidos en la estufa y me di cuenta de que estaba avivando el fuego en las cenizas de anoche.

—¡Gabriel! —gritaba. Siempre llamaba a mi padre primero—. Levántate, es domingo —luego murmuraba—, y, ¡oh! ¡Qué cosas tan malas andaban por la tierra anoche...!

Los domingos por la mañana me quedaba en la cama y los oía discutir. Siempre se peleaban los domingos en la mañana. Había dos razones por las que esto sucedía. La primera era que los sábados mi padre trabajaba sólo medio día en la carretera, así que por la tarde bebía con sus amigos en el Longhorn, que se hallaba en el pueblo.

Si bebía demasiado, llegaba a la casa como un hombre lleno de amargura, y en esas ocasiones peleaba con todos. Maldecía a los hombres débiles del pueblo que no comprendían la libertad que un hombre del llano debería gozar, e imprecaba contra la guerra por haberse llevado a sus hijos. Si había demasiada ira en él, maldecía a mi madre por ser hija de campesinos y por ser ella la que lo tenía atado a un pedazo de tierra.

Luego había aquello de la religión. Mi padre no era un creyente convencido. Cuando estaba borracho decía que los sacerdotes eran "mujeres" y se burlaba de las faldas largas que usaban. Había oído murmurar una historia que no era para mis oídos: que una vez, hacía ya mucho tiempo, el padre de mi padre sacó de la iglesia a un sacerdote y lo golpeó en la calle por predicar contra algo que mi abuelo Mares había hecho. Así que mi padre no sentía alguna cosa buena por los sacerdotes. Mi madre decía que la familia Mares estaba llena de librepensadores, lo que era una blasfemia para ella, pero mi padre solamente se reía.

Además existía el extraño enredo comentado en sordina sobre el primer sacerdote que fue a El Puerto. La colonia se había asentado ahí bajo un otorgamiento de tierras que había dado el gobierno mexicano, y el hombre que estaba al frente de la colonización era un sacerdote, y era un Luna. Por eso mi madre soñaba con que yo fuera un sacerdote, porque no había habido un sacerdote en la familia Luna durante muchos años. Mi madre era una católica devota, y es por eso que veía que la salvación del alma estaba ligada a la Santa Madre Iglesia. Decía que el mundo se salvaría si la gente regresaba a la tierra. Una comunidad de campesinos gobernados por un sacerdote, ella creía firmemente, era la verdadera forma de vivir.

¿Por qué se habían casado dos personas tan opuestas como mi padre y mi madre?, yo no lo sabía. Su sangre y sus costumbres los habían mantenido en desventaja y, sin embargo, a pesar de todo, éramos felices.

—Débora —llamó mi madre—. Levántate. ¡Asea y viste a Teresa! ¡Ay, qué noche hemos pasado!... —la oí susurrar oraciones.

—¡Ay, Dios! —oí quejarse a mi padre al entrar a la cocina.

El sol que se asomaba por la loma, los ruidos de mi
padre y de mi madre en la cocina, los pasos de Última
en su cuarto al quemar incienso para el nuevo día, mis
hermanas corriendo al pasar por mi cuarto, todo estaba
como siempre, y eso era bueno.

—¡Antonio! —mi madre gritó justo cuando yo sabía
que lo haría y salté de la cama. Pero hoy había desperta-
do con un nuevo conocimiento.

—No habrá desayuno esta mañana —dijo mi madre
cuando nos reunimos con ella—, hoy vamos a comulgar
todos. Los hombres caminan como animales y debemos
rezar para que Dios los ilumine. —Y a mis hermanas les
dijo:

—Hoy ofrecerán la mitad de su comunión por sus hermanos, para que Dios los regrese con bien al hogar, y la
otra mitad la ofrecerán por lo que pasó anoche.

—¿Qué pasó anoche? —preguntó Débora. Ella era así,
y temblé mientras yo me preguntaba si me habrían oído
anoche y si contaría el chisme.

—¡Eso no te interesa! —dijo mi madre en tono cortante—, sólo reza por las almas queridas que se han
ido...

Débora estuvo de acuerdo, pero yo sabía que al llegar
a la iglesia se enteraría de que habían matado al alguacil
y a Lupito. Qué extraño que tuviera que preguntarle a
los otros cuando yo, que había estado allí y visto todo,
estaba de pie junto a ella. Aun ahora, casi no lo podía
creer.

¿Habría sido un sueño? ¿O habría sido un sueño dentro de otro sueño, de esos que muchas veces soñaba y
que parecían tan reales?

Sentí una mano suave en la cabeza y di vuelta para
mirar a Última. Me miró fijamente y el claro y brillante
poder de sus ojos me dejó en una especie de encantamiento.

—¿Cómo te sientes esta mañana, Antonio? —preguntó, y todo lo que pude hacer fue asentir con un movimiento de la cabeza.

—Buenos días le dé Dios, Grande —saludó mi madre. También lo hizo mi padre que estaba tomando café en la silla que acomodaba junto a la estufa.

—Antonio, fíjate cómo te comportas —dijo mi madre. No había saludado a Última correctamente.

—¡Ay, María Luna —interrumpió Última—, deja en paz a Antonio por favor. Lo de anoche fue una dura experiencia para muchos hombres, —dijo misteriosamente, y fue hacia la estufa, donde mi padre le sirvió café. Mi padre y Última eran las únicas personas a quienes no les importaba romper el ayuno antes de comulgar.

—Los hombres sí —asintió mi madre—, pero mi Tony es sólo un niño, un bebé todavía... —me puso las manos en los hombros y así me tuvo.

—¡Ay!, pero los niños crecen y se vuelven hombres —dijo Última, en tanto daba pequeños sorbos a su café, negro y humeante.

—¡Ay!, qué cierto es eso —dijo mi madre, y me abrazó fuertemente —, y qué pecado es que un niño crezca y se vuelva hombre...

Era malo crecer y hacerse hombre.

—No es pecado —dijo mi padre— es sólo un hecho de la vida.

—¡Ay!, pero la vida destruye la pureza que Dios nos da...

—No destruye —mi padre se estaba molestando porque tenía que ir a la iglesia y oír de pasada un sermón—, construye. Todo lo que ve y hace lo convierte en hombre...

Vi el asesinato de Lupito. Vi a los hombres...

—¡Ay! —exclamó mi madre—, si sólo se hiciera sacerdote. ¡Eso lo salvaría! Siempre estaría con Dios. ¡Oh!, Gabriel —resplandecía de dicha—, piensa en el honor que traería a la familia tener un sacerdote... Quizás hoy deberíamos hablar con el padre Byrnes sobre esto...

—¡Sé razonable! —dijo mi padre poniéndose de pie—. El niño ni siquiera ha estudiado catecismo. Y no es el sacerdote el que tiene que decidir cuando llegue la hora, sino el mismo Tony. —Pasó junto a mí. Olor a pólvora emanaba de su ropa.

Dicen que el Diablo huele a azufre.

—Es cierto —agregó Última. Mi padre vio a las dos mujeres y luego me miró. Tenía los ojos tristes.

—Ve a alimentar a los animales, Toñito —me empujó suavemente—, es casi hora de ir a misa...

Salí corriendo y sentí en el aire el primer toque fresco del otoño. Pronto sería tiempo de ir a los ranchos de mis tíos para la cosecha. Pronto sería tiempo de ir a la escuela. Miré hacia el otro lado de la ribera. El pueblo parecía estar dormido todavía. Una leve neblina subía del río. Los árboles y las casas del pueblo se veían difusos, y la torre de la iglesia y el techo de la escuela estaban ocultos.

Ya las campanas de la iglesia están doblando...

Yo quería dejar de pensar en lo que había visto la noche anterior. Eché alfalfa fresca en la conejera y cambié el agua. Abrí la puerta y la vaca salió hambrienta y deseosa de pasto fresco. Hoy no la ordeñaríamos sino hasta la noche, y estaría muy cargada de leche. La vi correr hacia la carretera, y me alegró que no vagara por el río donde el pasto estaba manchado...

> *Por la sangre de Lupito, todos*
> *debemos rogar,*
> *que Dios la saque de pena*
> *y la lleve a descansar...*

Temía pensar más. Vi el resplandor en los rieles del tren y los ojos se me clavaron en ellos. Si seguía mi camino por los rieles, llegaría a Las Pasturas, la tierra que me vio nacer. Algún día regresaría a ver el pequeño pueblo donde pasaba el tren para abastecerse de agua, donde el pasto era tan alto y verde como las olas del mar, donde los hombres montaban a caballo y reían y lloraban en los nacimientos, las bodas, los bailes, y las honras fúnebres.

—¡Antonio! ¡Antonioooooo! —Pensé que era la voz de mis sueños y di un brinco, pero era mi madre que me llamaba. Todos estaban listos para la misa. Mi madre y Última vestían de negro por las muchas mujeres del pueblo que habiendo perdido hijos y esposos en la guerra, estaban de luto. Esos años parecía que todo el pueblo estaba de luto, y los domingos era muy triste ver las filas de mujeres vestidas de negro, caminando en procesión rumbo a la iglesia.

—¡Ay qué noche! —se quejó mi padre. Hoy habría dos familias más de luto en el pueblo de Guadalupe, e indirectamente la lejana guerra de los japoneses y los alemanes había venido a cobrar dos víctimas más en Nuevo México.

—¡Ven acá, Antonio! —me regañó mi madre. Mojó mi cabello oscuro y lo cepilló. A pesar de su vestido negro tenía un olor dulce y me sentí mejor junto a ella. Hubiera querido estar siempre cerca de mi madre, pero eso era imposible. La guerra se había llevado a mis hermanos, y la escuela me alejaría a mí.

—Lista, mamá —dijo Débora. Ella decía que en la escuela los profesores sólo le permitían hablar inglés. Me pregunté cómo iba a ser posible que yo hablara con las maestras.

—¡Gabriel! —gritó mi madre.

—Sí, sí —se quejó mi padre. Me pregunté qué tanto le pesaba en el alma el pecado de anoche.

Mi madre nos miró muy seria a todos, y luego encabezó al grupo por la vereda de las cabras. Llamábamos vereda de las cabras al sendero que iba de nuestra casa hasta el puente, porque cuando corríamos a encontrar a mi padre al final de la jornada de trabajo, decía que parecíamos cabras, cabroncitos o cabritos. Debimos parecer una procesión extraña: al frente del grupo mi madre, con su rápido andar orgulloso, Débora y Teresa saltando alrededor de ella, mi padre murmurando y arrastrando los pies atrás, y hasta el final, Última y yo.

—Es una mujer que no ha pecado... —murmuraban algunos al hablar de Última.

—La curandera —se cruzaban miradas nerviosas.

—Hechicera, bruja —oí una vez.

—¿Por qué estás tan pensativo, Antonio? —preguntó Última. Generalmente yo iba recogiendo piedras para tenerlas listas cuando algún conejo se cruzara por la vereda, pero hoy mis pensamientos mantenían recluida mi alma.

—Estaba pensando en Lupito —dije. Mi padre estaba en el puente, —agregué.

—Así es —dijo Última con sencillez.

—Pero, Última, ¿cómo puede ir a comulgar? ¿Cómo puede tener a Dios en la boca y tragárselo? ¿Lo perdonará Dios y estará con él? —Durante largo rato Última no contestó.

—Un hombre del llano —dijo—, no le quita la vida a un llanero a menos que haya una causa justa. Y no creo que tu padre le haya disparado a Lupito anoche. Y más importante aún, mi hijo, nunca debes juzgar a quién va a perdonar Dios y a quién no...

Caminamos juntos y pensé en lo que ella me había dicho. Sabía que tenía razón.

—Última —pregunté—, ¿qué es lo que me diste a beber anoche para hacerme dormir? ¿Y me llevaste cargado a mi cuarto?

Última sonrió.

—Comienzo a comprender por qué tu madre te llama inquisidor, —dijo.

—Pero quiero saber, hay tantas cosas que quiero saber —insistí.

—Una curandera no puede dar sus secretos —dijo—, pero si una persona en realidad quiere saber, entonces sabrá oír y verá, y será paciente. El conocimiento llega lentamente...

Seguí mi camino, pensando en lo que me había dicho. Cuando llegamos al puente, mi madre apuró a mis hermanas a cruzarlo, pero mi padre se detuvo unos momentos para mirar más allá de la barandilla. Yo también miré. Lo que había pasado allá abajo era como un sueño muy lejano. Las aguas turbias del Río de la Carpa serpenteaban hacia el sur, rumbo a las huertas de mis tíos.

Cruzamos el puente y dimos vuelta a la derecha. La vereda de tierra seguía por la barranca hacia aquel lado del río. Llegaba hasta el grupo de casas alrededor de la iglesia y luego continuaba, siguiendo el río hasta El Puerto. A nuestra izquierda se levantaban las primeras casas y edificios del pueblo. Todas parecían voltear hacia la calle principal, menos una. Era una casa grande, de cemento gris, con una cerca rodeando la tierra llena de hierbas, apartada de la calle, construida sobre una moldura saliente en una barranca que caía quince metros abajo, hasta el río.

Hace mucho tiempo la casa había pertenecido a una familia muy respetable que se había mudado al pueblo porque se dio cuenta de que las aguas del río estaban cortando la barranca por abajo. Ahora la casa era de una mujer llamada Rosie. Yo sabía que Rosie era mala, no mala como una bruja, sino mala de otro modo. Una vez el sacerdote había predicado en español contra las mujeres que vivían en casa de Rosie, por eso supe que ese lugar era malo. Además, mi madre me pedía que bajáramos la cabeza cuando pasábamos por esa casa.

La campana de la iglesia, *una mujer con un diente, que llama a toda la gente*, comenzó a tañer. La campana llamaba a la gente a misa.

Pero hoy no. Hoy no nos estaba avisando que la misa comenzaría en cinco minutos; hoy doblaba por Lupito.

—¡Ay! —oí a mi madre gemir y vi que hacía la señal de la cruz en la frente.

La campana de la iglesia está doblando...

La campana de la iglesia doblaba y atraía a las viudas vestidas de negro, mujeres solitarias y fieles que venían a rezar por sus hombres.

> *Arrímense vivos y difuntos.*
> *Aquí estamos todos juntos...*

La iglesia se alzaba entre el polvo de la vereda; grandes bloques de granito subían hacia el cielo para detener el campanario y la cruz de Cristo. Era el edificio más alto que yo había visto en toda mi vida. Ahora la gente se arremolinaba a sus puertas como si fueran hormigas, preguntando cosas y pasando rumores sobre lo que había ocurrido la noche anterior. Mi padre fue a hablar con los hombres, pero mi madre y Última se juntaron con las mujeres e intercambiaron saludos. Yo fui a un lado de la iglesia, donde se reunían los muchachos del pueblo hasta que comenzaba la misa.

La mayoría de ellos eran más grandes que yo. Ya estaban en segundo o tercer año en la escuela. Conocía a casi todos por nombres, no porque hablara con ellos, sino porque después de muchos domingos de observarlos me había dado cuenta de quiénes eran y de algunas de sus características. Sabía que cuando yo entrara a la escuela en el otoño, los llegaría a conocer bien. Sólo me entristecía saber que estarían un año más adelante que yo pues me sentía verdaderamente cercano a ellos.

—¡Mi viejo vio a Lupito hacerlo! —Ernie apuntó a la cara de Abel con el pulgar extendido. Sabía que a Ernie le gustaba presumir.

—¡Mierda! —gritó Caballo. Le decían Caballo porque su cara parecía la de un caballo y siempre andaba pateando todo.

—¡Chingada! ¡Ese infeliz nunca tuvo oportunidad de defenderse! ¡Ugh! —Huesos explotó como una pistola. Se agarró la cabeza y se revolcó en el polvo de la calle. Sus ojos daban vueltas salvajemente. Huesos estaba más loco que Caballo.

—Fui al río hoy en la mañana —dijo Samuel suavemente—. Había sangre en la arena... —Nadie lo escuchó. Yo sabía que él vivía al otro lado del río, igual que yo, sólo que más arriba, donde había algunas casas más allá del puente del ferrocarril.

—¡Vamos a echar unas carreras! ¡Echemos unas carreras! —gritaba el Kid Vitamina, mientras revolvía nerviosamente la tierra del suelo. Nunca llegué a saber su nombre. Todos le decían el Kid Vitamina, aun los maestros de la escuela. ¡Que si podía correr. Oh, cómo corría! Ni siquiera Huesos, haciendo su mejor esfuerzo, o Caballo, a todo galope, podían ganarle al Kid Vitamina. Era como el mismo viento.

—¡Mierda! —Caballo carraspeó y voló un gargajo por el aire. Luego Florencio gargajeó también y voló su escupitajo como metro y medio más lejos que el de Caballo.

—¡Eh! Te ganó, diablo, te ganó! —Abel rió. Abel era muy chico, más chico que yo, y no debería haberse burlado de Caballo. Si había algo que fascinara a Caballo, era jugar a las luchas. Sus largos brazos se alargaron y agarraron a Abel antes que pudiera quitarse, y con toda facilidad lo lanzó por los aires. Abel cayó estrepitosamente al suelo.

—¡Cabrón! —lloriqueó.

—¿Me ganó? —preguntó Caballo pasando sobre Abel.

—¡No! —gritó Abel. Se paró lentamente, fingiendo tener una pierna rota. Luego, cuando estuvo lejos de Caballo, gritó —¡Te ganó, carajo, te ganó! ¡Yah, yah, yah!

—Mi viejo estaba en el café cuando sucedió —continuó Ernie, quien siempre quería ser el centro de atracción—. Dijo que Lupito nada más entró caminando lentamente, se paró detrás del alguacil, que estaba dándole una mordida a su pay de cereza, colocó la pistola atrás de su cabeza...

—¡Mierda! —vociferó Caballo—. Oye, Florencio ¡a que no puedes mejorar esto! —otra vez carraspeó Caballo y luego escupió.

—No —sonrió Florencio. Era alto y flaco, de cabello rubio y rizado que le caía a los hombros. Nunca he visto a alguien como él, tan blanco y hablando español. Me recordaba una de las cabezas doradas de los ángeles con alas que se veían a los pies de la virgen en los cuadros.

—¿Pay de cereza? ¡ajjjjjj!

—Y había sesos y sangre por todo el endiablado lugar. En la mesa, en el suelo, hasta en el techo, y sus ojos estaban abiertos cuando caía y, antes de que llegara al suelo, Lupito ya había salido por la puerta...

—¡Mierda! ¡Demonios! ¡Chingada!

—Se va a ir al infierno —dijo Lloyd con su voz femenina—, es la ley que se vaya al infierno por lo que hizo.

—Todos los de Los Jaros se van al infierno —rió Florencio. Ellos llamaban Los Jaros a la sección del otro lado de la vía del tren, y Caballo, Abel y Florencio, eran de allí.

—Te vas a ir al infierno, Florencio, ¡porque no crees en Dios! —gritó Caballo.

—Los muchachos de Los Jaros son fuertes —burbujeó Huesos. Se pasó los pulgares por la nariz y un moco verde se le quedó colgando.

—¡Diablos! ¡Chingada!

—Ven, Florencio, vamos a luchar —dijo Caballo. Todavía estaba enojado por lo del concurso de los gargajos.

—No pueden luchar antes de la misa, es pecado —interrumpió Lloyd.

—¡Mierda! —dijo Caballo, y giró para golpear a Lloyd, pero cuando lo hizo me vio por primera vez, se me quedó mirando largo rato y luego me llamó: —Oye, muchacho, ven acá.

Todos me miraron con cierto interés mientras caminaba hacia Caballo. No quería luchar con Caballo. Era más grande y más rudo que yo. Pero mi padre decía muy seguido que "un hombre del llano no huye de una pelea".

—¿Quién es?

—No sé.

—¡Chingada!

Caballo trató de agarrarme por el cuello, pero yo conocía su forma favorita de luchar, así que me agaché. Me agaché bastante, y luego subí jalándole la pierna. Con un jalón fuerte, tiré a Caballo boca arriba.

—¡Híjole!

—¡A la veca!

—¿Vieron eso? ¡El muchacho tiró a Caballo!

Todos se rieron de Caballo, tirado en el polvo.

Se levantó lentamente, sus ojos salvajes no dejaban de mirarme. Se limpió las manos en el trasero de los pantalones y se me acercó. Me quedé a la espera, inmóvil. Sabía que me iba a dar una tunda. Caballo caminó hacia mí muy lentamente, hasta que su cara quedó frente a la mía. Sus ojos oscuros y salvajes me tenían hipnotizado; podía oír profundos ruidos, como los del pecho de un caballo cuando está a punto de relinchar. La saliva se le enredó en las comisuras de la boca y los hilos de saliva le colgaban y brillaban como los de una telaraña en el sol. Tronaba los dientes y podía percibir el mal olor de su boca.

Creí que Caballo iba a relinchar y que me patearía para que cayera al suelo, y creo que los otros chicos también pensaron lo mismo, porque estaban muy callados.

Pero en vez de atacarme, el Caballo soltó un grito salvaje y estruendoso que hizo echarme para atrás.

—¡Whagggggg! —bramó—, así que el taradito éste me tiró, ¡me tiró! —se rió—. ¿Cómo te llamas, muchacho? —los demás respiraron de alivio. Caballo no iba a cometer un asesinato.

—Antonio Mares —respondí—, Antonio Juan Mares y Luna —agregué por respeto a mi madre.

—¡Diablos!

—¡Chingada!

—Oye, ¿eres hermano de Andrés? —preguntó Caballo. Asentí con la cabeza—. Pues, chócala —me negué con la cabeza. Sabía que Caballo no resistía la tentación de tirar al que le extendiera la mano. Era su naturaleza.

—Chamaco abusado —rió Huesos.

—¡Cállate! —dijo Caballo con una mirada iracunda—. Bueno, muchacho, quiero decir, Antonio, eres un chamaco abusado. El último tipo que me tiró fue un grandulón de quinto año, sabes...

—No quise tirarte —le dije. Todos rieron.

—Yo sé que no fue tu intención —sonrió Caballo—, y eres muy chico para pelear. Por eso te voy a dejar en paz esta vez. Pero no creas que lo puedes hacer de nuevo, ¿entiendes? —el mensaje iba dirigido tanto a mí como a todos los de la palomilla, porque todos asentimos.

Todos me rodearon y me preguntaron dónde vivía y sobre cosas de la escuela. Eran buenos amigos aunque a veces dijeran groserías y ese día pasé a formar parte de su palomilla.

Luego Abel, que se había orinado contra la pared de la iglesia, nos llamó y dijo que la misa estaba comenzando; todos nos apuramos a sentarnos en los bancos traseros.

Cuatro

DURANTE LOS ÚLTIMOS DÍAS DE VERANO HAY UN TIEMPO EN que lo maduro del otoño llena el aire. El tiempo transcurre callado y suave y yo lo vivía con toda el alma, extrañamente consciente de un nuevo mundo que se abría y tomaba forma sólo para mí. En las mañanas, antes de que hiciera mucho calor, Última y yo caminábamos por las lomas del llano, recogiendo las hierbas silvestres y raíces que usaba para sus medicinas. Vagábamos por los campos e íbamos de arriba abajo por el río. Yo cargaba una pequeña pala para escarbar, y ella una bolsa para guardar nuestra mágica cosecha.

—¡Ay! —gritaba Última cuando descubría alguna planta o raíz que necesitaba—, cuánta suerte tenemos hoy para encontrar la hierba del manso.

Entonces me guiaba a la planta que sus ojos de lechuza habían descubierto y me pedía que observara dónde crecía la planta y cómo eran sus hojas. —Ahora tócala — me decía—. Sus hojas son muy lisas y el color es verde muy claro.

Para Última, aun las plantas tenían alma, y antes de escarbar con la pala, me pedía que le hablara a la planta y le dijera por qué era necesario arrancarla de su hogar en la tierra. "Tú creces bien aquí en el arroyo junto a la humedad del río, pero te alzamos para hacer una buena medicina" —entonaba suavemente Última, y yo repetía sus palabras tras ella. Luego escarbaba para sacar la planta con cuidado para no tocar sus raíces con la pala y para no dañarlas. De todas las plantas que juntábamos, ninguna ofrecía tanta magia como la hierba del manso. Curaba quemaduras, ámpulas, problemas estomacales, cólicos de recién nacido, disentería con sangre y hasta reumatismo. Yo conocía esta planta de tiempo atrás, porque mi madre, que indudablemente no era curandera, la usaba con frecuencia.

Las suaves manos de Última levantaban cuidadosamente la planta y entonces la examinaba. Tomaba una pizca y probaba su calidad. Luego la metía en una pequeña bolsa negra que traía colgando del cinturón. Me había dicho que el contenido seco de la bolsita era de una pizca de cada planta que ella había recogido desde que empezó su entrenamiento como curandera muchos años atrás.

—Hace mucho tiempo —se sonreía—, mucho antes de que tú fueras un sueño, mucho antes de que el tren llegara a Las Pasturas, antes de que los Luna llegaran al valle, antes de que el gran Coronado construyera el puente... —entonces su voz se iba por un sendero y mis pensamientos se perdían en el laberinto de un tiempo y una historia que no conocía.

Si en nuestra vagancia encontrábamos algo de orégano, recogíamos bastante no sólo porque curaba tos y fiebre, sino porque mi madre lo usaba como especia para sazonar los frijoles y la carne. También teníamos la suerte de encontrar algo de *oshá* planta que crece mejor en las montañas y, como la hierba del manso, lo cura todo. Cura la tos y los resfriados, las cortadas y los raspones, el reumatismo y los problemas estomacales. Mi padre dijo alguna vez que los pastores de ovejas la usaban para mantener alejadas a las serpientes venenosas de los rollos de cobertores para dormir. Sólo había que espolvorear las frazadas con polvo de *oshá*. Con una mezcla de *oshá* Última había lavado mi cara, mis brazos y pies, la noche que mataron a Lupito.

En las lomas, Última era feliz. Había una nobleza en su andar que le otorgaba gracia a su figura tan pequeña. La observaba cuidadosamente y le imitaba el caminar, entonces sentía que ya no me perdería en el enorme paisaje del llano y del cielo. Yo era una parte muy importante en la palpitante vida del llano y del río.

—¡Mira! Qué suerte tenemos, hay tunas —gritó Última alegremente y apuntó a las tunas maduras y rojas del nopal—. Ven y recoge algunas para comerlas en la sombra del río —corrí al cactus y reuní una pala llena de suculentas tunas llenas de semillas. Luego nos sentamos bajo la sombra de los álamos del río y pelamos las tunas con cuidado, porque aun en la piel tienen partes con pelusa que irritan los dedos y la lengua. Comimos y nos refrescamos.

El río estaba silencioso y austero. La *presencia* nos estaba observando. Me preguntaba por el alma de Lupito.

—Ya va a ser tiempo de ir a los ranchos de mis tíos en El Puerto para recoger la cosecha —dije.

—¡Ay! —asintió Última y miró hacia el sur.

—¿Conoces a mis tíos, los Luna? —pregunté.

—Por supuesto, muchacho —contestó—. Tu abuelo y yo somos viejos amigos. Conozco a sus hijos. Viví en El Puerto hace muchos años...

—Última —pregunté—, ¿por qué son tan extraños y callados? Y, ¿por qué es tan gritona y salvaje la gente de mi padre?

Ella contestó: —Es la sangre de los Luna lo que hace que sean callados, porque sólo un hombre callado puede aprender los secretos de la tierra que son necesarios para sembrar... Son callados como la luna... y la sangre de los Mares es salvaje como el mar, de donde toman su nombre, y los espacios del llano que han convertido en su hogar.

Esperé y luego dije: Hemos venido a vivir cerca del río y, sin embargo, junto al llano. Yo amo los dos pero no pertenezco a ninguno. Me pregunto cuál vida elegiré...

—Ay, hijito —se rió—, no te mortifiques con esos pensamientos. Tienes el tiempo suficiente por delante para encontrarte a ti mismo...

—Pero estoy creciendo —dije—, cada día soy mayor...

—Cierto —contestó suavemente. Comprendía que cuando yo creciera tendría que elegir entre ser el sacerdote de mi madre o ser el hijo de mi padre.

Nos quedamos en silencio durante largo rato, perdidos en los recuerdos que el murmullo del viento triste llevaba por las copas de los árboles. Las semillas del follaje volaban moviéndose con pereza en el aire denso. El silencio habló, no con sonidos fuertes, sino suavemente, al ritmo de nuestra sangre.

—¿Qué sucede? —pregunté, porque todavía sentía temor.

—Es la *presencia* del río —contestó Última.

Detuve la respiración y miré los álamos, gigantes y torcidos, que nos rodeaban. En alguna parte trinó un pájaro, y arriba del monte sonó el cencerro de una vaca. La *presencia* era inmensa, sin vida, y, sin embargo, palpitaba con su mensaje secreto.

—¿Puede hablar? —pregunté y me acerqué a Última.

—Si escuchas con cuidado —murmuró.

—¿Puedes hablarle? —pregunté, y el sonido que revoloteaba y asustaba pareció palparnos.

—Ay, mi niño —Última sonrió y me tocó la cabeza—, quieres saber tanto...

Y la *presencia* se fue.

—Ven, es hora de regresar a casa —se levantó y con la bolsa sobre el hombro, caminó trabajosamente hacia arriba de la loma. Yo la seguí. Sabía que si no contestaba a mi pregunta era porque esa parte de la vida no estaba lista para revelarse ante mí. Pero ya no le temía a la *presencia* del río.

Dimos vuelta hacia la casa. Al regresar recogimos una poca de manzanilla. Última me dijo que cuando nació mi hermano León, tenía la mollera sumida y que ella lo había curado con manzanilla.

Me habló de las hierbas comunes y de las medicinas que compartíamos con los indios del Río del Norte. Habló de las antiguas medicinas de otras tribus, los aztecas, los mayas, y aun de aquéllas en el viejo país de los moros. Pero no escuché, pensaba en mis hermanos León, Andrés y Eugenio.

Cuando llegamos a la casa, pusimos a secar las plantas en el techo del gallinero bajo el blanco sol. Coloqué piedras chicas encima de ellas para que el viento no se

48

las llevara. Había plantas que Última no podía obtener ni en el llano ni en el río, pero como mucha gente venía a buscarla para que la curara, y a cambio le traían otras hierbas y raíces, de las cuales las más apreciadas eran las de las montañas.

Terminada nuestra tarea, bajamos a comer. Los frijoles guisados con carne y chile verde estaban muy sabrosos. Tenía tanta hambre que me comí tres tortillas enteras. Mi madre era buena cocinera y era un placer estar reunidos mientras comíamos. Última le platicó sobre el orégano que habíamos encontrado y eso la complació.

—El tiempo de la cosecha ha llegado —dijo—, es tiempo de ir a los ranchos de mis hermanos. Juan mandó decir que nos están esperando.

Cada otoño nos encaminábamos a El Puerto, donde vivían mi abuelo y mis tíos. Después de ayudar a recoger la cosecha traíamos a la casa la parte que le correspondía a mi madre.

—Dice que hay mucho maíz, y ¡qué dulce es el maíz que cosechan mis hermanos! —prosiguió—, hay bastante chile colorado para hacer ristras, y frutas, ¡las manzanas de los Luna se conocen por todo el estado! —mi madre estaba orgullosa de sus hermanos, y cuándo empezaba a hablar, seguía y seguía. Última asintió cortésmente, pero yo me escapé de la cocina.

El día estaba caluroso al mediodía, no perezoso y holgazán, como en julio, pero sí suave, como los días de finales de agosto. Fui a casa de Jasón y jugamos toda la tarde. Hablamos de la muerte de Lupito, pero no le dije a Jasón que lo había visto. Después fui al río y corté la alfalfa, verde y alta, que crece silvestre, y cargué el bulto hasta la casa para tener varios días de alimento para los conejos.

Entrada la tarde, mi padre llegó chiflando por la vereda de las cabras, caminaba a casa bajo un sol con llamas naranja, y corrimos a encontrarlo.

—¡Cabritos! —gritó—, ¡cabroncitos! —y subió a Teresa y a Débora en sus hombros mientras yo iba a su lado, cargando su lonchera.

Al terminar de cenar, siempre rezábamos el rosario. Después de lavar los platos nos reuníamos en la sala donde mi madre tenía su altar. Mi madre tenía una estatua de la virgen de Guadalupe, de más de medio metro de altura. Estaba vestida de largo y ondulante color azul, parada sobre la luna de dos cuernos. A sus pies había cabezas aladas de ángeles, los niños del limbo. Tenía una corona en su cabeza porque era la Reina del Cielo. No había nadie a quien yo quisiera tanto como a la virgen.

Todos sabíamos la historia de cómo la virgen se apareció a un indito en México y de los milagros que había hecho. Mi madre contaba que la virgen era la patrona de nuestra tierra y aunque había muchos otros santos buenos, a ninguno quise tanto como a la virgen. Era muy duro rezar el rosario porque debía uno hincarse mientras se decían todas las oraciones, pero no me importaba porque cuando mi madre oraba yo podía mirar fijamente a la virgen hasta creer que era una persona real, la madre de Dios, el último refugio de todos los pecadores.

Dios no siempre daba el perdón. Hacía mandamientos que se debían cumplir y si no, uno era castigado. La virgen siempre perdonaba.

Dios tenía poder. Hablaba y los truenos hacían eco en todos los cielos.

La virgen estaba plena de amor callado y tranquilo.

Mi madre prendía las velas para la madona morena y nos hincábamos.

—Creo en Dios Padre, Todopoderoso —comenzaba.

Él nos creaba. Él nos podía dejar sin vida como si nos fulminara. Dios movió las manos que mataron a Lupito.

—Dios te salve, María llena eres de gracia...

Pero Él era un hombre gigante y Ella era mujer. Podía ir ante Él y pedirle que nos perdonara. Su voz era dulce y gentil, y con la ayuda de su Hijo, podían persuadir al Padre para que cambiara de opinión.

En uno de los pies de la Virgen había un pedacito donde se había escarapelado la pasta y ahora estaba expuesta. Su alma no tenía mancha alguna. Había nacido sin pecado. Todos nosotros nacíamos en pecado, el pecado de nuestros padres, que el bautismo y la confirmación comenzaban a lavar. Pero no era sino hasta la comunión, hasta que por fin tomábamos a Dios en nuestra boca y lo tragábamos cuando nos liberábamos de ese pecado y del castigo del infierno.

Mi madre y Última cantaban algunas oraciones, parte de una novena que habíamos prometido para que mis hermanos regresaran a salvo. Era triste oír sus voces llenas de lamentaciones en aquel cuarto alumbrado por velas. Cuando finalmente terminó el rezo, mi madre se levantó y besó los pies de la virgen; luego apagó las velas. Salimos de la sala sobándonos las rodillas entumecidas. El humo de las velas flotaba en el aire como incienso en aquel cuarto oscuro.

Subí trabajosamente las escaleras hasta mi cuarto. El canto de la lechuza de Última trajo rápidamente el sueño, mi sueño.

"Virgen de Guadalupe —oí que gritaba mi madre— regrésame a mis hijos."

"Tus hijos regresarán sanos y salvos", contestó una voz suave.

"Madre de Dios, haz que mi cuarto hijo sea sacerdote."

Y vi a la Virgen envuelta en el manto de la noche, parada en la brillante luna de dos cuernos, del otoño, y estaba de luto por el cuarto hijo.

¡Madre de Dios!, grité en la oscuridad, luego sentí la mano de Última en mi frente y pude dormir otra vez.

Cinco

—¡ANTONIOOOOOO! —DESPERTÉ.

—¿Quién?

—¡Antonioooooo!, despierta, aquí está tu tío Pedro...

Me vestí y bajé corriendo. Hoy era el día en que iríamos a El Puerto. Mi tío había llegado por nosotros. De todos mis tíos, era a mi tío Pedro al que más quería.

—¡Hey, Tony!... —me abrazó y me levantó hasta el techo y su sonrisa hizo que bajara a salvo—. ¿Listo para cortar manzanas? —preguntó.

—Sí, tío —contesté. Me gustaba mi tío Pedro porque era el más fácil de comprender. El resto de mis tíos eran amables y gentiles, pero muy callados. Hablaban muy poco. Mi madre decía que su comunicación era con la tierra. Decía que le hablaban a la tierra con las manos. Usaban las palabras cuando cada uno a su manera caminaba por sus campos o huertas en la noche y le hablaban a sus plantas.

Mi tío Pedro había perdido a su esposa mucho antes de que yo naciera y no tenía hijos. Me sentía a gusto al lado de él. También, de todos mis tíos, con quien podía hablar mi padre era con mi tío Pedro.

—¡Antonio! —llamó mi madre—, apúrate y alimenta a los animales. ¡Asegúrate de que tengan suficiente agua! ¡Ya sabes que a tu padre se le olvidarán mientras estemos lejos! —Me atraganté la avena que me había preparado mi madre y corrí a alimentar a los animales.

—¡Débora! —llamaba mi madre—, ¿ya empacaron las maletas? ¿Ya está lista Teresa? —Aunque El Puerto estaba a sólo quince kilómetros de distancia, abajo en el valle, este viaje significaba mucho para ella. Era el único tiempo que pasaba con sus hermanos durante el año, y que volvía a ser una Luna.

Mi tío Pedro subió las maletas al camión mientras mi madre corría de aquí para allá contando cientos de cosas que tenía la seguridad de que se le olvidarían a mi padre mientras estuviéramos lejos. Por supuesto, eso nunca pasaba, pero ella era así.

—¡Vamos, vamos! —llamó mi tío y nos subimos al camión estrepitosamente. Era la primera vez que Última iba con nosotros. Nos sentamos en silencio en la parte de atrás sobre las maletas y no hablamos de nada. Yo estaba demasiado excitado para hablar.

El camión bajó por la vereda de las cabras, cruzó el puente y dio vuelta al sur hacia El Puerto. Observé detenidamente todo lo que dejábamos atrás. Pasamos por la casa de Rosie y en el tendedero, justo a la orilla del barranco, estaba una joven colgando ropa de alegres colores. Pronto se perdió en la polvareda que alzaba el camión. Pasamos frente a la iglesia y nos persignamos, luego cruzamos el puente de El Rito y lejos, del lado del río, podía verse el agua verde de la presa.

El aire estaba fresco y el sol brillante. El camino serpenteaba por la orilla del río, y de vez en cuando cortaba por las barrancas que formaban las mesas, elevándose del valle del río, y el río quedaba muy abajo. Había mucho que ver en un viaje así, y casi después de partir ya se había terminado. Podía oír el grito de alegría de mi madre desde la parte de adentro del camión.

—¡Allí! ¡Allí está El Puerto de los Luna! —el camino bajaba hacia el valle y mostraba las casas de adobe del tranquilo pueblo. ¡Allí! —gritó— ¡Allí está la iglesia donde me bautizaron!

El camino polvoso pasaba frente a la iglesia, luego por la cantina de Tenorio y por el grupo de casas de adobe con techos mohosos. Cada casa tenía un jardín pequeño de flores al frente, y un corral para animales atrás. Unos cuantos perros perseguían al camión y enfrente de una casa jugaban dos niñas, pequeñas, pero casi todo el pueblito permanecía callado. Los hombres se encontraban en los campos.

Al final del camino de polvo, se encontraba la casa de mi abuelo. Más allá, el camino bajaba hacia un puente que cruzaba el río. La casa de mi abuelo era la más grande del pueblo, y era justo que así fuera, porque después de todo, el pueblo se había formado en gran parte gracias a los Luna. La primera parada que hicimos fue en su casa. Ni siquiera podíamos pensar en ir a otra parte antes de detenernos ahí para verlo. Después nos quedaríamos con mi tío Juan porque era su turno para que la familia de mi madre visitara a su familia, y su honor sería herido si no lo visitaba ella, pero por ahora era nuestro deber saludar al abuelo.

—Pórtense bien —amonestó mi madre al bajarnos. Mi tío iba al frente y nosotros lo seguíamos. En el cuarto fresco y oscuro, que era el corazón de la casa, mi abuelo estaba sentado esperándonos. Su nombre era Prudencio. Era viejo y usaba barba, pero cuando hablaba o caminaba, yo sentía la dignidad y la sabiduría de sus muchos años.

—¡Ay, papá! —gritó mi madre cuando lo vio. Corrió a sus brazos y lloró su alegría en el hombro de mi abuelo. Esto era de esperarse y todos permanecimos callados hasta que ella terminó de decirle el gusto que le daba verlo. Luego siguieron nuestros saludos. Nos acercamos por turno, tomamos su vieja y callosa mano, y le deseamos un buen día. Finalmente, Última lo saludó:

—Prudencio —le dijo sencillamente, y se abrazaron.

—Es bueno tenerte con nosotros nuevamente, Última. Te damos la bienvenida, nuestra casa es tu casa —dijo nuestra casa porque dos de mis tíos habían construido sus casas junto a la del abuelo, haciendo que la casa original se agrandara. Muchos de mis primos vivían allí.

—¿Y Gabriel? —preguntó.

—Está bien, y te manda saludar —dijo mi madre.

—¿Y tus hijos, León, Andrés y Eugenio?

—Las cartas dicen que están bien —y sus ojos se llenaron de lágrimas—, pero casi diario las campanas doblan por un hijo perdido en la guerra…

—Ten fe en Dios, hija —dijo mi abuelo, y la abrazó—, los regresará con bien. La guerra es terrible, las guerras siempre han sido terribles. Se llevan a los muchachos de los campos y los huertos donde debieran estar, les dan rifles y les dicen que se maten unos a otros. Es contra la voluntad de Dios —meneó la cabeza y frunció el ceño. Pensé que así se debería ver Dios cuando estaba enojado.

—¿Y supiste de Lupito…? —preguntó mi madre.

—Una tragedia muy triste —asintió mi abuelo—, esta guerra de los alemanes y los japoneses nos llega a todos. Hasta al mismo refugio del valle de los Luna nos llega. Acabamos de enterrar a uno de los muchachos de Santos Esteban. Hay mucho mal suelto por el mundo… —había caminado hacia la cocina donde tomarían café y comerían pan dulce hasta la hora de irnos a la casa del tío Juan.

Siempre gozábamos nuestra estancia en El Puerto. Era un mundo donde la gente se sentía feliz, trabajando y ayudándose unos a otros. La cosecha madura se apilaba alrededor de las casas de lodo y prestaba vida y color a las canciones de las mujeres. El chile verde se tostaba y se secaba el chile colorado, para luego atarse en manojos de colores. De las manzanas que se apilaban en alto, algunas perfumaban el aire, pues su aroma se extendía desde donde se secaban al sol en los techos de dos aguas; y otras se convertían en jaleas y mermeladas, mientras burbujeaban. Por las noches nos sentábamos alrededor de la chimenea, comíamos manzanas horneadas con azúcar y canela y nos poníamos a escuchar los viejos cuentos de la gente.

Ya tarde, el sueño nos vencía y nos llevaba de los cuentos a una acogedora cama.

—Hay esperanzas con ése —escuché a mi tío Juan decirle a mi madre. Supe que hablaba de mí.

—Ay, Juan —murmuró mi madre—, rezo porque tome los votos, para que un sacerdote regrese a guiar a los Luna…

—Veremos —dijo mi tío—. Después de su primera comunión nos lo debes mandar aquí. Ha de quedarse todo el verano, debe aprender nuestras costumbres... antes de que se pierda, como sucedió con los otros...

Comprendí que hablaban de mis hermanos.

Al otro lado del río, entre los árboles, bailaban las brujas tomando forma de bolas de fuego. Bailaban con el Diablo.

El viento frío soplaba por la esquinas de las casas anidadas en el oscuro valle, cantando sobre la sangre vieja, que era la mía.

Luego cantó la lechuza a los millones de estrellas que punteaban el cielo azul oscuro, el vestido de la virgen. Todo estaba bien protegido. Dormí.

Seis

EL PRIMER DÍA DE ESCUELA DESPERTÉ CON UN MALESTAR EN EL estómago, no me dolía, sólo me hacía sentir débil. El sol no cantaba al subir por la loma. Hoy iría por la vereda de las cabras y caminaría hasta el pueblo para comenzar años y años de enseñanza. Por primera vez estaría alejado de la protección de mi madre. Esto me excitaba y me daba tristeza.

Escuché a mi madre entrar a su cocina, su reino en aquel castillo construido por los gigantes. La escuché mientras avivaba el fuego y cantaba al ponerle más leña.

Luego oí a mi padre quejarse —¡Ay, Dios, otro día! ¡Otro día y más kilómetros que componer en esa endiablada carretera! Y, ¿para quién? ¡Para mí, para que pueda viajar al oeste! ¡Ay, no, esa carretera no es para el hombre pobre, es para el turista! ¡Ay, María, debimos habernos ido a California cuando éramos jóvenes, cuando mis hijos eran niños!..

Estaba triste. Los platos del desayuno tintineaban.

—Hoy es el primer día de escuela para Antonio —dijo ella.

—¡Huy! Otro gasto. En California, dicen, la tierra fluye leche y miel...

—¡Cualquier tierra fluye leche y miel si se trabaja con manos honradas! —contestó mi madre—. Mira lo que han hecho mis hermanos con las tierras bajas de El Puerto...

—¡Ay, mujer, siempre tus hermanos! ¡En esta loma sólo crecen las rocas!

—¡Ay! Y de quién es la culpa de que hayamos comprado una loma que no vale nada. No, no podías comprar tierra fértil junto al río, tuviste que comprar este pedazo de, de...

—Del llano —terminó mi padre.

—¡Sí!

—Es hermoso —dijo con satisfacción.

—¡No vale nada! Mira cuánto hemos trabajado en el jardín todo el verano, y ¿para qué?, ¡dos canastas de chile y una de maíz! ¡Bah!

—Hay libertad aquí.

—¡Trata de meterla en las loncheras de tus hijos!

—Tony va a la escuela hoy, ¿eh? —dijo él.

—Sí, y debes hablar con él.

—Estará muy bien.

—Debe saber el valor de la educación —insistió ella—. Debe saber lo que puede llegar a ser.

—Un sacerdote.

—Sí.

—Para tus hermanos —su voz estaba llena de frialdad.

—¡Deja a mis hermanos fuera de esto! Son hombres honrados. Siempre te han tratado con respeto. Fueron los primeros colonizadores del Llano Estacado. Han sido los Luna quienes llevaron el otorgamiento del gobierno mexicano para asentarse en el valle. Para eso se necesitaba tener valor...

—Guiados por el sacerdote —interrumpió mi padre. Escuché con atención. Todavía no conocía la historia completa del sacerdote Luna.

—¿Qué? ¿Qué dijiste? ¡No te atrevas a blasfemar para que mis hijos lo vayan a oír, Gabriel Mares! —lo regañó y lo sacó de la cocina— ¡Ve a darles de comer a los animales! ¡Dale a Tony unos minutos más de sueño!

Lo oí reírse cuando salió.

—Mi pobre bebé —susurró ella, y luego la oí rezar. Débora y Teresa se levantaron. Estaban entusiasmadas con la escuela porque ya habían estado ahí antes. Se vistieron y bajaron corriendo a lavarse.

Escuché a Última entrar en la cocina. Le dio los buenos días a mi madre y comenzó a ayudarle a preparar el desayuno. Los ruidos en la cocina me dieron el valor que necesitaba para saltar de la cama y vestirme con la ropa recién planchada que mi madre había preparado. Los zapatos nuevos se sentían extraños en unos pies que habían corrido descalzos por casi siete años.

—¡Ay! ¡Mi hombre de letras! —mi madre sonrió cuando entré a la cocina. Me tomó entre sus brazos y antes de que yo supiera, estaba llorando en mi hombro—. Mi niñito se irá hoy —sollozó.

—Estará bien —dijo Última—. Los hijos deben dejar de estar al lado de sus madres —añadió seriamente, y jaló a mi madre con gentileza.

—Sí, Grande —asintió mi madre—, es que es tan pequeño... el último en dejarme... —Pensé que iba a llorar otra vez—. Anda, lávate y péinate —dijo con sencillez.

Me lavé la cara hasta que quedó roja. Mojé mi cabello negro y lo peiné. Vi mi cara oscura en el espejo.

Jasón dijo una vez que había secretos en las letras. ¿Qué querría decir con eso?

—¡Antonioooo! Ven a comer.

—¡Tony va a la escuela! ¡Tony va a la escuela! —gritó Teresa.

—¡Calladita! Va a ser muy estudioso —mi madre sonrió y me sirvió primero. Traté de comer, pero la comida se me atoró en el paladar.

—Recuerda que eres un Luna...

—Y un Mares —interrumpió mi padre, que entraba después de alimentar a los animales.

Débora y Teresa se sentaron aparte y se dividieron los útiles de escuela que había comprado en el pueblo el día antes. Cada una tenía un bloc de papel que se llamaba *Red Chief*, crayones y lápices. Yo no tenía nada.

—¡Estamos listas, mamá! —gritaron.

Jasón me había dicho:

—Ve las letras con cuidado, dibújalas en el bloc, o en la arena del patio de recreo. Ya verás, tienen magia.

—Traerás honor a esta familia —dijo mi madre con seriedad—. No vayas a hacer algo por lo que dejen de respetar nuestro buen nombre.

Miré a Última. Su magia. La magia del indio de Jasón. Ellos no me podían salvar ahora.

—Ve inmediatamente con la señorita Maestas. Dile que eres mi hijo. Ella conoce a mi familia. ¿No los ha enseñado a todos? Débora, llévalo con la señorita Maestas.

—¡Híjole! Está bien. ¡Vámonos!

—¡Ay!, qué bien los educan —mi padre llenó la taza de café—. ¡Y sólo aprenden a hablar como indios! ¡Híjole!, qué clase de palabra es ésa...

—La educación lo convertirá en un estudioso como... como el sacerdote Luna.

—¡Un estudioso, ya, desde su primer día de escuela!

—¡Sí! —contestó mi madre—. Tú sabes que las señales eran buenas cuando nació. Te acuerdas, Grande, le ofreciste todos los objetos y el papel...

—Cierto —asintió Última.

—¡Bueno, bueno! —dijo mi padre doblando las manos—. Si eso es lo que va a ser, entonces que así sea. Un hombre no puede luchar contra su propio destino. En mis tiempos no nos mandaban a la escuela. A mí, mi padre me dio una cobija de montura y un pony bronco cuando tenía diez años. Ahí está tu vida, dijo, y apuntó hacia el llano. Así que el llano fue mi escuela, mi maestra, mi primer amor...

—Es hora de irnos, mamá —interrumpió Débora.

—¡Ay!, pero esos fueron años hermosos —continuó mi padre—, el llano todavía estaba virgen, había pastos tan altos que alcanzaban los estribos de un caballo, había lluvia, y luego llegó el tejano y levantó sus cercas, vino el ferrocarril, las carreteras... era como si una ola mala de los mares cubriera todo lo bueno...

—Sí, es hora, Gabriel —dijo mi madre, y me fijé que lo tocó ligeramente.

—Sí —contestó mi padre—, así es. Sean respetuosos con sus maestras —nos dijo—, y tú, Antonio —sonrió—, suerte. —Me hizo sentir bien, como un hombre.

—¡Esperen! —mi madre llamó a Débora y Teresa de regreso—. Deben recibir la bendición. Grande, por favor, bendice a mis niños. —Hizo que nos hincáramos con ella frente a Última—. Y especialmente bendice a mi Antonio, que todo le salga bien y que sea un hombre con grandes conocimientos...

Incluso mi padre se hincó para que Última nos bendijera. Todos juntos, en la cocina, bajamos la cabeza. No se oía un sólo ruido.

—En el nombre del Padre, del Hijo, y del Espíritu Santo...

Sentí la mano de Ultima en la cabeza y al mismo tiempo percibí una fuerza, como un remolino que me envolvía. Miré hacia arriba pensando que el viento me tumbaría al suelo. Los ojos brillantes de Última me mantuvieron inmóvil.

En el verano los diablos de polvo en el llano son numerosos. Vienen de la nada, hechos con el calor del infierno, llevan con ellos el espíritu malo del Diablo, levantan arena y papeles por su camino. Es mala suerte dejar que uno de esos pequeños remolinos te pegue. Pero es fácil esquivar al diablo de polvo, es fácil hacerlo cambiar de rumbo y que te saque la vuelta. El poder de Dios es tan grande. Todo lo que tienes que hacer es levantar tu mano derecha y cruzar tu pulgar sobre tu dedo índice, formando una cruz. Ningún mal puede retar esta cruz y el remolino que mantiene al polvo dentro se ve obligado a esquivarte.

Una vez no hice la señal de la cruz a propósito. Reté al viento para que me pegara. El remolino lo hizo con tanta fuerza que me tiró y me dejó temblando en el suelo. Nunca he sentido tanto miedo, porque mientras el aire aventaba todo lo que había levantado, el remolino parecía decir mi nombre alrededor de mí.

Antonioooooooo...

Luego se fue, y su maldad quedó impresa en mi alma.

—¡Antonio!

—¿Qué?

—¿Te sientes bien? ¿Estás bien? —era mi madre la que hablaba.

¿Pero cómo era posible que la bendición de Última fuera igual al remolino? ¿Sería que el poder del bien y del mal son lo mismo?

—Ya puedes pararte —mi madre me ayudó a ponerme de pie. Débora y Teresa ya habían salido por la puerta.

La bendición había terminado. Me levanté trabajosamente, cogí mi bolsa del almuerzo, y me dirigí hacia la puerta.

—Dime, Grande, por favor —suplicó mi madre.

—¡María! —dijo mi padre con gran seriedad.

—¡Oh! por favor, dime lo que va a ser mi hijo —mi madre pasaba ansiosamente su mirada de mí hacia Última.

—Será un hombre de saber —dijo Última con tristeza.

—¡Madre de Dios! —gritó mi madre y se persignó. Volteó y me gritó—: ¡Vete! ¡Vete!

Miré a los tres parados ahí y sentí que los estaba viendo por última vez. Última, en su sabiduría, mi madre en su sueño, y mi padre en su rebelión.

—¡Adiós! —grité y salí corriendo. Seguí a las dos cabras que iban saltando frente a mí. Balaban ruidosamente en el aire de la mañana, y las piedritas de la vereda revoloteaban mientras corríamos contra el tiempo hasta el puente. Atrás oí a mi madre gritar mi nombre.

En el enebro grande, donde la loma bajaba hacia el puente, escuché a la lechuza de Última. Sabía que era su lechuza porque estaba cantando a la luz del día. Hasta arriba, junto a un racimo de zarzamora madura, la vi en el enebro. Sus brillantes ojos me miraron y cantó wuuuuu, wuuuuu. Su canto me infundió confianza, me limpié las lágrimas, y corrí hacia el puente, el eslabón con el pueblo.

Iba casi a la mitad del puente cuando alguien gritó, ¡Corre! Me di vuelta y vi una forma pequeña y delgada dirigiéndose hacia mí desde el final del puente. Reconocí al Kid Vitamina.

¿Correr? ¡Estaba loco! Yo ya estaba a medio camino, ¡corre!, grité a mi vez y corrí. Esa mañana descubrí que nadie jamás le había ganado al Kid Vitamina a cruzar el puente, su puente. Yo era buen corredor y corrí tan rápido como pude, pero justo antes de llegar al otro lado, el golpetear como de caballo me pasó, el Kid sonrió un ¡hola, Tony! y jadeando dejó un rastro de saliva en el aire; se había esfumado.

Nadie sabía el nombre del Kid Vitamina, nadie sabía tampoco dónde vivía. Parecía ser mayor que los otros chicos con los que iba a la escuela. Nunca se detuvo el tiempo suficiente para hablar, siempre andaba corriendo, obseso por la velocidad.

Caminé con lentitud después de cruzar el puente, en parte porque estaba cansado y en parte porque me asustaba el colegio. Pasé frente a la casa de Rosie, di vuelta y crucé frente al Longhorn, la cantina. Cuando llegué a la calle principal, me quedé atónito. Parecía como si un millón de chicos gritaran, se quejaran, empujándose, llorando, todos camino a la escuela. Por largo rato me quedé como hipnotizado con la estruendosa escandalera, luego, con un grito de resolución que explotaba de mi garganta, me metí corriendo al alboroto.

De alguna manera llegué a la escuela, pero estaba perdido. La escuela era más grande de lo que yo me imaginaba. Sus enormes puertas bostezando eran amenazadoras. Busqué a Débora y a Teresa, pero cada cara que veía era extraña. Volví a ver las puertas de los corredores sagrados pero me daba mucho miedo entrar. Mi madre había dicho que fuera con la señorita Maestas, pero no sabía cómo comenzar a buscarla. Había venido al pueblo, a la escuela, y estaba totalmente perdido y asustado entre el nerviosismo y la excitación de tantos muchachos.

Entonces sentí una mano en el hombro. Al voltear, vi los ojos de un muchacho extraño de cabello rojo. Habló en inglés, una lengua extraña para mí.

—Primer año —fue todo lo que pude contestar. Sonrió y me tomó de la mano y con él entré al colegio. El edificio estaba oscuro como una caverna. Tenía olores y sonidos extraños y desconocidos, que parecían brotar de su estómago. Había un corredor grande y muchos salones y muchas madres con sus niños entraban y salían de los salones.

Deseaba que mi madre estuviera allí, pero hice a un lado tal pensamiento porque sabía que esperaban que me convirtiera en hombre. Un radiador tronó con el vapor y me hizo brincar. El pelirrojo rió y me llevó a uno de los salones. Este salón estaba más iluminado que el corredor. Así fue como entré por fin a la escuela.

La señorita Maestas era una mujer bondadosa. Le dio las gracias al muchacho, a quien llamaba Red, por llevarme al salón de clase y luego me preguntó mi nombre. Le dije que no hablaba inglés.

—¿Cómo te llamas? —preguntó.

—Antonio Mares —respondí. Le dije que mi madre me había dicho que debería verla a ella y que mi madre le mandaba sus saludos.

Sonrió —Antonio Mares, —escribió en un libro. Me acerqué a ver las letras que había formado con su pluma—. ¿Quieres aprender a escribir? —preguntó.

—Sí' —contesté.

—Qué bueno —sonrió.

Quería preguntarle inmediatamente sobre la magia de las letras. Pero eso sería de mala educación, así que me quedé callado. Estaba fascinado con las letras negras que se formaban en el papel y decían mi nombre. La señorita Maestas me dio una crayola y papel, y me senté en la esquina a trabajar, copiando mi nombre una y otra vez. Ella estuvo muy ocupada durante el resto de la mañana con los otros niños que entraron al salón, muchos de los cuales lloraron cuando se fueron sus mamás, y uno mojó sus pantalones. Me senté en la esquina, solo, a practicar. Para el medio día ya podía escribir mi nombre y cuando la señorita Maestas se dio cuenta, quedó muy complacida.

Me llevó al frente del salón y habló con los otros niños y niñas. Me señaló, pero no entendí lo que les decía. Luego los niños y niñas se rieron y me señalaron. No me sentía muy bien. Después me aparté de los grupos tanto como pude y trabajé solo. Trabajé duro. Escuché todos los extraños sonidos. Aprendí nuevos nombres, nuevas palabras.

Al medio día abrimos nuestras loncheras para comer. La señorita Maestas dejó el salón, y una muchacha de la escuela superior llegó a sentarse en el escritorio mientras comíamos. Mi madre había puesto un pequeño envase con frijoles calientes y algo de buen chile verde envuelto en tortillas. Cuando los otros niños vieron mi lunch sonrieron y me señalaron otra vez. Hasta la chica

de la escuela superior se rió. Me señalaron sus empare-
dados hechos con pan. Otra vez no me sentí bien.

Recogí mi almuerzo y salí del salón. La pesadumbre
que me había causado la escuela y los otros niños me daba mucha tristeza. No los comprendía. Me escondí atrás
del edificio de la escuela y, parado contra la pared traté
de comer. Pero no pude. Un nudo enorme parecía ha-
bérseme formado en la garganta y las lágrimas me llenaron los ojos. Extrañé a mi madre y, al mismo tiempo,
comprendí que me había mandado a este lugar donde
era un marginado. Puse tanto empeño en aprender y se
burlaron de mí. Abrí mi lunch para comérmelo y otra
vez se rieron y me señalaron.

El dolor y la tristeza parecieron extenderse en mi alma, y sentí por primera vez lo que los adultos llaman "la
tristeza de la vida". Deseaba huir, esconderme, correr
para nunca regresar, no ver a nadie otra vez. Pero sabía
que con esto, avergonzaría mi apellido, y el sueño de mi
madre se derrumbaría. Tenía que crecer y ser un hombre, pero, ¡oh!, qué difícil era.

Pero no, no estaba solo. Al final de la pared vi a otros
dos niños que se habían escapado del salón. Eran Jorge
y Willie, muchachos grandes. Eran de los ranchos de
Delia. Nos unimos y en la unión encontramos la fuerza.
Conocimos a otros que eran como nosotros, diferentes
en idioma y costumbres, y parte de nuestra soledad se
esfumó. Cuando llegó el invierno nos cambiamos al auditorio y desde ahí, aunque muchas de nuestras comidas
se consumían en silencio absoluto, sentíamos que ya
pertenecíamos a la escuela. Batallamos en contra del
sentimiento de soledad que roía nuestras almas y nos so-
brepusimos; ese sentimiento jamás volvería a compartir-
lo con nadie, ni siquiera con Caballo y Huesos, o el Kid
y Samuel, o Cico, o Jasón.

Siete

Por fin terminó la guerra. En la escuela, las maestras se reunieron en el corredor y hablaron excitadas, y algunas se abrazaron. Nuestra señorita Maestas entró y nos dijo que la guerra había terminado y estaba feliz, pero los niños siguieron escribiendo sus letras mágicas en los cuadernos. Desde mi rincón sonreí. Mis tres hermanos regresarían al hogar, y yo los extrañaba.

Andrés escribió. Venían de las tierras de oriente a encontrarse en un lugar llamado San Diego. Querían llegar a la casa juntos, porque juntos se habían ido a la guerra.

—¡Jesús, María Purísima! —gritó mi madre—, bendita virgen de Guadalupe, gracias por tu intercesión. Bendito san Antonio, bendito san Martín, ¡Ay, Dios mío!, gracias a san Cristóbal... —agradeció a cada uno de los santos que conocía por haber librado a sus hijos de morir en la guerra. Leyó la carta y una y otra vez lloró sobre ella.

Cuando llegó mi padre a la casa, le tuvo que quitar la carta de la mano. Para entonces ya se estaba desbaratando con tantas lágrimas, y las letras mágicas estaban manchadas y desteñidas.

—Debemos rezar —resplandeció de alegría, aunque sus ojos todavía estaban enrojecidos de tanto llorar. Prendió muchas velas para la virgen y le permitió a Última quemar incienso dulce al pie de la estatua. Después rezamos. Rezamos un rosario tras otro, hasta que el sonido monótono de las oraciones se mezcló con la difusa luz de las velas en el altar.

Rezamos hasta que nuestra fe se convirtió en cansancio que nos hizo dormir. La primera en quedarse dormida fue Teresa; mi padre se levantó en silencio y la llevó hasta la cama de ella. Luego Débora comenzó a cabecear y también se quedó dormida; y yo, que quería aguantar para complacer a mi madre, fui el próximo en caer rendido. Sentí los fuertes brazos de mi padre cuando me cargó para llevarme a la cama, y lo último que vi fue a mi madre y a Última hincadas, fervorosamente, al pie de la virgen, rezando de agradecimiento.

No sé cuánto tiempo permanecí así. Sólo sé que mi alma flotaba con la santidad de la oración hacia el cielo de los sueños. La niebla se cernía a mi alrededor. Estaba en el río cuando escuché que alguien decía mi nombre:

"Antoniooooo, Toni, Toniiiiii...", la voz llamaba.

"Oh, mi Antonio", la voz se oía como un eco que venía del valle.

¡Aquí! —contesté. Me asomé por la oscura niebla, pero no pude ver a nadie. Solamente escuché el oleaje de las aguas lodosas del río.

"Antonio-forooooooooos", la voz insistía, como cuando mis hermanos me molestaban.

¡Aquí! —grité—. Aquí donde está el estanque de los siluros, donde me enseñaron a pescar. Aquí, junto a los altos bejucos donde la sangre de Lupito fluye con el río.

La espesa niebla subía en olas grises y se enredaba por los árboles. Parecían gigantescas figuras espectrales.

"Toño... Tonireeeeeelooooo —llamaban las voces—. ¡Oh!, nuestro dulce niño, vamos a la casa para estar contigo. Nosotros, que hemos estado más allá de la tierra en la que sueña nuestro padre, que hemos permanecido más allá del océano donde se pone el sol; que hemos viajado hacia el oeste hasta que llegamos al este, y vamos rumbo a la casa a estar contigo."

¡Yo! Eran mis hermanos perdidos. —Danos tu mano, dulce hermano nuestro. Danos tu mano salvadora. Somos gigantes que se están muriendo... Hemos visto la tierra de la carpa dorada.

Luego se oyó un fuerte ruido de ramas rompiéndose atrás,
y al voltear vi las tres formas escuras sobre mí. —¡Aghhhhh!
¡Mis hermanos! —grité.

Me levanté y vi que estaba en la cama. Tenía todo el cuerpo bañado en sudor, y mis labios temblaron. Sentí un hondo pesar en lo más profundo del corazón y me costaba trabajo respirar. Afuera escuché a la lechuza gritar alarmada. Alguien venía por la vereda de las cabras. Me puse los pantalones y corrí hacia la fría noche. ¡Allí!, justo subiendo por la loma, había tres formas oscuras.

—¡Andrés! ¡León! ¡Eugenio! —grité y corrí descalzo por la vereda bañada con la luz de la luna.

—¡Hey, Tony! —gritaron y corrieron hacia mí, y en un instante me levantaron en brazos los gigantes de mis sueños.

—¡Hey, Tony!, ¿cómo estás?

—¡Hombre, cómo has crecido!

—Oye, ¿vas a la escuela? ¿Cómo está mamá? —luego, Andrés me cargó en los hombros, y los tres corrieron a la casa donde ya había una luz brillando en la ventana de la cocina.

—¡Mis hijos! —gritó mi madre y corrió a abrazarlos. Era una reunión fabulosa y excitante. Mi madre decía sus nombres una y otra vez y corría de uno al otro, abrazándolos y besándolos. Mi padre les tendió la mano y también los abrazó. Tuvieron que hincarse para que Última les diera la bendición por haber regresado. Cada uno se turnaba levantando a Débora, a Teresa o a mí, para bailar con nosotros alrededor de la cocina. Nos trajeron regalos.

Mi padre abrió una botella de whisky y todos tomaron como hombres y mi madre y Última se pusieron a hacer la cena. Nunca había sentido tanta felicidad como el día que regresaron al hogar mis hermanos.

Después, antes de terminar lo que estaba cocinando, mi madre se sentó y lloró y todos nos quedamos por allí en silencio. Lloró por largo rato y nadie, ni siquiera Última, se acercó a tocarla. Su cuerpo parecía crecer con los sollozos que la ahogaban. Necesitaba llorar. Esperamos.

—Gracias por regresármelos sanos y salvos —dijo, y se puso de pie—. Ahora debemos rezar.

—María —dijo mi padre en tono quejumbroso—, ¡pero si hemos rezado toda la noche!

De todas maneras tuvimos que arrodillarnos para rezar una oración más. Después regresó a cocinar y sabíamos que estaba contenta, y todos nos sentamos por primera vez en silencio.

—¡Platíquenme de California! —suplicó mi padre.

—Sólo estuvimos allí unos meses —dijo Andrés tímidamente.

—Entonces cuéntenme sobre la guerra.

—Estuvo bastante bien —León encogió los hombros.

—¡Sí, como no! —Eugenio frunció el ceño. Se apartó de nosotros y se fue a sentar solo. Mi madre decía que él era así, solitario, un hombre que no gustaba de mostrar sus sentimientos. Todos lo comprendimos.

—Eugenio, ¡qué pena!, ¿qué va a decir Última? —dijo mi madre.

—Perdón —murmuró Eugenio.

—¿Vieron los viñedos? —preguntó mi padre. El whisky enrojecía sus mejillas. Estaba excitado y hablaba con entusiasmo ahora que sus hijos habían regresado. Revivía de nuevo el sueño de mudarnos al oeste.

—¡Ay! Dios, fue terrible estar sin ustedes —dijo mi madre desde la mesa.

—Todo estará bien ahora —le aseguró Andrés. Recordé que ella siempre afirmaba que era el que más se le parecía.

—¡Daría cualquier cosa por poderme mudar a California ahora mismo! —exclamó mi padre y dio un puñetazo en la mesa. Sus ojos tenían una mirada salvaje de alegría mientras escudriñaba dentro de los ojos de sus hijos.

—¡Gabriel! Acaban de regresar... —dijo mi madre.

—Bueno —mi padre se encogió de hombros—, no quiero decir que esta misma noche, quizás en uno o dos meses, ¿verdad muchachos? —mis hermanos se vieron unos a otros nerviosamente y asintieron.

—¡León! ¡Oh, mi León! —mi madre gritó cuando menos lo esperábamos y fue hacia León y lo abrazó. León sencillamente alzó la vista y la miró con sus ojos tristes—. ¡Oh, estás delgado!

Nos acostumbramos a sus reacciones que llegaban cuando menos lo esperábamos. Comimos y escuchamos mientras mi padre y mi madre hacían cientos de preguntas. Luego la fatiga, y su hermano el sueño, se apoderaron de nosotros, y nos fuimos casi a rastras a las cálidas camas, mientras en la cocina seguía el interrogatorio a los que acababan de regresar. Y así continuó hasta el amanecer.

Mis tres hermanos habían regresado y la familia estaba completa. Mi madre los atendía como gallina a sus pollitos, aunque el halcón de la guerra hubiera volado lejos. Mi padre estaba contento y lleno de vida, revitalizado por la plática sobre el verano que estaba por llegar y sobre la mudanza a California. Y yo estaba ocupado en la escuela, guiado por el deseo de hacer mía la magia de las letras y de los números. Batallaba y tropezaba, pero con la ayuda de la señorita Maestas comencé a desenredar el misterio de ambos, en especial las letras.

La señorita Maestas envió una nota a mi madre diciéndole que yo estaba progresando mucho, y mi madre se sentía muy contenta de que un hombre de letras fuera entregado nuevamente a los Luna.

—¿Quién que esté la vista y la mirada en sus ojos fijos—. Oh, ¡ella callaba!

Fue abandonándose a sus reacciones que llevaron a cumplimiento lo que siempre. Camino, y escuchaba mientras un palito y tomaba a seguir caminante entre los. Luego le tendí y su herencia el juicio, se ponderó más se ponerlo, y una infinidad que a su rodar las sillas como apuntaras en la mesa según él interrogara, la luz que apuntaban de repetir. Y el camino, mientras el —¿qué...?

Más tranquilas la habían repasado y la familia esperaban completa. Mi madre los atendió como cuchillo a las pollita, sonríe el batón de su madre, hubiera venido leyes. Mi madre veía a su padre y la boca, veía revivir valor en la platicadora, en aquel que estaba poco más y a ver la famosas "Callao tía". Y yo no lo conocía en la escuela, quedaba por el llano de hacer una la magia de las letras y de las palabras. Batallón y propósito, pero con la ayuda de la sed de la Maestra como de una enseñanza eran parte de aquel que esperan las letras.

La señora Maestra era muy amigua a mi madre digitando que yo se había presentado nuevo, y mi madre se sentía muy contenta de que su hija fuera tan seria, y preguntó primamente a la luna.

Ocho

EL COLOR VERDE LIMA DE LA PRIMAVERA LLEGÓ UNA NOCHE Y tocó los árboles del río. Aparecieron botones oscuros en las ramas y parecía como si la misma savia dormida que los alimentaba comenzara a fluir en mis hermanos. Capté su inquietud, y comprendí por qué a la sangre de primavera se le llama mala sangre. Era mala, no porque trajera el crecimiento, eso era bueno, sino porque afloraban, desde los oscuros interiores, las inquietas y salvajes urgencias que habían permanecido dormidas durante el invierno. Revelaba deseos escondidos a la luz del nuevo y cálido sol.

Mis hermanos habían pasado el invierno durmiendo durante el día y en el pueblo por la noche. Eran como animales engreídos y hacían las cosas mecánicamente. Yo sólo los veía por las tardes cuando se levantaban para asearse y comer. Después se iban. Oí murmurar que estaban dilapidando el dinero de las fuerzas armadas en el cuarto de atrás del Eight Ball, que eran los billares del pueblo. Mi madre se preocupaba por ellos casi tanto como cuando estaban en la guerra, pero permanecía callada, pues se sentía contenta de que hubieran regresado.

Mi padre aumentó sus súplicas para que hicieran planes a futuro con él para irse a California, pero ellos sólo asentían con la cabeza. Eran como hombres perdidos que iban y venían sin decir nada.

Pensé que quizá fuera su manera de olvidar la guerra, porque sabíamos que la enfermedad de la guerra estaba en ellos. León mostraba más la enfermedad. A veces en la noche aullaba y lloraba como un animal salvaje, lo que me recordó a Lupito en el río.

Entonces mi madre iba hacia él y lo abrazaba como si fuera un niño, hasta que por fin se quedaba dormido. No se sintió mejor hasta que comenzó a sostener largas pláticas con Última quien le dio un remedio. Sus ojos todavía eran tristes, como siempre habían sido, pero había en ellos un rayo de esperanzas para el futuro y ya podía descansar por las noches, así que pensé que todos estaban enfermos por la guerra y estaban tratando de olvidarla.

Pero al llegar la primavera se intranquilizaron más. El dinero que habían traído se acabó, firmaron pagarés en el pueblo, y se metieron en problemas. Entristecían a mi madre y habían matado el sueño de mi padre. Una tarde calurosa, mientras yo alimentaba a los conejos, hablaron y los escuché.

—Tenemos que largarnos de aquí —dijo nerviosamente Eugenio—. ¡Este pueblo rabón me está matando! —aunque era el más joven, siempre había sido el líder.

—Sí. Es un verdadero infierno haber conocido la mitad del mundo y luego tener que regresar aquí, a esto —León señaló el pequeño pueblo de Guadalupe al otro lado del río. Siempre secundaba las ideas de Eugenio, aunque fuera el mayor de los tres.

—Es la comezón de la sangre Mares —rió Andrés. Él los escuchaba, pero no necesariamente concordaba con las ideas de Eugenio. A Andrés le gustaba conservar sus propias ideas.

Es cierto, pensé, es la sangre Mares la que nos inquieta con la urgencia de vagar, como el inquieto y vagabundo mar.

—¡No me importa lo que nos tiene así, Andrés! —dijo Eugenio con la rapidez de un balazo— ¡Es que me siento amarrado aquí! ¡No puedo ni respirar!

—Y papá todavía está hablando de California —dijo León incrédulo.

—Eso es una bola de mierda —dijo Eugenio, escupiendo sus palabras—, él sabe recondenadamente bien que mamá nunca se irá de aquí.

—... Y que no iremos con él —terminó diciendo Andrés.

Eugenio frunció el ceño: —¡Cierto! ¡No iremos! No comprende que ya somos hombres. ¡Diablos, peleamos una guerra! Él ya tuvo su tiempo para andar por ahí, y ahora está envejeciendo y además tiene otros chicos en quienes pensar. ¿Por qué tenemos que seguir amarrados a él?

Andrés y León se quedaron mirando a Gene y supieron que hablaba con la verdad. La guerra los había cambiado. Ahora necesitaban vivir sus propias vidas.

—Sí —dijo Andrés suavemente.

—Es ir a California o ir a trabajar con él a la carretera... —León pensó en voz alta.

—¡Mierda! —exclamó Gene—. ¿Por qué debe haber sólo dos opciones? Hombre, he estado pensando. Si nos juntáramos, podríamos mudarnos a Las Vegas, Santa Fe, o quizá Albuquerque. Hay trabajo en esos lugares. Podríamos rentar...

Andrés y León miraban intensamente a su hermano. Su arrojo y sus audaces ideas muchas veces los tomaban por sorpresa.

—Hombre, podríamos ahorrar, comprarnos un auto, mujeres...

—Sí, Gene —asintió León.

—Sería grandioso —dijo Andrés.

—¡Podríamos ir a Denver, Frisco!, ¡diablos, el cielo es el límite! —su voz se quebró. La excitación que mostraba contagiaba a sus hermanos.

—Gene, ¡tienes ideas fabulosas! —León resplandecía. Estaba orgulloso de su hermano. Él mismo no se hubiera atrevido a llegar tan lejos en sus planes.

—Bueno, pues aquí estamos sentados, nada más hablando de ello, ¡hagámoslo! ¡Vámonos! ¡Muévanse!

—¡Casi puedo ver nuestros planes hechos realidad! —León se frotaba las manos—, dinero, licor, mujeres...

—¡Sí! ¡Así se habla, mi muchacho! —Gene le dio una suave trompada.

—Y, ¿qué hay con nuestros padres? —fue Andrés quien preguntó. Callaron durante unos momentos.

—Diablos, Andy, a ellos les va bien —dijo Gene—. Ya ves, el viejo tiene trabajo de planta. Les mandaremos dinero cuando podamos...

—No me refería a eso —dijo Andrés.

—¿Entonces, a qué? —esperé. Yo sabía lo que él trataba de decirles.

—Me refería al sueño de papá de mudarse a California, y de mamá, quien desea que nos quedemos a vivir en el valle... —dijo. Se voltearon a ver, incómodos. Todas sus vidas las habían pasado sintiendo que los rondaban continuamente los deseos de mi padre y de mi madre. Yo también sentía que sus sueños me rondaban constantemente.

—Diablos, Andy —dijo Gene suavemente—, no podemos construir nuestras vidas con sus sueños. Somos hombres, Andy, ya no somos niños. No podemos estar amarrados a antiguos sueños...

—Sí —contestó Andrés—, supongo que sé que tienes razón. —Me sentí muy triste cuando dijo eso. No quería perder nuevamente a mis hermanos.

—Y todavía se quedarán con Tony —dijo Gene y me miró—. Tony será su sacerdote —se rió.

—Tony será su campesino —agregó León.

—¡Y sus sueños se harán realidad y nosotros estaremos libres! —gritó Gene.

—¡Yahooooo! —brincaron y gritaron de alegría. Bailaron y lucharon unos contra otros, y rodaron por el suelo como animales salvajes, gritando y riéndose.

—¡Qué dices, Tony, vas a ser su sacerdote! ¡Bendícenos, Tony! —se hincaron y alzaron los brazos para luego bajarlos hacia mí. Me asustaron sus reacciones salvajes, pero reuní suficientes fuerzas para gritarles:

—¡Yo los bendeciré! —grité e hice la señal de la cruz, como lo había hecho durante mi sueño.

—¡Pequeño bribón! —se rieron. Me agarraron, me quitaron los pantalones y, por turno, me dieron nalgadas. Luego me aventaron al techo del gallinero.

—¡Necesitamos celebrar esto! —gritó Gene.

—¡Sí!

—¡Yo los bendeciré! —volví a gritar desde arriba a las tres formas gigantes, pero no me hicieron caso.

—¡Hey! ¡Tendremos que despedirnos de las muchachas de la casa de Rosie! —Gene rió y los dos le dieron un puñetazo a Andrés en el hombro. Andrés sólo sonrió.

Recuerdo el día que llevamos nuestra vaca al toro de Serrano. Era un sábado frío y nebuloso. Cuando el toro olió a la vaca, brincó la cerca de la pastura y vino hacia el camión. Daba vueltas, bufando y pateando. Yo me asusté mucho. Finalmente pudimos abrir la puerta de atrás del camión y dejamos salir a la vaca. De inmediato, el tremendo peso del toro estaba sobre ella, montándola, y mi padre y Serrano se reían y se daban palmadas en las rodillas. Rieron hasta que los ojos se les llenaron de lágrimas. Luego se bebieron una botella de whisky, bajaron la voz, y platicaron sobre las muchachas de la casa de Rosie.

—¡Whooooopeeee! —gritaron. Después sus oscuros contornos se perdieron con la puesta de sol.

Bajé y me puse los pantalones. Me dolía donde me habían dado las nalgadas. No sabía si llorar o reír con ellos. Tenía un vacío adentro, no porque me hubieran dado de nalgadas, sino porque iban a viajar de nuevo.

Se perderían otra vez.

Recuerdo cuando construyeron nuestro hogar. Eran como gigantes entonces. ¿Los perdería para siempre?

Quería gritarles: Yo los bendigo.

Nueve

En la niebla oscura de mis sueños vi a mis hermanos:

Las tres formas oscuras me llamaban silenciosamente para que las siguiera. Íbamos por la vereda de las cabras hasta cruzar el puente, y luego a la casa de las mujeres pecaminosas. Caminamos en silencio por la muchas veces transitada vereda. La puerta de la casa de Rosie se abrió y miré brevemente a las mujeres que vivían allí. Había humo en el aire, dulce con la fragancia del perfume, y se oían risas. Mis hermanos me hicieron señas para que entrara. Una joven rió alegremente. Se agachó y la suave carne de sus pechos caía con soltura y era redonda como las ubres de una vaca.

Cuando mi madre se lavaba el cabello largo y negro, se doblaba el cuello de la blusa hacia adentro y podía verle los hombros y la piel rosada de la garganta. El agua mojaba su blusa y la tela delgada de algodón se le pegaba alrededor de la curva de sus senos.

¡No! —gritaba en mis sueños—, no puedo entrar. No puedo estar pensando estas cosas. Voy a ser sacerdote.

Mis hermanos rieron y me hicieron a un lado. —No entren —grité—. Está escrito en las aguas del río que perderán sus almas... ¡se irán al infierno si entran!

"¡Bah! —Eugenio frunció el ceño—, te estás dando golpes de pecho como si fueras un fanático, pero tú también vendrás a parar aquí ¡Tú eres un Mares! —gritó y se introdujo."

"Aun los sacerdotes son hombres —sonrió León—, y cada hombre nace de una mujer, y debe satisfacerlo una mujer. —Y también entró."

Andrés —le supliqué a la última silueta que quedaba afuera—, no entres.

Andrés soltó una carcajada. Hizo una pausa en la puerta, que estaba alegremente alumbrada, y dijo: "Haré un pacto contigo, mi pequeño hermano, esperaré y no entraré hasta que pierdas tu pureza".

Pero la inocencia se queda para siempre —grité.

"Eres inocente cuando no sabes —gritó mi madre—, pero tú ya sabes demasiado sobre la carne y la sangre de los hombres Mares."

"Eres inocente hasta que comprendas —dijo el sacerdote de la iglesia—, y comprenderás el bien y el mal cuando hagas la comunión y Dios llene tu cuerpo."

¡Oh!, dónde está la inocencia que nunca debo perder —grité hacia el triste panorama que tenía enfrente. Y en el humo que se enroscaba cayó un rayo relampagueante y del trueno salió una forma oscura. Era Última que apuntó hacia el oeste, hacia Las Pasturas, lugar donde yo había nacido.

Ella habló: "Allí en la tierra de los campos y de las onduladas lomas, allí en la tierra que es del águila durante el día y de la lechuza por la noche, está la inocencia. Allí donde el solitario viento del llano cantó en las festividades de los que se alegraron con tu nacimiento, allí en esas lomas está tu inocencia".

Pero eso fue hace mucho tiempo —grité. Busqué más respuestas, pero ella se había evaporado, dentro de un estruendoso ruido.

Abrí los ojos y oí la conmoción que había allá abajo.

—¡Tenemos que irnos! ¡Tenemos que irnos! —una voz excitada gritaba. Era Eugenio. Brinqué hasta la puerta y me asomé a la cocina. Mi madre estaba llorando.

—Pero, ¿por qué? —preguntó mi padre—. Pueden encontrar trabajo aquí. Puedo meterlos a trabajar en la carretera hasta el verano, y luego podemos...

—¡No queremos trabajar en la carretera! —explotó Eugenio. Discutían, diciendo que se iban, y Eugenio dominaba la reunión. Pensé que debía estar borracho para hablarle de esa manera a mi padre. Comparado con mis hermanos, mi padre era menos alto y más delgado, pero estaba fuerte. Sabía que los podría partir en dos si él quisiera.

Pero no estaba enojado. Sabía que los estaba perdiendo, y se encogía, dando pasos hacia atrás.

—¡Eugenio! —rogaba mi madre—. ¡Fíjate en lo que estás diciendo! ¡No desafíes así a tu padre!

Ahora le tocaba a mi hermano encogerse hacia atrás. Eugenio murmuró una disculpa. Sabía que estaba dentro del poder del padre maldecir a sus hijos, y ¡ay!, una maldición echada a un hijo o una hija desobediente era irrevocable. Conocía las historias de muchos hijos e hijas malos que habían enfurecido tanto a sus padres, que éstos les habían echado la maldición renegando de ellos. ¡Ah!, esos pobres muchachos habían conocido al mismo Diablo o la tierra se había abierto a sus pies y se los había tragado. En cualquiera de los casos, nunca se volvió a saber de ellos.

Vi a mi madre hacer la señal de la cruz y yo también me puse a rezar por Eugenio.

—¿Qué es lo que quieres? —sollozó mi madre—. Han estado lejos tanto tiempo, y ahora que acaban de regresar, ya se quieren ir otra vez...

—¿Y qué hay de California? —suspiró mi padre.

—No queremos entristecerte, mamá —León se acercó a ella y le pasó el brazo por la espalda—, nada más queremos vivir nuestras vidas.

—No queremos ir a California —dijo Eugenio con mucho énfasis—. Nada más queremos ser independientes, mudarnos a Santa Fe y trabajar...

—Están abandonándome —lloró mi madre otra vez.

—No quedará nadie que me ayude a mudarme al oeste... —susurró mi padre y pareció como si un peso muy grande se hubiera posado en sus hombros.

—No te estamos abandonando, mamá —dijo Andrés.

—Ya somos hombres, mamá —dijo Gene.

—¡Ay!, hombres Mares —dijo estoicamente y volteó a mirar a mi padre—. La sangre de los Mares los aleja del hogar de los padres, Gabriel —continuó. Mi padre la miró y agachó la cabeza. La misma sangre vagabunda que corría por sus venas, corría por la de sus hijos. La intranquilidad de su sangre había destruido su sueño, lo había derrotado. Lo comprendía ahora. Era muy triste darse cuenta.

—Todavía tienes a Tony —dijo León.

—Gracias a Dios —dijo mi madre, pero no había alegría en su voz.

En la mañana partieron León y Eugenio, pero se había quedado Andrés. Hablaron hasta muy entrada la noche y finalmente había prescindido de la idea de irse con ellos. Creo que no le gustaba mucho seguir sus pasos y quería complacer a mi madre. Además, le habían ofrecido un empleo en Allen's, que era un mercado de alimentos, así que la urgencia por vivir una aventura no lo intranquilizaba. Me alegré. Siempre me sentí muy cerca de Andrés; me hacía feliz saber que él no sería como mis otros dos hermanos.

Aquella mañana caminé a la escuela con Andrés.

—¿Por qué no te fuiste con León y Gene? —pregunté.

—Ah, pues porque conseguí trabajo aquí, empiezo hoy. Así que pienso que me puede ir tan bien aquí como a ellos en Las Vegas.

—¿Los vas a extrañar?

—Por supuesto.

—Yo también...

—Y he estado pensando mucho en terminar mis estudios... —dijo.

—¿En la escuela?

—Por supuesto —prosiguió—, ¿por qué, piensas que estoy muy grande?

—No —dije. Mentí. No podía imaginar a aquella forma de mis sueños en la escuela.

—Por supuesto —prosiguió—, solamente me faltaban unas cuantas materias para terminar cuando nos enlistamos. Si hay alguna cosa que aprendí en el ejército es que un hombre que tiene todos sus estudios puede progresar. Así que voy a trabajar, a terminar las materias que me faltaban, luego obtengo mi diploma...

Caminamos en silencio. Era bueno lo que decía. Me sentí bien por poner tanto esfuerzo en mis estudios.

—¿Tienes novia? —pregunté.

Se me quedó mirando muy serio, y pensé que se iba a enojar. Luego sonrió y me dijo:

—¡Ay, chango! Haces muchas preguntas. No, no tengo novia. Las muchachas solamente causan problemas cuando un hombre es joven y quiere progresar. Una muchacha se quiere casar de inmediato...

—¿Cómo vas a progresar? —pregunté—. ¿Vas a ser campesino?

—No —rió.

—¿Serás sacerdote? —detuve la respiración.

Andrés volvió a reír, luego dejó de reírse, puso su mano en mi hombro y dijo:

—Mira, Tony, sé lo que estás pensando. Estás pensando en mamá y papá, en sus deseos... pero es demasiado tarde para nosotros, Tony. León, Gene y yo no podemos ser campesinos, ni sacerdotes, ni siquiera podemos ir a California con papá como a él le gustaría.

—¿Por qué? —pregunté.

—Sencillamente no podemos —hizo una mueca—. No sé, quizás es porque la guerra nos hizo hombres con demasiada rapidez, tal vez porque los sueños de nuestros padres nunca fueron reales desde el principio... supongo que si alguien va a convertir sus sueños en realidad, ése alguien eres tú, Tony. Nada más no crezcas muy rápido —agregó.

Pensé en lo que él había dicho mientras caminábamos rumbo al puente. Me pregunté si crecería demasiado rápido. Deseaba obtener conocimientos y comprensión, pero me preguntaba si al hacerlo perdería mis sueños. Andrés dijo que dependería de mí, y yo quería ser un buen hijo, pero los sueños de mi madre eran opuestos a los de mi padre... Ella quería un sacerdote para que guiara a los campesinos del valle, él quería un hijo que viajara a los viñedos de California.

¡Oh!, qué difícil era crecer. Deseaba que en unos cuantos años, al comulgar, pudiera obtener el entendimiento.

—¡Corramos a través del puente! —gritó Andrés. En un instante estábamos corriendo. Nos encontrábamos a la mitad del puente cuando oímos el repiquetear de unas pezuñas en el pavimento y volteamos para darle un vistazo al Kid Vitamina, que ya venía sobre nosotros.

—¡Vámonos! —dijo Andrés con urgencia, y aunque pude mantener el mismo paso de Andrés, no pudimos robarle distancia al Kid. El acompasado clip-clop se oyó con más rapidez, el olor a hierbas recién mascadas llenó el aire, y el Kid nos pasó.

—Toniiii... el que mata gigantes... —sonrió y pasó como bólido.

—¡Nunca le podemos ganar! —jadeó Andrés al final del puente.

—Nadie le puede ganar —dije jadeando yo también.

—¡Podría jurar que duerme bajo el puente! —rió Andrés—. ¿Por qué dijo que eres el que mata gigantes?

—No sé —moví la cabeza. Pensaba en mis hermanos como gigantes. Ahora ya se habían ido dos.

—¡Pequeño bribón loco! —movió la cabeza Andrés. Estaba sonrojado por la carrera y los ojos los tenía llenos de lágrimas—. Algún día le vas a ganar Tony; algún día nos ganarás a todos... —Alzó la mano y la agitó en señal de despedida, y se fue a trabajar.

Yo no creía poder ganarle al Kid Vitamina, pero Andrés debía tener una buena razón para decir eso. Miré hacia el otro extremo del puente y Samuel venía caminando en dirección mía. Lo esperé y caminamos a la escuela juntos.

—Samuel —pregunté—, ¿dónde vive el Kid?

—El Kid es mi hermano —dijo Samuel suavemente. No supe si estaba bromeando o no, pero nunca volvimos a hablar de eso.

Ese año esperábamos que se acabara el mundo. Cada día el rumor se extendía más a lo largo y a lo ancho, hasta que todos los muchachos veían el calendario esperando el día nefasto.

—Lo acabará el fuego —decía uno.

—Lo acabará el agua —decía otro.

—Está en la Biblia... —dijo mi padre.

Los días se hicieron pesados y lúgubres. Nadie parecía saber, a excepción de los muchachos, que el mundo se iba a acabar. Durante el recreo nos reuníamos en el patio y platicábamos sobre ello. Hablábamos de las señales que habíamos visto. Huesos hasta decía que había hablado con unos seres que llegaron en una nave espacial. Veíamos las nubes y esperábamos. Musitábamos oraciones. El temor fue en aumento. Luego, llegó el día, y también se fue, y nos desilusionamos un poco pues el mundo no se había acabado. Después todos decían sencillamente, —Ya ves, yo te lo decía.

Y ese año Huesos tuvo un ataque de salvajismo y le partió la cabeza a Willie con un bote grande de jalea. Fue una lástima porque después de eso casi ninguno de nosotros volvió a comer jalea de dulce sabor.

También ese año hubo un concurso para ver quién orinaba más lejos. Se efectuó atrás de la escuela y Caballo ganó, pero el director se enteró y todos los que participaron en el concurso recibieron unas buenas nalgadas.

A Jorge le dio por eructar en la clase a todas horas. Nada más hacía ¡Auggggghhkk! También podía hacer variaciones con ese sonido ¡Agggghik-pah-pah-pop! Lo hacía acercándose al oído de los muchachos que cada vez le daban un puñetazo, pero no le importaba porque estaba un poco loco, como Huesos.

Y ese año aprendí a leer y a escribir. La señorita Maestas estaba muy complacida conmigo. El último día de clases repartió las calificaciones de los otros muchachos, pero cuando llegó mi turno, me llevó a la oficina del director. Me explicó que yo era un poco mayor que los otros niños de primer año, y que mi progreso había sido muy bueno. La señorita Maestas resplandecía. Así que en vez de pasar de primer año a segundo, pasaría de primero a tercero.

—¿Qué te parece eso? —sonrió.

—Gracias, señor —dije. Estaba muy contento. Mi madre estaría muy orgullosa de mí, y eso significaba que el año entrante estaría en la misma clase que el resto de la palomilla.

—Tu madre estará muy complacida —dijo la señorita Maestas. Me dio un beso en la mejilla.

—Sí —dije.

El director me entregó mi boleta de calificaciones y un pedazo de papel.

—Esto le explicará todo a tus padres —dijo. Me dio la mano como de hombre a hombre y añadió: —Buena suerte.

Había magia en las letras, y yo había puesto todo mi empeño en aprender su secreto.

—Gracias, señor —le dije.

El resto del día estuvimos como cabras amarradas. Al final, algunas madres habían programado una fiesta para nuestra clase, pero no quise quedarme porque todavía me sentía apartado de los demás. Y mi madre no estaría allí. Le di las gracias a la señorita Maestas por toda su ayuda y, cuando sonó la última campanada, corrí a casa. La libertad del verano corría con mis pasos mientras pasaba entre una muchedumbre de niños sudorosos.

—¡Terminó la escuela! ¡Terminó la escuela! —decían todos. Los camiones tocaban el claxon nerviosamente esperando a sus muchachos. Saludé con el brazo extendido y los chicos de los ranchos hicieron lo mismo. Nos veríamos el próximo otoño. Había comenzado una pelea por ganar los columpios, pero no quise perder el tiempo viéndola.

—¡Whaghhhhhh! —se oyó un grito que partía el aire. Los muchachos de Los Jaros pasaron corriendo. Corrí tras ellos pero doblé en Allen's, pasé el Longhorn, di vuelta por la casa de Rosie y seguí mi camino hacia el puente.

Comencé a cruzarlo y fue la primera vez que le hablé. Canté una canción en mi mente: ¡Oh, bello puente, te cruzo y dejo el pueblo atrás, cruzo hacia el llano! ¡Subo la loma, corro por la vereda de las cabras y llego hasta mi casa! No sentía que fuera una canción tonta, sólo me sentía feliz.

—Toniiiiiiiii... —se oyeron como pezuñas en el pavimento y la cara de hacha del Kid me pasó de largo.

—¿Pasaste?

—¡Sí! —y ya se había esfumado. También al final del puente pasó a Samuel.

—¡Samuel! —grité. Volteó y me esperó—. Aprobé, ¿y tú?

—¡Oh, sí! —sonrió—, esas maestras nos pasan de un año a otro siempre —dijo. Samuel apenas iba en tercer año, pero daba la impresión de ser sabio y viejo cuando hablaba, algo así como mi abuelo.

—Pero yo pasé a tercer año, así que el año entrante voy a estar en la clase contigo — le presumí.

—Qué bueno —dijo—. Vamos a pescar.

—¿Ahorita?

—Claro.

Por lo general pensaba en pescar sólo los fines de semana, pero era cierto que había terminado la escuela. El primer desagüe apenas estaba bajando el río. Debía haber muchísimos bagres esperándonos.

—No tengo caña de pescar —dije.

—Yo tengo —dijo él.

Pensé en mi madre. Siempre iba yo directamente a casa después de la escuela, pero hoy tenía algo que celebrar. Estaba creciendo y volviéndome hombre y de repente me di cuenta de que podía tomar mis propias decisiones.

—Claro —dije. Dimos vuelta a la derecha hacia el puente del ferrocarril. Nunca subía por este camino. Más arriba estaban las barrancas donde vivía el indio de Jasón. Pasamos bajo la sombra oscura del gigantesco puente del tren.

—Aquí hay maldad —dijo Samuel. Apuntó a un globo transparente de plástico junto al sendero. Yo no sabía por qué había maldad ahí.

—¡Heee-heee-haaah-haaah! Una risa salvaje y aterradora llenó el aire. Me helé y no pude moverme. Pensé que seguramente aquí en la oscura sombra de este puente se escondía la llorona.

—¡Ay! —grité. Debo haber saltado porque Samuel puso su mano sobre mi hombro y sonrió. Apuntó hacia arriba. Alcé la mirada hacia los negros maderos del enorme puente y vi saltar una forma de una alcándara a la otra. Pensé que era el Kid.

—¿Está loco? —le pregunté a Samuel y él solamente sonrió.

—Es mi hermano —contestó. Me guió fuera de la sombra del puente y nos alejamos. Caminamos por la ribera donde Samuel tenía escondidos sus hilos y anzuelos. Cortamos unas ramas del tamarisco para hacer nuestras cañas de pescar y nos pusimos a escarbar buscando lombrices para la carnada.

—¿Pescas mucho? —pregunté.

—Siempre he sido pescador —contestó—. Desde que me acuerdo... ¿Y tú? —dijo.

—Sí, aprendí a pescar con mis hermanos desde que era muy chico. Después se fueron a la guerra y ya no pude hacerlo. Luego llegó Última... —hice una pausa.

—Ya lo sé —dijo.

—Así que el verano pasado fui a pescar algunas veces con Jasón.

—Tienes mucho que aprender...

—Sí —contesté.

El sol de la tarde hacía cálida la arena. Las aguas lodosas debido a la inundación giraban sin fuerza hacia el sur, y junto a la roca, por el profundo estanque, vimos los bagres frente a nosotros. Mordían bien para ser la primera pesca del verano. Agarramos bastantes bagres del canal y unos cuantos pequeños panza-amarillas.

—¿Alguna vez pescaste carpas en el río?

El río estaba lleno de grandes carpas cafés. Se llamaba el Río de la Carpa. Todos sabían que era de mala suerte pescar las carpas grandes que las inundaciones de verano arrastraban con la corriente. Después de cada inundación, cuando las aguas arremolinadas y enojadas aminoraban, podían verse los peces grandes batallando por regresar contra la corriente. Siempre sucedía así.

Las aguas bajaban muy rápido y en algunos lugares eran tan bajas, que al nadar contra la corriente las carpas levantaban una estría de agua. A veces la gente del pueblo venía al puente para observar el esfuerzo que hacían las carpas para poder regresar a los estanques de donde las había sacado la inundación. Algunos de los muchachos del pueblo, sin saber que era de mala suerte pescar carpas, las sacaban de las aguas bajas y las aventaban a la barra de arena. Ahí, las pobres carpas se agitaban hasta que se secaban y morían, y después los zopilotes volaban bajo y se las comían.

¡Algunas gentes del pueblo hasta compraban las carpas por cinco centavos y se las comían!

Eso era muy malo. Yo no sabía la causa.

Era un espectáculo hermoso, digno de presenciar: el esfuerzo de la carpa por volver a su hogar antes de que el río se secara y fuera atrapada en estanques extraños. Lo más hermoso de todo esto era que, contra viento y marea, algunas de las carpas llegaban a su lugar de origen y criaban a sus familias, porque cada año el drama se repetía.

—No —contesté—. No pesco carpas. Es de mala suerte.

—¿Sabes por qué? —preguntó y levantó una ceja.

—No —dije y detuve la respiración. Sentí que estaba sentado en la ribera de un río que nadie había descubierto, cuyas aguas arremolinadas y lodosas llevaban muchos secretos.

—Te voy a contar una historia —dijo Samuel después de un largo silencio—, una historia que le contó a mi padre el indio de Jasón...

Escuchaba el relato casi sin respirar. El oleaje del agua era como la marea del tiempo que sonaba en mi alma.

—Hace mucho tiempo, cuando la tierra era joven y únicamente las tribus que vagaban por aquí tocaban los pastizales vírgenes y tomaban agua de los riachuelos puros, una gente muy extraña vino a esta tierra. Los enviaron sus dioses a este valle. Habían vagado, perdidos, durante muchos años, pero nunca perdieron la fe en sus dioses, y así, finalmente fueron recompensados. Este valle fértil iba a ser su hogar. Había bastantes animales para alimentarse con ellos, extraños árboles que daban buena fruta, agua dulce para beber y regar sus milpas...

—¿Eran indios? —pregunté cuando hizo una pausa.

—Ellos eran *la gente* —contestó sencillamente y prosiguió—. Sólo había una cosa que no se les permitía tocar, eran los peces llamados carpas. Estos peces hicieron su hogar en las aguas del río, y los dioses los consideraban sagrados. Por mucho tiempo la gente vivió feliz. Después vinieron los cuarenta años del sol... sin lluvia alguna, y las cosechas se secaron y se murieron, mataron a los animales y la gente sintió hambre. Para mantenerse con vida, pescaron las carpas del río y se las comieron.

Temblé. Nunca había oído una historia como ésta. Se estaba haciendo tarde y pensé en mi madre.

—Los dioses estaban muy enojados. Iban a matar a toda la gente por su pecado. Pero un dios bondadoso que de veras quería a la gente se opuso a ello, y los otros dioses se conmovieron tanto con su amor, que desistieron en su intento de matar a la gente. En vez de eso, convirtieron a la gente en carpas y los hicieron vivir para siempre en las aguas del río...

La puesta de sol brillaba en las aguas turbias del río y las convertía en bronce.

—Es un pecado pescarlas —dijo Samuel—, y es peor ofensa comérselas. Son parte de *la gente* —apuntó hacia la mitad del río donde dos enormes aletas subían el agua y salpicaban contra la corriente.

—Y si te comes una —murmuré—, quizá te castiguen como los castigaron a ellos.

—No sé —dijo Samuel. Se levantó y agarró mi caña de pescar.

—¿Es ésa toda la historia? —pregunté.

Dividió los bagres que habíamos pescado y me dio mi parte en un pequeño cordón. —No hay más —dijo. Volteó para todos lados como para asegurarse de que estábamos solos—. ¿Sabes algo sobre la carpa dorada? —inquirió en un susurro.

—No —moví la cabeza.

—Cuando los dioses convirtieron a la gente en carpas, el dios bondadoso que amaba a esta gente se sintió muy triste. El río estaba lleno de peligros para los nuevos peces, así que se reunió con los otros dioses y les dijo que se quería convertir en carpa y nadar en el río para poder cuidar a su gente. Los dioses estuvieron de acuerdo, pero como era un dios, lo hicieron muy grande y le dieron el color del oro. Y lo hicieron Señor de todas las aguas del valle.

—La carpa dorada —dije para mis adentros, ¿un dios nuevo? No podía creer esta extraña historia, y por otro lado, tampoco podía dejar de creer en lo que decía Samuel—. ¿Todavía está allí la carpa dorada?

—Sí —contestó Samuel. Su voz tenía la fuerza de la fe. Me hizo temblar, no porque hiciera frío, sino porque las raíces de todo lo que siempre había creído parecían tambalearse. Si la carpa dorada era un dios, ¿quién era el hombre en la cruz? ¿La virgen? ¿Estaba mi madre rezándole a un dios equivocado?

—¿Dónde? —quise saber.

—Es muy tarde —dijo Samuel—. Has aprendido mucho hoy. Este verano Cico te encontrará y te llevará con la carpa dorada... —y con el sonido que hacen las ramas, desapareció entre ellas ese anochecer.

—¡Samuel! —grité. Sólo había silencio. Había oído mencionar el nombre de Cico con anterioridad. Era un muchacho del pueblo, pero no se juntaba con los demás. Decían que pasaba todo su tiempo en el río, pescando. Di vuelta para dirigirme a la casa, lleno de sensaciones producidas por la extraña historia que me había contado Samuel.

—¡Toniii! —alguien llamaba. Corrí y no me detuve hasta llegar a la casa.

Mi madre estaba muy enojada conmigo. Nunca antes había llegado tan tarde. —Nuestra Señora de Guadalupe ¡Me he estado volviendo loca de preocupación por ti! —balbuceó agitada. Le enseñé la carta de la escuela y sus sentimientos cambiaron de inmediato—. ¡Grande, Débora, Teresa! ¡Vengan rápido! ¡A Tony lo han pasado hasta tercer año! ¡Oh, ya sabía yo que sería un buen estudiante, quizás un sacerdote! —se persignó y sollozó mientras me abrazaba con fuerza.

Última también estaba muy contenta. —Éste aprende tanto en un día como la mayoría en un año —sonrió. Me pregunté si ella sabía lo de la carpa dorada.

—Debemos rezarle a la virgen —dijo mi madre, y aunque Débora no estuvo de acuerdo, diciendo que nadie rezaba por obtener una promoción en la escuela, mi madre nos reunió frente al altar de la virgen.

Mi padre llegó a la casa tarde del trabajo y tenía hambre. Todavía estábamos rezando y la cena se sirvió tarde. Él estaba muy enojado.

Diez

EL VERANO LLEGÓ Y ME TOSTÓ LA PIEL CON SU ENERGÍA, Y EL llano y el río me arrobaron con su belleza. La historia de la carpa dorada continuó retornando a mis sueños. Fui a casa de Samuel, pero estaba remachada con tablas. Una vecina, muy viejita, me dijo que Samuel y su padre se habían ido como pastores de borregos durante el resto del verano. Mi único camino hacia la carpa dorada era Cico, así que diario iba a pescar al río; observaba y esperaba.

Andrés tenía que trabajar todo el día, así que no lo veía mucho, pero era muy bueno que por lo menos estuviera en casa. León y Gene casi nunca escribían. Última y yo trabajábamos en el jardín todas las mañanas, batallando contra el llano para salvar la buena tierra para sembrar. Hablábamos poco, pero compartíamos mucho. En las tardes estaba libre para vagar por el río o por las relucientes lomas del llano.

Mi padre se hallaba desconsolado porque se habían ido sus hijos y tomaba más que antes. Mi madre también se sentía triste porque uno de sus hermanos, mi tío Lucas, estaba enfermo. Los oía murmurar en la noche y decir que una bruja le había hecho un maleficio. Estuvo enfermo todo el invierno y no se recuperó con la llegada de la primavera. Ahora yacía en su lecho de muerte.

Mis otros tíos hicieron todo lo posible por ayudar a su hermano menor, pero el doctor del pueblo y aun el gran doctor de Las Vegas no habían podido curarlo. Aun al santo sacerdote de El Puerto se le pidió que hiciera un exorcismo para romper el maleficio, pero también había fallado. ¡Era realmente el trabajo de una bruja lo que estaba matando a mi tío!

Ya muy entrada la noche, cuando pensaban que ya me había dormido, los oía decir que mi tío Lucas había visto bailar a un grupo de brujas su maléfico baile para el Diablo, y que por eso lo habían maldecido. Al final decidieron pedir la ayuda de una curandera, y vinieron a buscar a Última.

Era una linda mañana en que ya se abrían los botones de la yuca y los sinsontes cantaban en la loma, cuando mi tío Pedro llegó manejando. Corrí a saludarlo.

—Antonio —me dio la mano y me abrazó, como era la costumbre.

—Buenos días le dé Dios, tío —contesté. Entramos a la casa donde mi madre y Última lo recibieron.

—¿Cómo está mi papá? —le preguntó ella y le sirvió café. Mi tío Pedro había venido a pedirle ayuda a Última y todos lo sabíamos, pero había una ceremonia prescrita por la que tenían que pasar antes.

—Está bien y te manda su cariño —dijo mi tío y vio a Última.

—¿Y mi hermano Lucas?

—¡Ay! —mi tío se encogió de hombros con una expresión desesperada—, está peor que cuando lo viste la última vez. Estamos al final de la cuerda, no sabemos qué más hacer...

—Mi pobre hermano Lucas —exclamó mi madre—, ¡que le suceda esto al menor! Tiene tanta destreza en las manos, el don que tiene para cuidar e injertar los árboles no tiene rival. —Ambos suspiraron—. ¿Ya consultaron a un especialista? —preguntó mi madre.

—Hasta lo llevaron con un gran doctor en Las Vegas, pero no sirvió de nada —dijo mi tío.

—Fuiste con el sacerdote? —preguntó mi madre.

—El sacerdote vino y bendijo la casa, pero tú ya conoces a ese sacerdote de El Puerto, ¡no quiere medir su poder contra las brujas! Se lava las manos de todo el asunto.

Mi tío habló como si conociera a las brujas que le habían hecho el maleficio a Lucas. Y yo también me preguntaba por qué sería que el sacerdote no quería luchar contra la maldad de las brujas. Él tiene el poder de Dios, de la virgen, y de todos los santos de la Santa Madre Iglesia respaldándolo.

—¿Qué no hay nadie que lo ayude? —exclamó mi madre. Ella y mi tío voltearon a ver a Última quien había permanecido callada escuchando su plática. Ahora se puso de pie frente a mi tío.

—¡Ay, Pedro Luna!, eres como una mujer vieja que se sienta, habla y pierde valioso tiempo...

—Irás —sonrió triunfante.

—¡Gracias a Dios! —dijo mi madre. Corrió hacia Última y la abrazó.

—Iré con una condición —dijo Última. Alzó un dedo y lo apuntó hacia ellos. La mirada de sus ojos claros mantuvo a ambos como transfigurados—. Deben comprender que cuando alguien, bruja o curandera, sacerdote o pecador, se mete con el destino de un hombre, a veces se desata una cadena de eventos en la que nadie tiene control total. Deben estar de acuerdo en aceptar esta responsabilidad.

—Aceptaré esa responsabilidad a nombre de todos mis hermanos, —dijo solemnemente mi tío Pedro.

—Y yo acepto tu ayuda en nombre de mi familia —agregó mi madre.

—Muy bien —asintió Última—, iré a curar a tu hermano. —Salió de la cocina a preparar unas hierbas y aceites que iba a necesitar para efectuar la curación. Al pasar junto a mí, murmuró: —Prepárate, Juan...

No comprendí lo que me quería decir. Juan era mi segundo nombre, pero nunca lo usábamos.

—Ave María Purísima —dijo mi madre y cayó en una silla—, ella curará a Lucas.

—El maleficio es profundo y muy fuerte —dijo mi tío Pedro, bajando la cabeza.

—Última es más fuerte —dijo mi madre—, la he visto hacer milagros... aprendió su oficio del curandero más grande de todos los tiempos: el hombre volador de Las Pasturas...

—¡Ay! —asintió mi tío. Aun él acreditaba el gran poder que tenía aquel anciano de Las Pasturas.

—Pero, dime, ¿quién le hizo el maleficio? —preguntó mi madre.

—Fueron las hijas de Tenorio —dijo mi tío.

—¡Ay! ¡Esas malditas brujas! —mi madre hizo la señal de la cruz en su frente y yo hice lo mismo en la mía. No era prudente mencionar los nombres de las brujas sin frenar su maldad con la señal de la cruz.

—Sí, Lucas le contó a papá la historia después de que se enfermó; pero es hasta ahora, cuando tenemos que pedir la ayuda de una curandera, pues nuestro padre nos dio a conocer la historia. Fue en el mes malo de febrero que Lucas cruzó el río en busca de unas vacas lecheras que se le habían perdido. Encontró a Manuelito, el hijo de Alfredo, ya sabes, el que se casó con la coja. Bueno, pues Manuelito le dijo que había visto las vacas vagando hacia donde el río tuerce, donde los árboles forman un bosque cerrado, ese lugar maligno.

Mi madre hizo la señal de la cruz nuevamente.

—Manuelito dijo que trató de regresar a las vacas, pero ya estaban demasiado cerca del maldito lugar, y le dio miedo. Trató de advertirle a Lucas que se apartara de aquel lugar. Caía la noche y había señales maléficas en el aire, las lechuzas gritaban su canto a la luna de dos cuernos que había salido temprano...

—¡Ay, Dios mío! —exclamó mi madre.

—Pero Lucas no tomó en cuenta la advertencia de Manuelito de esperar hasta la mañana siguiente, así que además de nuestro papá, Manuelito fue el último que habló con Lucas. ¡Ay!, ese Lucas es tan cabeza dura y tan valiente; espoleó al caballo y se adentró por las ramas del maldito lugar... —hizo una pausa para que mi madre le sirviera café fresco.

—Todavía recuerdo cuando éramos niños y vimos los malditos fuegos en ese lugar —dijo mi madre.

—¡Ay! —asintió mi tío—, y eso es lo que vio Lucas aquella noche, excepto que no estaba sentado al otro lado del río como nosotros acostumbrábamos hacerlo. Bajó del caballo y se acercó al claro donde brillaban las bolas de fuego. Se acercó más y miró que no era fuego natural el que estaba observando, sino el baile de las brujas. Brincaban por entre los árboles, pero su fuego no quemaba ni los arbustos secos...

—¡Ave María Purísima! —exclamó mi madre.

Había oído muchas historias que relataba la gente que vio las brillantes bolas de fuego. Estas bolas de fuego eran brujas que iban a sus lugares de reunión. Allí, se murmuraba, conducían su Misa Negra en honor del Diablo, que se les aparecía y bailaba con ellas.

¡Ay!, y había muchas otras formas que tomaban las brujas. ¡Algunas veces viajaban como coyotes o lechuzas! Apenas el verano pasado se contaba la historia de que en Cuervo, un ranchero había balaceado a un coyote. Él y sus hijos siguieron el rastro de sangre hasta la casa de una vieja mujer del pueblito. Allí encontraron a la mujer muerta de una herida de rifle. El ranchero juró que había grabado una cruz en su bala, lo que probaba que la mujer era una bruja, así que lo dejaron libre. Bajo la vieja ley, no había castigo para quien matara una bruja.

—Cuando él se acercó —continuó mi tío—, Lucas vio que las bolas de fuego comenzaban a adquirir forma. Aparecieron tres mujeres vestidas de negro. Hicieron una hoguera en el centro del claro. Una de ellas sacó una olla y otra un gallo viejo. Le cortaron la cabeza al gallo y echaron la sangre a la olla. Luego comenzaron a cocinarla, echándole muchas otras cosas dentro, mientras bailaban y cantaban sus encantamientos. Lucas no dijo qué era lo que estaban cocinando, pero dijo que soltaba el hedor más horrible que él jamás habiera olido...

—¡La Misa Negra! —jadeó mi madre.

—Sí —asintió mi tío. Hizo una pausa para prender un cigarro y volver a llenar su taza de café—. Lucas dijo que vaciaron azufre sobre los carbones de la hoguera y que las flamas se alzaban endemoniadamente. Debe haber sido una escena para helar la sangre, el silbido del viento y la noche fría, en ese pedazo de tierra que siempre ha sido maldito, por estar tan lejos de la ayuda cristiana...

—Sí, sí —decía mi madre con urgencia—, ¿y luego qué sucedió? —la historia nos tenía hipnotizados a los dos.

—Bueno, ya conoces a Lucas. Podría ver al maldito Diablo y no quedar convencido. Pensó que las tres brujas eran tres viejas mugrosas que merecían unos azotes cristianos, aunque fueran sólo unas palabras fuertes, ¡así que salió de entre los árboles donde estaba escondido y las retó!

—¡No! —gimió mi madre.

—Sí —asintió mi tío—. Y si conozco a Lucas, probablemente les dijo algo así como: —¡Hey brujas horribles, prepárense a ver un alma cristiana!

Yo estaba sorprendidísimo al oír sobre el valor de mi tío Lucas. ¡Nadie que estuviera en sus cinco sentidos, confrontaría los maleficios del Diablo!

—Ahí fue cuando reconoció a las hermanas Trementina. Las tres hijas de Tenorio...

—¡Ay, Dios mío! —exclamó mi madre.

—Hay, siempre ha habido el rumor de que son brujas. Se enojaron mucho de que las sorprendiera diciendo su misa al Diablo. Dice que gritaron como fieras y se le vinieron encima atacándolo como si fueran animales salvajes... pero hizo lo correcto. Mientras estaba detrás del árbol amarró rápidamente dos ramas secas con una agujeta de zapato. De esta manera formó una cruz con los dos palos. Levantó la cruz frente a las malditas mujeres y les gritó: "Jesús, María y José". Al ver la cruz y oír las santas palabras, las tres hermanas cayeron al suelo con un ataque de agonía y dolor. Rodaban por el suelo como animales heridos hasta que Lucas bajó la cruz. Entonces se levantaron y huyeron hacia la oscuridad, maldiciéndolo mientras huían.

—Todo quedó entonces en silencio. Sólo Lucas permaneció junto a la luz de la hoguera que se extinguía en el lugar maldito. Encontró asustado a su caballo junto al río, lo montó y regresó al hogar. Le contó la historia nada más a papá, quien le recomendó que no la fuera a repetir. Pero a la semana, Lucas enfermó. Habla nada más para balbucear sobre la venganza que cumplieron las hermanas Trementina por descubrir su ceremonia secreta. El resto del tiempo tiene la boca cerrada con tal fuerza que no puede ni comer. Se consume. Se está muriendo...

Callaron durante largo rato, cada uno pensando en la màldición que había caído sobre su hermano.

—Pero, ¿no fuiste a ver a Tenorio? —preguntó mi madre.

—Papá no estuvo de acuerdo. Él no cree en la brujería. Pero Juan, Pablo y yo fuimos a ver a Tenorio y lo confrontamos, pero no lo pudimos acusar de nada porque no teníamos pruebas. Se burló de nosotros diciéndonos que estaba en su derecho de disparar si lo acusábamos injustamente. Dijo que había testigos si tratábamos de hacerle algo, así que tuvimos que irnos. Se rió de nosotros.

—¡Ay!, es un hombre malo —se estremeció mi madre.

—La maldad llama a la maldad —dijo mi tío—. Se sabía que su esposa hacía muñecas de arcilla y las picaba con alfileres. Hizo enfermar a mucha gente del pueblo, algunas de las cuales murieron por sus maldiciones. Pagó sus pecados pero no antes de haber parido a tres brujas para que siguieran su trabajo en nuestro tranquilo valle...

—Estoy lista —interrumpió Última.

Di la vuelta para mirarla y vi que estaba de pie observándonos. Únicamente cargaba su maletita negra. Estaba vestida también de negro y su chal caía por su cabeza y le cruzaba la cara, de tal manera que sólo se le veían sus brillantes ojos. Caminaba con dignidad, y aunque era muy pequeña, estaba lista para batallar en contra de la terrible maldad de la que yo me acababa de enterar.

—Grande —mi madre se le acercó y la abrazó—, es una tarea tan difícil la que pedimos que hagas, pero eres nuestra última esperanza...

Última no se movió.

—La maldad no es fácil de destruir —dijo—, uno necesita toda la ayuda que se pueda conseguir. —Me vio y su mirada hizo que diera un paso al frente—. El niño tendrá que ir conmigo —murmuró.

101

—¿Qué? —mi madre preguntó sorprendida.

—Antonio tiene que ir conmigo. Lo necesito —Última volvió a decir suavemente.

—Iré —dije.

—Pero, ¿por qué? —preguntó mi madre.

Mi tío contestó a su pregunta:

—Porque es un Juan...

—¡Ay!

—Y tiene la sangre fuerte de los Luna...

—¡Ave María Purísima! —murmuró mi madre.

—Deberá ser así, si deseas que tu hermano se cure —decretó Última.

Mi madre miró a su hermano. Mi tío se encogió de hombros.

—Lo que tú digas, Grande —dijo mi madre—, le hará bien a Antonio ver a sus tíos...

—No va a visitarlos —dijo Última solemnemente.

—Prepararé alguna ropa...

—Debe ir como está —dijo Última. Volteó a mirarme—. ¿Quieres ayudar a tu tío? —me preguntó.

—Sí —contesté.

—Será una dura experiencia —me dijo.

—No me importa —contesté—, quiero ayudarlo.

—¿Y si la gente te dice que caminas junto a los pasos de una curandera?, ¿te avergonzarás?

—Nunca, estaré orgulloso, Última —le dije enfáticamente.

Sonrió. —Ven, estamos perdiendo un tiempo valioso... —mi tío y yo le seguimos afuera y nos subimos al camión. Así comenzó nuestro extraño viaje.

—Adiós —gritó mi madre—, ¡cuidado! ¡Saludos a papá y a todos! ¡Adiós!

—¡Adiós! —grité. Al voltear, agité la mano en señal de despedida.

El viaje a El Puerto siempre era agradable, pero hoy estaba lleno de extraños portentos. Al otro lado del río, donde los ranchos solitarios semejaban pequeñas manchas en los montes, los remolinos y los diablos de polvo oscurecían el horizonte. Nunca había visto algo así, parecía que viajábamos por un mar calmado, pero el cielo se oscurecía a nuestro alrededor y cuando llegamos al pueblo, vimos la luna con sus cuernos en pleno día, detenida exactamente entre las dos oscuras mesas al final de la punta sur del pueblo.

—La luna de los Luna —comentó mi tío rompiendo el silencio que habíamos observado durante todo el viaje.

—Es buena señal —asintió Última—. Es por eso que llaman a este lugar El Puerto de los Luna —me dijo ella—, porque este valle es la puerta por donde la luna pasa mensualmente en su travesía de este a oeste...

Así que era cierto que esta gente, los Luna, vinieron a asentarse en este valle. Sembraban sus cosechas y cuidaban a sus animales de acuerdo con los ciclos de la luna. Vivían sus vidas, cantaban sus canciones, y morían bajo la cambiante luna. La luna era su diosa.

Pero, ¿por qué estaba el clima tan extraño hoy? ¿Y por qué me había traído Última? Yo quería ayudar, pero, ¿de qué manera iba a ayudar? ¿Sólo porque mi nombre era Juan? ¿Y qué significaba eso de mi inocente sangre Luna que ayudaría a disipar el maleficio que le habían hecho a mi tío? No lo sabía entonces, pero ya lo descubriría después.

Una polvareda seguía al camión por la calle. Había un silencio sepulcral en El Puerto. Ni siquiera los perros le ladraban al camión y los hombres del pueblo no estaban trabajando en los campos, se reunían en grupos en las esquinas de adobe de las casas y murmuraban entre sí cuando pasábamos frente a ellos. Mi tío manejó directamente hasta la casa de mi abuelo. Nadie salió a recibirnos por mucho rato y mi tío se puso nervioso. Las mujeres vestidas de negro entraban y salían de la casa. Esperamos.

Finalmente, mi abuelo apareció. Caminó despacio, atravesó el patio de tierra y saludó a Última:

—Médica —le dijo—, tengo un hijo que se está muriendo.

—Abuelo —le contestó—, tengo una cura para tu hijo.

Sonrió y metió el brazo por la ventanilla abierta del camión para darle la mano: —Es como en los viejos tiempos —le dijo.

—¡Ay!, todavía tenemos el poder para luchar contra este maleficio, —aseguró ella.

—Te pagaré en plata si salvas la vida de mi hijo —dijo él. Parecía no saber que estábamos ahí mi tío y yo. Parecía que actuaban en una ceremonia.

—Cuarenta dólares por burlar la muerte —murmuró ella.

—De acuerdo —respondió él. Volteó a mirar las casas cercanas desde donde algunos ojos curiosos nos veían a través de las cortinas entrecerradas—. La gente del pueblo está nerviosa. Hace ya muchos años que no venía una curandera a hacer un trabajo...

—Los campesinos deberían estar labrando la tierra —dijo Última con sencillez—. Ahora tengo trabajo qué hacer —se bajó del camión.

—¿Qué vas a necesitar? —preguntó mi abuelo.

—Tú ya sabes —contestó ella—: un cuarto pequeño, sábanas, agua, estufa, atole para tomar...

—Prepararé todo yo mismo —dijo él.

—Hay mujeres que ya están de luto en la casa —observó Última, y se acomodó el chal en la cabeza—, deshazte de ellas.

—Como tú digas —contestó mi abuelo. Creo que no le complacía la idea de sacar de la casa a las esposas de sus hijos, pero él sabía también que cuando una curandera hace un trabajo, ella es la que manda.

—Habrá animales husmeando por la casa durante las noches, los coyotes aullarán a tu puerta... infórmales a tus hijos que no deberá haber disparos. Yo me encargaré personalmente de aquellos que vengan a echar a perder mi trabajo...

Mi abuelo asintió.

—¿Entrarás ahora a mi casa? —preguntó él.

—No. Primero tengo que hablar con Tenorio. ¿Está en su agujero, ése que llaman cantina? —preguntó. Mi abuelo contestó que sí—. Hablaré con él —dijo Última—. Primero trataré de razonar con él. Debe saber que a aquellos que tratan de cambiar el destino muchas veces se los traga su propia maquinación...

—Mandaré a Pedro y a Juan contigo —comenzó a decir mi abuelo, pero ella lo interrumpió.

—¿Desde cuándo necesita ayuda una curandera para tratar con perros? —dijo airada—. Ven, Antonio —me llamó y comenzó a caminar por la calle. Corrí detrás de ella.

—¿Es necesario que vaya el niño? —gritó mi abuelo.

—Es necesario —respondió ella—. No tienes miedo, ¿verdad Antonio? —me preguntó ella.

—No —contesté, y la tomé de la mano. Muchos ojos escondidos seguían nuestros pasos por la calle vacía y polvorienta. La cantina estaba al final de la calle, y enfrente, la iglesia.

Era una casa de adobe maltratada, con un rótulo colocado arriba de la entrada. El cartel decía que la cantina pertenecía a Tenorio Trementina. Este hombre que se desempeñaba como peluquero del pueblo los sábados, tenía un corazón tan negro como el abismo del infierno.

Última parecía no temerle a él ni a los poderes de sus tres maléficas hijas. Sin titubeos empujó la puerta y entró conmigo siguiéndole los talones. Había cuatro hombres alrededor de una de las pocas mesas. Tres voltearon a ver a Última con ojos llenos de sorpresa. No esperaban que ella viniera a este malévolo lugar. El cuarto hombre se mantuvo dándonos la espalda, pero vi que sus hombros caídos se estremecieron.

—¡Busco a Tenorio! —anunció Última. Su voz era fuerte y confiada. Estaba parada muy derechita, con mucha nobleza, así como la veía cuando caminábamos por el llano. No tenía miedo, así que traté de pararme como ella y así sacar mis temores fuera del corazón.

—¡Qué es lo que quieres, bruja! —gruñó el hombre que no quería darnos la cara.

—Dame la cara —ordenó Última—. ¿Qué no tienes el valor de encarar a una vieja mujer? ¿Por qué me das la espalda?

El cuerpo delgado y encorvado dio un brinco y giró. Creo que salté cuando vi su rostro. Era delgado y demacrado, con pelos que le crecían como manchones en la barba. Sus ojos eran oscuros y muy entrecerrados. Un destello de maldad emanaba de ellos. Sus labios delgados temblaron cuando gruñó:

—¡Porque eres una bruja! —la saliva se le enroscaba en las comisuras de los labios.

Última sonrió.

—Ay, Tenorio —le dijo—, eres tan feo como tu oscura alma. —Era cierto, yo nunca había visto a un hombre tan feo.

—¡Toma! —gritó Tenorio. Cruzó los dedos y mantuvo la señal de la cruz frente a la cara de Última. Ella no se inmutó. Tenorio jadeó y dio un paso hacia atrás, y sus tres compinches empujaron sus sillas con tal fuerza que cayeron al suelo, y dieron un paso hacia atrás. Sabían que la señal de la cruz era infalible contra cualquier bruja, pero no había servido para Última. O no era bruja, o a su manera de pensar, tenía poderes que pertenecían al mismo Diablo.

—Soy curandera —dijo Última suavemente—, y he venido a levantar un maleficio. Son tus hijas las que hicieron este maleficio y son brujas...

—¡Mientes, vieja! —gritó Tenorio. Pensé que iba a atacar a Última, pero su torcido cuerpo sólo se estremeció de ira. No encontraba el valor para tocarla.

—¡Tenorio! —era Última la que ahora hablaba con seriedad—, eres un necio si no haces caso de lo que te digo. No era necesario que yo viniera, pero vine. Oye mis palabras de razonamiento. Diles a tus hijas que levanten el maleficio...

—¡Mentiras! —gritó como si tuviera dolor. Volteó a mirar a los tres hombres de quienes dependía para que atestiguaran, pero no protestaron a favor suyo. Se miraron nerviosamente y luego voltearon a ver a Última.

—Sé cuándo y dónde hicieron el maleficio —continuó Última—. Sé cuándo vino Lucas a tu tienda a tomar un trago y a que le cortaras el cabello con tus maléficas tijeras. Sé que tus hijas recogieron el cabello recortado y con eso hicieron su malévolo trabajo.

Fue más de lo que pudieron aguantar los tres hombres. Estaban asustados. Bajaron la mirada para no encontrarse con la de Tenorio y salieron por la puerta dando un portazo. Un extraño y oscuro remolino pasó por la polvorienta calle y silbó tristemente al dar vuelta por la esquina del bar. La tormenta que nos rodeaba irrumpió y el polvo se alzaba y parecía tapar la luz del sol. Se oscureció el cuarto.

—¡Ay, bruja! —Tenorio la amenazó con el puño—. Por lo que has dicho para avergonzar a mis hijas y a mi buen nombre frente a esos hombres, te veré muerta... —su voz era rasposa y desafiante. Sus ojos maléficos parecían comerse a Última.

—No le tengo temor a tus amenazas, Tenorio —dijo Última calmadamente—. Tú bien sabes que mis poderes me los otorgó el hombre volador...

Al nombrar a este gran curandero de Las Pasturas, Tenorio se hizo para atrás como si le hubiera dado una cachetada algún poder invisible.

—Pensé que podría razonar contigo —continuó Última—, pensé que comprenderías los poderes que están trabajando para destruir el destino de muchas vidas... pero veo que es inútil. Tus hijas no levantarán el maleficio, así que tendré que trabajar la magia más allá del mal, la magia que dura eternamente...

—¿Y mis tres hijas? —preguntó Tenorio.

—Eligieron meterse con el destino —contestó Última—. Lástima, porque las consecuencias... —me tomó de la mano y salimos a la calle. El polvo ahogaba y estaba tan espeso que no se veía el sol. Yo me había acostumbrado a las tormentas de polvo que caían a principios de la primavera, pero ésta, a la mitad del verano, no era natural. El viento se quejaba y lloraba, y en medio del cielo, el sol era un punto rojo de sangre. Puse una mano en mis ojos y con la otra agarré con fuerza la mano de Última, mientras batallábamos contra el viento.

Iba pensando en el maléfico Tenorio y cómo lo había acobardado Última, cuando oí un galope. Si hubiera estado solo, no habría hecho caso, tan ocupado estaba tratando de encontrar una dirección dentro de la extraña tormenta de polvo. Pero Última estaba más alerta que yo. Se hizo hacia un lado y me jaló muy fuerte para quitarme del paso del caballo negro y del jinete que pasaron como bólidos. El jinete, que casi nos había atropellado, desapareció entre la polvareda.

—¡Tenorio! —Última me gritó al oído—. Se está apurando para llegar a su casa y advertirles a sus hijas lo que sucede. Ten cuidado con su caballo —agregó—, pues lo ha entrenado para que arrolle y mate... —comprendí lo cerca que había estado de un desastre.

Cuando estábamos por llegar a casa de mi abuelo, la tormenta se silenció repentinamente. El cielo permaneció oscuro alrededor de nosotros, pero las nubes de polvo aminoraron un poco. Las mujeres, que ya estaban de luto por mi tío Lucas, aprovecharon para ponerse los mantos sobre sus caras y se escurrieron hasta sus casas antes de que la endiablada tormenta apareciera por ahí de nuevo. Era muy extraño ver a las mujeres de negro apresurándose para salir de la casa hacia la tormenta que aullaba. Era como ver la muerte cuando abandona un cuerpo.

Nos apuramos a entrar en la casa. La puerta se cerró estrepitosamente atrás de nosotros. En la oscuridad esperaba mi abuelo: —Me preocupé —dijo.

—¿Está todo listo? —preguntó Última.

—Como lo ordenaste —dijo y nos guió por las oscuras y calladas habitaciones de la casa. La resplandeciente lámpara que sostenía modelaba nuestras sombras en las lisas y limpias paredes de adobe. Nunca había visto la casa tan callada y vacía. Siempre estaban mis tíos y tías y primos para saludarnos. Ahora parecía una silenciosa tumba.

Lejos, en los profundos recovecos de la casa, llegamos a un cuarto pequeño. Mi abuelo se detuvo en la puerta y apuntó hacia adentro. Entramos a la sencilla habitación. Tenía piso de tierra, muy apretada por tantas rociadas de agua, y sus paredes eran de adobe liso recubierto de yeso y cemento. Pero la buena y limpia tierra del cuarto no eliminaba el fuerte olor a muerte que se sentía ahí dentro. La cama de madera que se encontraba en la habitación sostenía el cuerpo encogido de mi agonizante tío Lucas. Estaba envuelto en una sábana blanca y pensé que ya estaba muerto. No parecía respirar. Sus ojos eran dos grandes pozos, y el delgado pergamino de piel amarilla se aferraba a su huesuda cara como papel seco.

Última fue hacia él y le tocó la frente.

—Lucas —murmuró. No hubo respuesta.

—Así ha estado durante varias semanas —dijo mi abuelo—, sin esperanzas. —Había lágrimas en sus ojos.

—La vida nunca está sin esperanzas —dijo Última.

—¡Ay! —asintió mi abuelo. Enderezó los encorvados hombros—. Traje todo lo que me ordenaste —apuntó hacia la pequeña estufa y la pila de leña. Había sábanas limpias en la silla junto a la estufa, y agua en la repisa, masa para atole, azúcar, petróleo y otras cosas—. Los hombres han recibido órdenes respecto a los animales, las mujeres enlutadas se han ido... Yo esperaré afuera de la habitación, si necesitas algo estaré esperando...

—No debe haber interferencia alguna —dijo Última. Ya estaba quitándose el chal y enrollándose las mangas.

—Entiendo —dijo mi abuelo—. Su vida está en tus manos. —Volteó y salió, cerrando la puerta tras de sí.

—Antonio, prende la lumbre —ordenó Última. Encendió la lámpara de petróleo mientras yo prendía la lumbre, luego quemó un poco de incienso dulce. Con el crujiente calor de la lumbre y el olor del incienso que purificaban el cuarto, éste parecía menos lúgubre. Afuera rugía la tormenta y llegó la noche.

Calentamos agua en una palangana grande y Última bañó a mi tío. Era un muñeco de trapo grande lo que ella manejaba. Yo sentía una inmensa lástima por él. Era el más joven de mis tíos y siempre lo recordaba lleno de vida y bravura. Ahora su cuerpo era un delgado esqueleto unido a una piel seca, y en su cara estaba escrito el dolor que producía el maleficio. Al principio me enfermaba verlo, pero al ayudar a Última me olvidé de eso y sentí valor.

—¿Vivirá? —le pregunté a Última mientras lo cubría con sábanas frescas.

—Lo descuidaron demasiado tiempo —dijo ella—, será una difícil batalla...

—Pero, ¿por qué no te llamaron antes? —pregunté.

—La iglesia no le permitía a tu abuelo usar mis poderes. La iglesia temía que... —no terminó, pero intuí lo que me hubiera dicho. El sacerdote de El Puerto evitaba que la gente tuviera fe en los poderes de una curandera. Deseaba que la clemencia y la fe en la iglesia fueran la única luz que guiara a la gente del pueblo.

¿Sería más fuerte la magia de Última que todos los poderes de los santos y de la Santa Madre Iglesia?, preguntaba para mis adentros.

Última preparó su primer remedio. Mezcló petróleo con agua y con cuidado lo calentó en la lámpara. Luego tomó muchas hierbas y raíces de su maletita negra y las puso en el agua caliente y aceitosa. Murmuraba al revolver la poción y no pude retener en la memoria todo lo que iba recitando, pero la oí decir:

—El maleficio de las Trementina dará la vuelta y se irá volando hasta llegar frente a sus caras. Pondremos a prueba la sangre joven de los Luna contra la antigua sangre del pasado...

Cuando terminó enfrió el remedio, y entonces, con mi ayuda, levantó a mi tío obligándolo a beber la mezcla. Éste se quejó de dolor convulsionándose como si quisiera vomitar la medicina. Sin embargo, era alentador ver señales de vida, aunque costó mucho trabajo hacer que se le quedara dentro la medicina.

—Bebe, Lucas —lo animaba, y cuando cerraba fuertemente los dientes, ella se los abría y lo hacía tomar la medicina. Los doloridos gritos llenaban el cuarto. Me asustaba mucho verlo, pero logramos que tragara la medicina. Luego lo cubrimos porque comenzó a sudar y a temblar al mismo tiempo. Sus oscuros ojos nos miraron como los de un animal capturado. Por fin se le cerraron y la fatiga lo hizo dormir.

—¡Ay! —dijo Última—, hemos empezado nuestra curación. —Volteó y me miró, y pude darme cuenta de que estaba cansada—. ¿Tienes hambre? —sonrió.

—No —contesté. No había comido nada desde el desayuno, pero las cosas que habían sucedido, lograron que se me olvidara el hambre.

—De todas maneras, será mejor comer algo —dijo—, puede ser la última comida que hagamos durante los próximos días. Trabajaron con su cabello recién cortado, el maleficio es muy fuerte y su fuerza se ha ido. Acomoda ahí tus cobertores y tiende una cama mientras hago el atole.

Extendí los cobertores junto a la pared y cerca de la estufa, mientras Última preparaba el atole. Mi abuelo había traído azúcar, crema y dos panes frescos, así que comimos bien.

—Qué bueno está esto —dije. Vi a mi tío. Estaba durmiendo tranquilamente. La fiebre no le había durado mucho.

—Hay muchas cosas buenas en la masa de maíz azul —sonrió—. Los indios lo consideraban sagrado, y ¿por qué no?; el día que podamos hacer que Lucas coma un plato hondo de atole, estará curado. ¿No es eso sagrado?

Asentí.

—¿Cuánto le tomará? —pregunté.

—Uno o dos días...

—Cuando estábamos en la cantina de Tenorio no tenías miedo. Y aquí, donde ronda la muerte tampoco te dio miedo entrar...

—¿Tienes miedo? —Última preguntó a su vez. Puso su plato hondo a un lado y me miró a los ojos.

—No —le dije.

—¿Por qué?

—No lo sé —contesté.

—Te diré por qué —sonrió—, es porque el bien es siempre más fuerte que el mal. Siempre acuérdate de eso, Antonio. El pedacito más pequeño de bien puede enfrentarse a todos los poderes del mal que hay en el mundo y saldrá triunfante. No hay necesidad de temerle a Tenorio.

Asentí.

—¿Y a sus hijas, qué va a pasarles? —pregunté de inmediato.

—Son mujeres demasiado feas e incapaces de hacer felices a los hombres —contestó—, así que pasan el tiempo leyendo su libro negro y practicando sus maleficios en la pobre gente que no sospecha nada. En vez de trabajar, pasan las noches en la oscuridad del río. Pero son aficionadas, Antonio —Última movió la cabeza lentamente—, no tienen poder como el de una buena curandera. En unos días desearán no haberle vendido sus almas al demonio...

El aullido de los coyotes hambrientos se oía afuera. Su especie de risa con gritos venía directamente de afuera de la pequeña ventana de la habitación. Temblé. Sus garras rascaban las paredes de adobe de la casa. Miré con ansiedad a Última. Ella mantuvo su mano en alto, como si me estuviera señalando que escuchara. Esperamos oyendo el ulular del viento y los aullidos de la manada que rascaba la pared.

Luego escuché. Era el canto de la lechuza de Última.
—Uuuuu, —gritaba entre el viento, después hizo un vuelo en picada y cayó sobre los coyotes. Sus afiladas garras encontraron carne, porque la malévola risa de los coyotes se convirtió en gritos de dolor.

Última rió.
—Oh, esas muchachas Trementina estarán llenas de rasguños y cortadas por la mañana —dijo—. Pero, en fin, tengo demasiado trabajo qué hacer —dijo en voz baja. Me tapó muy bien con los cobertores y luego quemó más incienso en la habitación. Me arrimé junto a la pared para ver todo lo que ella hacía. Estaba muy cansado, pero no podía dormir.

El poder de los médicos y el de la iglesia no habían podido curar a mi tío. Ahora todo dependía de la magia de Última. ¿Sería posible que hubiera más facultades curativas en Última que en el secerdote?

Tenía los párpados muy pesados pero no se me cerraban completamente. En vez de dormir, caí en un profundo estupor. Fijé la mirada en mi pobre tío y no la pude desviar. Sabía lo que estaba pasando en la habitación, pero mis sentidos parecían no responder a las órdenes. En vez de eso, permanecí en una especie de ensoñación.

Vi a Última preparando otra medicina para mi tío. Cuando la forzó por su garganta y su cara mostró una mueca de dolor, mi cuerpo también sintió el dolor. Casi podía percibir el sabor del líquido caliente y aceitoso. Vi que mi tío se convulsionaba y mi cuerpo también se vio afectado por los espasmos de dolor. El cuerpo se me bañó en sudor. Traté de llamar a Última, pero no tenía voz; intenté moverme, pero tampoco pude hacerlo. Sufría los espasmos que estaba padeciendo mi tío los cuales se alternaban con sensaciones de bienestar y poder. Cuando pasaba el dolor, una ola de energía parecía llenar mi cuerpo entero. Aun así, era imposible moverme. Y no podía quitar la vista de mi tío. Sentía que de alguna manera estábamos pasando por la misma curación, pero no me lo podía explicar. Traté de rezar, pero las palabras no me cruzaban por la mente; sólo permanecía la unión con mi tío, quien estaba del otro lado de la habitación, pero a pesar de la distancia nuestros cuerpos parecían estar unidos. Nos disolvimos uno en el otro, y compartimos una lucha común contra el mal que había dentro, que se oponía a su vez a la magia de Última.

El tiempo cesó. Última iba y venía. El quejido del viento y los aullidos de los animales se mezclaban en el fino humo del incienso y en la fragancia de la madera de piñón que se quemaba en la estufa. En una ocasión, Última salió de la habitación por largo rato. Desapareció. Escuché a la lechuza cantar afuera, y oí su aleteo. Pude ver su sabia cara y sus alas en la ventana... después Última regresó junto a mí. Sus pies estaban manchados con la arcilla del valle.

—La lechuza... —conseguí balbucear.

—Todo está bien —contestó Última. Me tocó la frente y el terrible esfuerzo que yo creía hacer, pareció salir de mis hombros—. No hay fiebre —dijo Última murmurando—, eres fuerte. La sangre de los Luna corre muy espesa por tus venas...

Su mano estaba fresca, como el aire fresco de una noche de verano.

Mi tío se quejaba y se movía violentamente en la cama.

—Bien —dijo Última—, hemos vencido al espíritu de la muerte. Ahora todo lo que queda por hacer es que vomite para que arroje el espíritu maléfico...

Fue hacia la estufa y preparó un nuevo remedio. Éste no olía como el primero, era más concentrado. La vi usar unos envases de aceite que no había utilizado antes, y algunas de las raíces estaban refrescadas con tierra mojada. Por primera vez parecía cantar sus plegarias en lugar de murmurarlas.

Cuando terminó de mezclar sus hierbas, dejó que la olla hirviera suavemente en la estufa y luego sacó de su maletita negra un terrón grande de arcilla negra y fresca. Apagó la lámpara de petróleo y prendió una vela. Luego se sentó junto a la luz de la vela y cantó mientras trabajaba la arcilla mojada. La rompió en tres pedazos que amasó cuidadosamente. Durante largo rato estuvo moldeándola. Cuando terminó, vi que había hecho tres muñecas de arcilla. Parecían personas reales, pero no reconocí el parecido de las muñecas con personas que yo conociera. Luego cubrió las muñecas de arcilla con la cera caliente de la vela y tomaron el color de la piel. Cuando las tres muñecas se enfriaron las vistió con pedacitos de tela que sacó de su maletita negra.

Después paró las muñecas alrededor de la luz de la vela, y vi tres mujeres. Última habló con ellas.

—Han hecho un maleficio —cantaba.
Pero el bien es más fuerte que el mal,
y lo que buscaban hacer, hará que se deshagan....

Levantó las muñecas y las colocó frente a la boca de mi tío enfermo, y cuando espiró sobre ellas, dio la impresión de que se retorcían en las manos de Última.

Me estremecí cuando vi a esas muñecas de arcilla cobrar vida.

Tomó tres alfileres y después de meterlos en el remedio nuevo que estaba en la estufa, clavó un alfiler en cada muñeca. Luego las guardó. Tomó el remedio restante e hizo que se lo tomara mi tío. Debe haber sido una medicina muy fuerte porque gritó cuando ella hizo que se la tomara. Un fuerte olor llenó la habitación, y hasta yo sentí el quemante líquido.

Después de eso pude descansar. Mis párpados se cerraron. Los entumecidos músculos se relajaron, así que me fui deslizando hasta quedar acostado entre los cobertores. Sentí las suaves manos de Última cubriéndome, y es todo lo que recuerdo. Dormí y no llegaron mis acostumbrados sueños.

Cuando desperté estaba muy débil y tenía hambre. —Última —la llamé. Vino a mi lado y me ayudó a sentarme.

—Ay, mi Antoñito —dijo alegremente—, qué niño tan dormilón eres. ¿Cómo te siéntes?

—Tengo hambre —dije débilmente.

—Está esperándote un tazón de atole fresco que te preparé —sonrió. Me lavó las manos y la cara con un trapo húmedo y me trajo una palangana para que orinara mientras ella terminaba de calentar el cereal. El acre olor de los orines amarillo oscuro se mezcló con la fragancia del atole. Me sentí mejor cuando me volví a sentar.

—¿Cómo está mi tío Lucas? —pregunté. Parecía estar durmiendo tranquilamente. Antes parecía que no respiraba, pero ahora su pecho subía con el aliento de vida y la palidez había dejado su cara.

—Estará bien —dijo Última. Me dio el tazón de atole azul. Comí, pero no se me quedó el alimento al principio. Tuve una tremenda náusea y Última me puso un trapo enfrente, en el que vomité una bilis verde y venenosa. La nariz y los ojos me ardieron, pero luego me sentí mejor.

—¿Me pondré bien? —le pregunté, mientras ella limpiaba el vómito.

—Sí —sonrió. Metió los trapos sucios a una bolsa que estaba en un rincón alejado del cuarto—. Trata de comer otra vez —dijo. Lo hice y esta vez me sentí mejor. El atole y el pan estaban sabrosos. Comí y me recuperé.

—¿Hay algo que quieras que haga? —le pregunté después de comer.

—Sólo descansa —dijo—, nuestro trabajo aquí está casi terminado...

En ese momento precisamente mi tío se sentó en la cama. Su aspecto era terrible, algo que uno no quisiera volver a ver. Fue como mirar a un muerto levantarse, ya que la sábana blanca estaba mojada de sudor y se le pegaba a su delgado cuerpo. Gritó como grita un animal adolorido y torturado.

—¡Aiiiiieeee! —El grito traspasó sus labios contorsionados, de los que escurría una saliva espumosa. Sus ojos se abrieron mucho en aquellos oscuros abismos, y sus delgados y esqueléticos brazos manoteaban en el aire como si lo estuvieran azotando todas las fuerzas del infierno.

—¡Auuugggggh! ¡Aiiiieeee! —gritaba de dolor. Última fue a su lado de inmediato, sosteniéndolo para que no se cayera de la cama. Su cuerpo se convulsionaba con unos espasmos de loco, y su cara se contraía de dolor.

—¡Deja que salga toda la maldad! —le gritó Última al oído.

—¡Dios mío! —fueron sus primeras palabras, y con ellas, la maldad fue arrancada de su interior. Una bilis verde salió de su boca y finalmente vomitó una gran bola de cabellos, que cayó al suelo, caliente y humeante; los cabellos se retorcían como si fueran víboras.

—¡Habían hecho el maleficio con su cabello!

—¡Ay! —Última gritó triunfal, y con trapos limpios levantó la maléfica y viviente bola de cabello—. Esto será quemado junto al árbol grande donde bailan las brujas...
—cantó y rápidamente metió la maléfica bola en el saco. Lo amarró muy bien y regresó donde se hallaba mi tío. Él estaba sosteniéndose de un lado de la cama, mientras sus delgados dedos agarraban la madera, con tal fuerza, como si tuviera miedo de regresar al maleficio. Se veía muy débil y sudoroso, pero estaba bien. Pude ver en sus ojos que él sabía que ya era nuevamente un hombre; un hombre que había regresado de un infierno atroz.

Última lo ayudó a recostarse. Lo lavó, y luego lo nutrió con el primer alimento que tomara en semanas. Comió como un animal muerto de hambre. Vomitó una vez, pero eso fue sólo porque había tenido el estómago vacío y enfermo. Lo pude observar desde donde yo estaba sentado.

Después, mi tío durmió y Última arregló sus cosas para partir. Nuestro trabajo había teminado. Cuando estuvo lista fue a la puerta y llamó a mi abuelo.

—Tu hijo vive, viejo —dijo, bajándose las mangas y abotonándoselas.

116

Mi abuelo bajó la cabeza.

—¿Puedo mandárselo decir a aquellos que están esperando noticias? —preguntó.

—Por supuesto —asintió Última—. Estamos listos para partir.

—¡Pedro! —gritó mi abuelo. Entonces entró al cuarto. Caminó cautelosamente hacia la cama, como si no estuviera seguro de lo que iba a encontrar.

Lucas se quejó y abrió los ojos.

—Papá —dijo.

Mi abuelo tomó a su hijo en los brazos y exclamó:

—¡Gracias a Dios!

Tíos, tías y primos comenzaron a llenar la casa, y había mucha excitación. La historia de la curación cundió rápidamente por El Puerto. Mis tíos comenzaron a entrar en la habitación para saludar a su hermano. Miré a Última y comprendí que quería salir de la conmoción lo más pronto posible.

—No lo cansen mucho al principio —dijo Última. Miró a Lucas que veía a su alrededor con curiosidad en los ojos, pero feliz.

—Gracias por darme la vida —le dijo a Última. Luego todos mis tíos se levantaron y dieron las gracias. Mi abuelo caminó unos pasos al frente y le ofreció a Última una bolsa con la plata que requería por costumbre.

—Jamás podré pagarte por devolverme a mi hijo de la muerte —le dijo.

Última tomó la bolsa.

—Quizás algún día los hombres de El Puerto salven mi vida... —contestó ella—. Ven, Antonio —hizo un ademán. Agarró su maletita negra y el saco que tendría que quemarse. Nos abrimos paso entre la gente curiosa y ansiosa que se había juntado, y que se hacía a un lado para dejarnos pasar.

—¡La curandera! —alguien exclamó. Algunas mujeres inclinaron la cabeza, otras hicieron la señal de la cruz—. Es una mujer que no ha pecado.

—¡Hechicera! ¡Bruja!... —susurró otra.

—¡No! —una de mis tías negó el último comentario. Se hincó por donde iba a pasar Última y le tocó la bastilla del vestido al pasar.

—No tiene pecado —fue lo último que escuché, y luego ya estábamos fuera. Mi tío Pedro nos guió al camión.

Le abrió la puerta a Última y le dijo:

—Gracias.

Ella asintió con la cabeza y nos metimos. Prendió la marcha y las luces. Las dos luces delanteras cortaban rebanadas en la solitaria noche.

—¿Conoces la arboleda donde Lucas vio a las brujas bailando? —preguntó Última.

—Sí —dijo mi tío.

—Llévanos —dijo Última.

Mi tío Pedro suspiró y se encogió de hombros.

—Has hecho un milagro —dijo—, si no fuera por eso, no visitaría ese maléfico lugar ni por todo el dinero del mundo... —el camión saltaba hacia adelante. Cruzamos el antiguo puente de madera y dimos vuelta a la derecha. El camión seguía saltando por la vereda de las vacas. A ambos lados, el oscuro ramaje nos envolvía.

Finalmente llegamos al final del sendero. Mi tío detuvo el camión. Parecía que estábamos cubiertos por el grueso ramaje del río. Extraños gritos de pájaros llenaban el húmedo aire de la noche. —No podemos ir más allá —dijo mi tío—. El claro de las brujas está ahí derecho.

—Esperen aquí —nos dijo Última. Se echó al hombro el saco que contenía todos los trapos sucios y la maléfica bola de cabello. Desapareció entre el espeso ramaje.

—¡Ay, qué valor tiene esa mujer! —exclamó mi tío. Lo sentí estremecerse junto a mí, y vi que hizo la señal de la cruz para librarse del mal de esta tierra olvidada de la mano de Dios. A nuestro alrededor, los árboles se levantaban como esqueletos gigantescos. No tenían verdor, sino que eran blancos y pelones.

—Tío —pregunté—, ¿cuánto tiempo pasamos en la habitación con mi tío Lucas?

—Tres días —contestó—. ¿Te sientes bien, Tony? —me acarició la cabeza. A excepción de Última, sentí que era el primer contacto humano que había tenido en mucho tiempo.

—Sí —contesté.

118

Más allá de donde nos encontrábamos, vi levantarse el fuego de una hoguera. Era Última que estaba quemando la maléfica carga del saco, exactamente donde las tres brujas habían bailado cuando las vio mi tío. Un leve olor a azufre invadió el aire sucio y húmedo. Otra vez mi tío se persignó.

—Estamos endeudados para siempre con ella —dijo él—, por salvar la vida de mi hermano. ¡Ay, qué valor de ir al lugar maléfico sola! —agregó.

Las llamas entre los arbustos se fueron apagando hasta convertirse en cenizas. Esperamos a Última. Todo permanecía en silencio en el interior del camión. Alguien tocó con los nudillos el cristal y nos sorprendió ver a Última por la ventana. Se metió y le dijo a mi tío:

—Nuestro trabajo está terminado. Ahora llévanos a casa porque estamos muy cansados y debemos dormir.

Once

—HEY, TONIIIII. ¡HOLAAAAAA ANTONIOFOROSOOOO!

Una voz me llamó.

Al principio pensé que soñaba. Me encontraba pescando, sentado en una roca. El sol me caía en la espalda y me había provocado sueño. Pensaba en cómo la medicina de Última había curado a mi tío y otra vez podía trabajar. En mi mente no podía comprender cómo la medicina de los médicos y del sacerdote habían fracasado; cómo era posible que el poder de Dios hubiera fallado. Pero había fallado.

—¡Toniiiiii! —llamó la voz otra vez.

Abrí los ojos y me asomé por los verdes arbustos del río. Silenciosamente, como un venado, la forma de Cico emergió. Estaba descalzo y no hacía ruido. Caminó hacia la roca y se sentó frente a mí. Supongo que fue entonces cuando decidió confiarme el secreto de la carpa dorada.

—¿Cico? —pregunté. Asintió con su oscura y pecosa cara.

—¿Samuel te contó lo de la carpa dorada? —dijo.

—Sí —contesté.

—¿Alguna vez has pescado carpas? —preguntó—. ¿Aquí en el río o en alguna otra parte?

—No —negué con la cabeza. Sentí como si estuviera haciendo un solemne juramento.

—¿Quieres ver la carpa dorada? —murmuró.

—He tenido la esperanza de verla todo el verano —dije sin aliento.

121

—¿En realidad crees que la carpa dorada sea un dios? —preguntó.

"Los mandamientos de la ley de Dios dicen: No tendrás otros dioses ante mí..."

No pude mentir. Supe que encontraría la mentira en mis ojos si lo hacía. Pero, ¿quizás había otros dioses? ¿Por qué el poder de Dios había fallado en curar a mi tío?

—Soy católico —le respondí—, solamente puedo creer en el Dios de la iglesia... —bajé la vista. Me daba tristeza, porque ya no me llevaría a ver la carpa dorada. Por largo rato Cico no habló.

—Cuando menos dices la verdad, Tony —dijo. Se levantó. Las quietas aguas del río bajaban hacia el sur—. Nunca hemos llevado a mirarla a alguien que no cree —dijo solemnemente.

—Pero quiero creer —alcé la mirada y supliqué—, es sólo que tengo que creer en Él —apunté hacia el otro lado del río donde se asomaba la cruz de la iglesia por encima de las copas de los árboles.

—Quizás — se quedó pensándolo largo rato—, ¿harías un juramento? —preguntó.

—Sí —respondí.

"Pero el mandamiento decía: No pronunciarás el nombre de Dios en vano."

—Jura por la cruz de la iglesia que nunca pescarás o matarás a una carpa. —Apuntó hacia la cruz. Nunca había jurado por la cruz y sabía que si rompía un juramento era como cometer el pecado más grande que hombre alguno pudiera cometer, porque Dios es testigo del juramento que hacía en su nombre. ¡Pero yo cumpliría mi promesa! ¡Nunca rompería el juramento!

—Juro —dije.

—¡Ven! —Cico se fue chapaleando por el río. Yo lo seguí. Había chapaleado por el río muchas veces, pero nunca sentí una urgencia como la de hoy. Estaba excitado por contemplar a la mágica carpa dorada.

—La carpa dorada nadará hoy corriente abajo por el riachuelo —murmuró Cico. Seguimos nuestro camino

122

por la ribera y los espesos arbustos. Subimos por la empinada loma hasta el pueblo y nos dirigimos a la escuela. Nunca caminábamos por esa calle para ir a la escuela, así que las casas me eran desconocidas. Nos detuvimos en un sitio.

—¿Sabes quién vive aquí? —Cico apuntó hacia un jardín verde. Había una cerca llena de enredaderas verdes y muchos árboles. Todas las casas del pueblo tenían árboles, pero nunca había visto un lugar tan verde. Era espeso, como algunas de las selvas que veía en las películas que pasaban en el cine del pueblo.

—No —respondí. Nos acercamos y asomamos por la densa cortina verde que había alrededor de una pequeña casa de adobe.

—Narciso —murmuró Cico.

Narciso había estado en el puente la noche que asesinaron a Lupito. Había tratado de razonar con los hombres; había tratado de salvarle la vida a Lupito. Lo habían llamado borracho.

—Mi padre y mi madre lo conocen —dije. No podía quitar los ojos del jardín que rodeaba la casita. Todo tipo de frutas y verduras que yo no conocía parecían crecer en el jardín, y había aún más abundancia allí que en los ranchos de mis tíos.

—Lo sé —dijo Cico—, son del llano...

—Nunca había visto un lugar así —murmuré. Aun el aire del jardín era dulce cuando se respiraba.

—El jardín de Narciso —dijo Cico reverentemente—. ¿Te gustaría probar sus frutos?

—No podemos —le dije. Es pecado tomar algo ajeno sin permiso.

—Narciso es mi amigo —dijo Cico. Metió el brazo por la verde pared, jaló un pasador secreto y abrió una puerta llena de hiedra. Nos metimos en el jardín. Cico cerró la puerta tras él.— Narciso está en la cárcel. El alguacil lo encontró borracho —finalizó.

Estaba fascinado con el jardín. Se me olvidó lo de ir a ver a la carpa dorada. El aire estaba fresco y claro, no polvoso y caliente como en la calle. En alguna parte escuché burbujear el agua.

—Por aquí hay un manantial de agua —dijo Cico—, pero no sé dónde está. Es lo que hace que el jardín sea tan verde. Eso y la magia de Narciso.

El jardín me tenía embelesado. Por donde mirara había árboles cargados de fruta y filas y filas de verduras. Sabía que la tierra era fértil porque había visto a mis tíos hacer que rindiera en abundancia, ¡pero nunca imaginé que pudiera ser así! La tierra era suave al pisarla. La fragancia de las flores bañadas por el sol era profunda, suave y placentera.

—El jardín de Narciso —murmuré.

—Narciso es mi amigo —dijo Cico. Jaló unas zanahorias de la suave tierra oscura y nos sentamos a comer.

—No puedo —dije. El jardín lucía silencioso y tranquilo. Sentí que alguien nos observaba.

—Puedes comerlas —dijo Cico.

Y aunque sabía que no estaba bien hacerlo, comí la dorada zanahoria. Jamás en la vida había comido algo tan dulce y jugoso.

—¿Por qué bebe Narciso? —pregunté.

—Para olvidar —respondió Cico.

—¿Sabe de la carpa dorada?

—Toda la gente de magia sabe que vendrá el día de la carpa dorada —contestó Cico. Sus ojos brillaron—. ¿Sabes cómo siembra Narciso? —preguntó.

—No —contesté. Siempre había pensado que los campesinos eran gente sobria. ¡No podía imaginarme a un borracho sembrando y cosechando tales frutos!

—A la luz de la luna —murmuró Cico.

—Como mis tíos los Luna...

—En la primavera Narciso se emborracha —continuó Cico—. Permanece borracho hasta que la mala sangre de la primavera queda bien lavada. Luego la luna de la siembra aparece sobre los olmos y brilla sobre las semillas guardadas del año pasado... Es entonces cuando recoge las semillas y siembra. Baila mientras siembra y canta. Esparce las semillas a la luz de la luna y caen y crecen... El jardín es como Narciso, está borracho.

—Mi padre conoce a Narciso —dije. La historia que me había contado Cico era fascinante. Parecía como si entre más supiera de las personas, más conocería la magia extraña que escondían sus corazones.

—En este pueblo todos conocen a todos —dijo Cico.

—¿Tú conoces a todos? —pregunté.

—Uh-huh —asintió.

—¿Conoces al indio Jasón?

—Sí.

—¿Conoces a Última?

—Sé que curó a tu tío —dijo—. Lo hizo con bondad. Ándale, pongámonos en camino. La carpa dorada pronto pasará...

Salimos de la frescura del jardín a la polvosa y calurosa calle. Al lado este del edificio de la escuela estaba un lugar de recreo abandonado que tenía una canasta de basquetbol. La palomilla estaba jugando al rayo del sol.

—¿La pandilla sabe sobre la carpa dorada? —pregunté.

—Sólo Samuel —dijo Cico—, únicamente a Samuel se le puede tener confianza.

—¿Por qué me tienes confianza? —pregunté. Hizo una pausa y me miró.

—Porque tú eres pescador —me dijo—. No hay reglas para saber en quién podemos confiar, Tony, sólo sentimos algo. El indio le contó la historia a Samuel; Narciso me contó a mí; ahora yo te cuento a ti. Siento que alguien, quizás Última, te hubiera contado. Todos compartimos.

—¡Hey! —gritó Ernie—, ¿quieren jugar muchachos? —corrieron hacia nosotros.

—No —dijo Cico. Se volteó de espalda. No les dio la cara.

—Hola, Tony —me saludaron.

—Hey, ¿van a ir al Lago Azul, muchachos? Vamos a nadar —sugirió Florencio.

—Hace demasiado calor para jugar —se quejó Caballo. Estaba empapado de sudor.

—Hey, Tony, ¿es cierto lo que dicen? ¿Que hay una bruja en tu casa? —preguntó Ernie.

—¡Una bruja!

—¡Chingada!

—¡A la veca!

—No —dije con sencillez.

—·Mi padre dijo que ella maldijo a alguien, y que tres días después la persona se convirtió en rana...

—¡Hey! ¿Es la viejita que va con tu familia a la iglesia? —preguntó Huesos a gritos.

—¡Vámonos! —dijo Cico.

—¡Ya es suficiente, muchachos! ¡Van a jugar o no! —suplicó Red. Ernie le daba vueltas a la bola de basquetbol como si fuera un trompo, sosteniéndola en un solo dedo. Estaba parado sonriendo junto a mí mientras la bola giraba.

—Hey, Tony, ¿puedes hacer que desaparezca la bola? —rió y los otros también rieron.

—Hey, Tony, ¡haz algo de magia! —Caballo me aplicó unas llaves de lucha alrededor del cuello.

—¡Sí! —Ernie me gritó a la cara. No sabía por qué me odiaba tanto.

—Déjalo en paz, Caballo —dijo Red.

—No te metas, Red —gritó Ernie—, eres protestante, ¡no sabes nada sobre las brujas!

—Se vuelven lechuzas y vuelan en la noche —gritó Abel.

—Las tienes que matar con una bala que tenga marcada una cruz —agregó Lloyd—. Es la ley.

—Haz magia —gruñó Caballo en mi oído. Su brazo me apretaba mucho. Me estaba sintiendo mal del estómago.

—Vudú —Ernie giró la bola junto a mi cara.

—¡*Okey*! —grité. Debe haberse asustado Caballo porque me soltó y brincó hacia atrás. Todos estaban quietos, viéndome.

El calor y lo que había oído me habían enfermado. Me doblé hacia adelante, entonces me invadió la náusea y vomité.

—¡Jesucristo!

—¡Chingada!

—¡Puto!

—¡A la madre!

—Vámonos —dijo Cico. Nos aprovechamos de lo sorprendidos que estaban y corrimos. Ya habíamos pasado la loma, las últimas casas, y el Lago Azul, cuando por fin se repusieron de su asombro. Nos detuvimos a descansar y a reírnos.

—¡Qué bien estuvo eso, Tony! —jadeó Cico—. De veras pusiste a Ernie en su lugar...

—Sí —asentí. Me sentía mejor después de vomitar y correr, pero no me gustaba lo que habían dicho sobre Última.

—¿Por qué son así? —le pregunté a Cico. Nos fuimos por la orilla del Lago Azul y caminamos a través de los altos y dorados pastos hasta llegar al riachuelo.

—No sé —contestó Cico—, sólo sé que la gente, grandes y chicos, parecen querer lastimarse... y es peor cuando están agrupados.

Seguimos caminando en silencio. Nunca antes había llegado tan lejos, así que me interesaba el terreno. Yo sabía que las aguas de El Rito fluían de los manantiales en los oscuros montes. Esos montes eran la cuna de los misteriosos Lagos Escondidos, pero nunca había estado allí. El riachuelo pasaba rodeando el pueblo, después de cruzar debajo del puente que iba a El Puerto daba vuelta hacia el río. Allí había un pequeño depósito de agua, y donde caía al río crecían espesos y verdes berros. Última y yo habíamos visitado el lugar buscando hierbas y raíces.

El agua de El Rito era clara y limpia. No estaba lodosa como la del río. Seguimos por el sendero junto al riachuelo hasta que llegamos a una arboleda llena de arbustos. El sendero bordeaba el bosque.

Cico se detuvo y vio a su alrededor. Hizo como si estuviera sacándose una espina del pie, pero estaba revisando cautelosamente el sendero y el pasto alrededor de nosotros. Yo estaba seguro de que estábamos solos. La última gente que habíamos visto era la que nadaba en el Lago Azul, unos kilómetros atrás. Cico apuntó al sendero.

—Los pescadores siguen el sendero que va bordeando los arbustos —murmuró—, vuelven al riachuelo nuevamente un poco más abajo del estanque que está escondido aquí. Se metió a gatas entre el follaje y yo lo seguí. Después de un rato nos pudimos parar otra vez y seguimos el riachuelo a un lugar donde una vieja presa para castores formaba un estanque grande.

Era un hermoso lugar. El estanque era profundo, de agua clara que burbujeaba sobre la presa. Había mucho pasto en la orilla, y por todos lados los arbustos y árboles altos se alzaban para no dar entrada al mundo.

—La carpa dorada vendrá por ahí —afirmó Cico.

Las frescas aguas del riachuelo salían de una oscura y sombreada gruta escondida por ramas que la tapaban y luego fluían por más de diez metros antes de entrar al estanque grande. Cico metió el brazo entre el pasto alto y sacó una rama larga de cedro que tenía una lanza al final. El acero afilado como una hoja de rasurar brillaba al sol. La otra parte tenía un cordón de nylon amarrado para poder recogerla.

—Yo pesco las lobinas negras en el estanque —dijo Cico. Se acomodó entre el pasto a la orilla de la ribera e hizo un ademán para que yo me sentara, en la orilla, pero lejos de él.

—¿Cómo puedes ver? —pregunté.

Las aguas del estanque son transparentes y puras, pero oscuras por su profundidad y por las sombras de los arbustos que las rodean. El sol se veía blanco cristalino en el cielo claro y azul, pero aun así había oscuridad por las sombras de ese lugar sagrado.

—La carpa dorada va a asustar a la lobina —murmuró Cico—. La lobina negra cree que puede ser el rey de los peces, pero todo lo que puede hacer es comérselos. La lobina es un matón. Pero el verdadero rey es la carpa dorada, Tony. No se come a los de su especie...

Los ojos de Cico estaban fijos en las aguas oscuras. Su cuerpo estaba inmóvil, como un resorte esperando que lo soltaran. Habíamos estado hablando en voz baja desde que llegamos al estanque; ¿por qué?, no lo sabía, excepto que sencillamente era uno de esos lugares donde uno sólo se puede comunicar murmurando en voz baja, como en una iglesia.

Nos sentamos largo rato esperando a la carpa dorada. Era muy agradable estar bajo el cálido sol y ver pasar las aguas puras. Los ruidos de los insectos de verano y los chapulines me adormecían. El esplendoroso verde del pasto era fresco, y bajo él estaba la tierra oscura, paciente, esperando...

Al noroeste dos halcones volaban en círculo, sin parar, en el claro cielo. Debe haber algo muerto en el camino a Tucumcari, pensé.

Luego llegó la carpa dorada. Cico apuntó con el dedo y yo volteé hacia el lugar donde el riachuelo salía de la gruta oscura tapada por el ramaje. Primero creí que estaba soñando. Esperaba ver un pez del tamaño de una carpa de río, quizá más grande y un poco anaranjada en vez de café. Me tallé los ojos y observé atónito.

—Mira la carpa dorada, señor de las aguas... —volteé y vi a Cico de pie, su lanza detenida frente a su pecho, como asintiendo que estaba ante la presencia de un gobernante.

La enorme y hermosa forma se deslizaba por las aguas azules. No podía creer que tuviera ese tamaño. ¡Era más grande que yo! ¡Y tenía un color naranja brillante! Los rayos del sol centellaban en sus doradas escamas. Se deslizaba por el riachuelo con un par de carpas más chicas siguiéndola, pero eran como peces pequeños comparados con ella.

—La carpa dorada —musité extasiado. No podría haber estado más embelesado si hubiera visto a la virgen, o a Dios mismo. La carpa dorada me había visto. Había hecho un ancho viraje y su espalda levantó ondas en el agua oscura. ¡Podría haber metido el brazo al agua y tocado al pez santo!

—Ella sabe que eres amigo —murmuró Cico.

Luego la carpa dorada nadó cerca de donde estaba Cico y desapareció en la oscuridad del estanque. Sentí que mi cuerpo se estremecía mientras veía la clara y dorada forma desaparecer. Sabía que había sido testigo de algo milagroso, la aparición de un dios pagano, algo tan milagroso como la curación de mi tío Lucas. Y, pensé, el poder de Dios falló donde el de Última tuvo éxito. Y luego una repentina iluminación de belleza y comprensión pasó como ráfaga por mi mente. ¡Esto es lo que esperaba que hiciera Dios el día de mi primera comunión! ¡Si Dios había sido testigo de que yo viera a la carpa dorada, entonces había pecado! Junté las manos y estaba por comenzar a rezar cuando las aguas del estanque explotaron.

Giré a tiempo para ver a Cico tirar su lanza hacia la monstruosa lobina negra que había saltado sobre la superficie del agua. La maléfica boca de la lobina negra estaba abierta y roja. Sus ojos vidriados parecían ver con odio mientras quedaba suspendida en el aire, rodeada de un millón de diamantes que eran gotas de agua. La lanza cruzó el aire, pero Cico apuntó demasiado abajo. Su enorme cola le pegó a la lanza y la hizo a un lado despectivamente. Luego la forma negra se hundió en las espumosas aguas.

—Fallé —se quejó Cico. Jaló su lanza lentamente con el cordón de nailon.

Asentí con la cabeza.

—No puedo creer lo que acabo de ver —dije—, ¿qué todos los peces de aquí son tan grandes?

—No —sonrió Cico—, pescan peces de uno o dos kilos más abajo por la presa de los castores, la lobina negra debe pesar como diez... —tiró su lanza entre el pasto y vino a sentarse conmigo—. Ven, vamos a meter los pies en el agua. La carpa dorada está por regresar...

—¿Te apena haber fallado? —pregunté mientras metíamos los pies en el agua fresca.

—No —dijo Cico—, sólo es un juego.

El color naranja de la carpa dorada apareció a la orilla del estanque. Cuando salió de la oscuridad el sol atrapó sus brillantes escamas y la luz se reflejó naranja, amarilla y roja. Nadó muy cerca de nuestros pies. Su cuerpo era redondo y liso en las aguas claras. Observamos en silencio la belleza y grandeza del pez. De reojo vi a Cico poner la mano en el pecho cuando pasaba la carpa dorada frente a él. Entonces, con un movimiento de su poderosa cola, la carpa dorada desapareció en el agua sombreada por las ramas.

Moví la cabeza. —¿Qué le sucederá a la carpa dorada?

—¿Qué quieres decir?

—Hay demasiados hombres que vienen a pescar aquí...

Cico sonrió. —No la pueden ver, Tony, no la pueden ver. Yo conozco a todos los hombres de Guadalupe que vienen a pescar y ninguno ha mencionado haber visto a la carpa dorada. Así que creo que la gente grande no la puede ver...

—El indio de Jasón, Narciso, Última...

—Ellos son diferentes, Tony. Como Samuel, y yo, y tú...

—Entiendo —dije. Yo no sabía cuál era esa diferencia pero sí que sentía una extraña hermandad con Cico. Compartíamos un secreto que siempre nos uniría.

—¿Adónde va la carpa dorada? —pregunté, apuntando con la cabeza río arriba.

—Nada contra la corriente hacia los lagos de la sirena, a los Lagos Escondidos...

—¿La sirena? —le pregunté.

—Hay dos profundos lagos escondidos arriba en los montes —continuó—, alimentan el riachuelo. Alguna gente dice que esos lagos no tienen fondo. Hay buena pesca, pero muy poca gente va allí. Hay algo muy extraño en esos lagos, como si los visitaran extraños fantasmas. Hay un poder extraño, parece que te está observando...

—¿Como la *presencia* del río? —pregunté suavemente. Cico me miró y asintió con la cabeza.

—La has sentido —dijo.

—Sí.

—Entonces comprendes. Pero esta cosa en el lago es más fuerte, o quizá no más fuerte, sino que parece desearte más. La vez que estuve allí... escalé una de las barrancas, y nada más me senté, observando a los peces en el agua clara... yo no sabía lo del poder entonces, únicamente pensaba en lo buena que allí sería la pesca, cuando comencé a oír música extraña. Venía de muy lejos. Era un murmullo bajo y solitario, quizá como algo que cantaría una muchacha triste. Vi para todos lados, pero estaba solo. Miré hacia la orilla del barranco y se diría que el canto provenía del agua, y parecía estar llamándome...

Estaba embelesado con la historia que Cico me contaba en voz baja. Si no hubiera visto la carpa dorada, quizá no le hubiera creído. Pero había visto demasiado como para dudar de él.

—Te juro, Tony, que la música me estaba jalando a las aguas de abajo. Lo único que me salvó de tirarme al agua fue la carpa dorada. Apareció y la música cesó de pronto. Hasta entonces me pude apartar de aquel lugar. ¡Hombre, cómo corrí! ¡Oh, cómo corrí! Nunca antes había tenido miedo, pero entonces sí. Y no era que el canto fuera malévolo, era que me llamaba para que lo acompañara. Un paso más y me hubiera ido por el barranco ahogándome en las aguas del lago...

Esperé largo rato antes de hacerle otra pregunta. Esperé a que él terminara de volver a vivir la experiencia.

—¿Viste a la sirena?

—No —contestó.

—¿Quién es ella? —murmuré.

—Nadie sabe. Una mujer abandonada... o el viento silbando alrededor de la orilla del barranco. Pero nadie lo sabe realmente. Lo extraño es que atrae a la gente hacia sí misma...

—¿Quién?

Me miró cautelosamente. Sus ojos se veían claros y brillantes, como los de Última y se le veían arrugas como las de la vejez.

—El verano pasado la sirena se llevó a un pastor. Era un hombre de México, acababa de llegar, y trabajaba en un rancho más allá de los montes. No había oído la historia sobre los lagos. Llevó sus borregos a beber ahí y oyó el extraño canto. Pudo regresar al pueblo y juró haber visto a una sirena. Dijo que era una mujer descansando en el agua que cantaba una canción de soledad. Era mitad mujer y mitad pez... Dijo que la canción lo atrajo hasta querer meterse en medio del lago para ayudarla, pero que el temor lo hizo huir. Contó su historia a todo el mundo, pero nadie le creyó. Terminó por emborracharse en el pueblo y juró que daría pruebas de su historia regresando a los lagos para traer a la sirena. Nunca regresó. Una semana después encontraron a los borregos cerca de los lagos. El pastor había desaparecido...

—¿Crees que la sirena se lo llevó? —pregunté.

—No sé, Tony —dijo Cico y frunció el ceño—, hay muchas cosas que no sé. Pero nunca vayas solo a los Lagos Escondidos, Tony, jamás. No estarías a salvo.

Estuve de acuerdo en que tendría presente su historia. —Las cosas que pasan son tan extrañas —dije—, las cosas que he visto o que he oído.

—Sí —asintió.

—Estas cosas del agua, la sirena, la carpa dorada. Son extrañas. Hay tanta agua por el pueblo, el río, el riachuelo, los lagos...

Cico se recargó hacia atrás y se quedó mirando el cielo. —Toda esta tierra alguna vez estuvo cubierta por el mar, hace mucho tiempo...

—Mi apellido significa mar —le dije, meditando en voz alta.

—Hey, es cierto —dijo—, Mares significa mar. Significa que vienes del mar, Tony Mares, el que subió de las aguas del mar...

—Mi padre dice que nuestra sangre es inquieta, como el mar...

—Eso es hermoso —dijo y sonrió. Sabes, esta tierra pertenecía a los peces mucho antes que a nosotros. Yo no dudo de la profecía de la carpa dorada. ¡Vendrá a reinar otra vez!

—¿Qué quieres decir? —pregunté.

—¿Que qué quiero decir? —dijo Cico, preguntándose a sí mismo—.Quiero decir que la carpa dorada vendrá a reinar otra vez. ¿No te lo dijo Samuel?

—No —moví la cabeza negándolo.

—Bueno, pero te contó sobre la gente que mató a las carpas del río y cómo en castigo fue convertida en peces. Después de que aquello sucedió, muchos años después, llegó gente nueva a vivir a este valle. Y no eran mejores que los primeros habitantes; de hecho, eran peores. Pecaban mucho, peleaban unos con otros, y atentaron contra las leyendas que conocían. Y así fue que la carpa dorada les envió una profecía. Dijo que los pecados de la gente pesarían tanto sobre la tierra, que al final el pueblo entero se vendría abajo y se lo tragarían las aguas...

Debo haber chiflado en vez de exclamar algo, y después suspiré.

—Tony —dijo Cico—, este pueblo entero está sentado sobre un profundo lago subterráneo. Todos lo saben. Mira...

Hizo un dibujo en la arena con un palo. —Aquí está el río. El riachuelo corre por aquí y da la vuelta hasta llegar al río. Los Lagos Escondidos están de este lado. ¿Ves?

Asentí. El pueblo estaba rodeado de agua. ¡Era aterrador saber eso!

—¡Todo el pueblo! —murmuré atónito.

—Sí —dijo Cico—, todo el pueblo. La carpa dorada nos ha enviado el aviso de que la tierra no podrá sostenerse por el peso de los pecados... ¡La tierra acabará por hundirse!

—¡Pero tú vives en el pueblo! —exclamé.

Sonrió y se puso de pie. —La carpa dorada es mi dios, Tony. Reinará en las nuevas aguas. Estaré feliz de permanecer con mi dios...

¡Era increíble y, sin embargo, tenía una especie de sentido salvaje! ¡Todas las piezas encajaban!

—¿Lo saben las gentes del pueblo? —pregunté con ansiedad.

—Ellos lo saben —asintió—, pero siguen pecando.

—Pero eso tampoco es justo para aquellos que no pecan —lo contradije.

—Tony —dijo Cico suavemente—, todos los hombres pecan.

No pude objetarle nada. Mi propia madre había dicho que perder la inocencia y convertirse en hombre era aprender a pecar. Me sentía débil y carente de poder ahora que tenía conocimiento del juicio final que estaba por venir.

—¿Cuándo sucederá? —pregunté.

—Nadie sabe —contestó Cico—. Podría ser hoy, mañana, en una semana, en cien años... pero sucederá.

—¿Qué podemos hacer? —pregunté. Mi voz temblaba.

—No hacerle mal a nadie —contestó Cico.

Me alejé de aquel paraíso que guardaba el estanque y las aguas donde nadaba la carpa dorada sintiendo un gran peso en mi corazón. Me había entristecido lo que había aprendido. Había visto la belleza, pero la belleza me había llenado de responsabilidad. Cico quería pescar en la presa, pero yo no estaba de humor. Le di las gracias por dejarme ver la carpa dorada. Crucé el río y comencé mi ascenso por la loma hacia mi casa.

Pensé en decirles a todos en el pueblo que dejaran de pecar, o se ahogarían. Pero no me iban a creer. ¿Cómo podría predicarle a todo un pueblo, si sólo era un niño? No me escucharían. Dirían que estaba loco, o embelesado por la magia de Última.

Me fui a la casa y pensé en lo que había visto y en la historia que Cico me había contado. Fui con Última y le conté la historia. No dijo nada. Únicamente sonrió. Era como si conociera la historia y no encontrara nada fantástico o amenazante en ella.

—Te hubiera contado la historia yo misma —asintió sabiamente—, pero es mejor que la hayas oído contar por alguien de tu edad.

—¿Debo creerla? —le pregunté. Estaba preocupado.

—Antonio —dijo calmadamente y puso su mano sobre mi hombro—, no puedo decirte lo que debes creer. Tu padre y tu madre te lo pueden decir, porque tú llevas su sangre, pero yo no puedo. Al crecer y convertirte en hombre deberás encontrar tus propias verdades...

Esa noche en mis sueños caminé por la orilla de un gran lago. Una melodía me embelesaba y llenaba el aire. ¡Era la canción de la sirena! Vi entre las profundidades oscuras del lago a la carpa dorada, y alrededor de ella estaba toda la gente que había salvado. En las orillas del lago se podían ver los cuerpos de los pecadores.

Luego una luna dorada enorme bajó de los cielos y se posó en la superficie de las aguas quietas. Miré hacia la encantadora luz, esperando ver a la virgen de Guadalupe, ¡pero en su lugar vi a mi madre!

¡Madre —grité—, te has salvado! ¡Todos nos hemos salvado!

"Sí, mi Antonio —sonrió—, nosotros fuimos bautizados en el agua de la luna bendecida por nuestra Santa Madre Iglesia, y nos hemos salvado."

"¡Mentiras! —gritó mi padre— ¡A Antonio no lo bautizaron en el agua bendita de la luna, sino en el agua salada del mar!"

Al volverme lo vi parado en la orilla llena de cadáveres. Sentí un dolor que se esparcía por mi cuerpo y me quemaba.

¡Oh!, por favor díganme cuál es el agua que corre por mis venas —me quejé—. ¡Oh, por favor díganme cuál es el agua que lava mis ojos que están ardiendo!

"Es el agua dulce de la luna —cantaba mi madre suavemente—, es el agua que la iglesia elige para bendecirla y ponerla en su fuente. Es el agua en que te bautizaron."

"Mentiras, mentiras —reía mi padre—, por tu cuerpo corre el agua salada de los mares. Es el agua que te hace ser un Mares, y no un Luna. Es el agua que te une al dios pagano de Cico, la carpa dorada."

¡Oh! —grité—, ¡por favor, díganme! La agonía del dolor era más de lo que yo podía soportar. El terrible dolor se disipó y sudé sangre.

Al subir la luna, el viento aullaba y sus poderes movían las aguas quietas del lago. Los truenos partían el aire y los rayos iluminaban la tempestad espumosa que giraba. Los fantasmas se ponían en pie y caminaban por la orilla.

El lago parecía responder iracundo y furioso. Crujía con la risa de la locura mientras causaba la muerte entre la gente. Pensé que el fin había llegado. ¡La batalla cósmica de las dos fuerzas destruiría todo!

¡El juicio final que Cico había predicho estaba sobre nosotros! Junté las manos y me hinqué a rezar. El temible fin estaba cerca. Luego escuché una voz más fuerte que el sonido de la tormenta. Alcé la vista y miré a Última.

"¡Cesen!" —les gritó a los poderes iracundos y el poder de los cielos y el poder de la tierra la obedecieron. La tormenta terminó.

"Ponte de pie, Antonio —ordenó ella y yo me puse de pie—. Ambos saben —les decía a mi padre y a mi madre—,

136

que el agua dulce de la luna que cae como lluvia, es la misma que se junta en los ríos y fluye a llenar los mares. Sin las aguas de la luna que sirven para llenar los océanos, no habría océanos. Y las mismas aguas saladas de los océanos son llevadas por el sol a los cielos, que a su vez, vuelven a ser las aguas de la luna. Sin el sol no se formarían ríos ni lagos para apagar la sed de la oscura tierra."

"Las aguas son sólo una, Antonio." Miré dentro de sus ojos brillantes y claros, y comprendí la verdad.

"Has estado viendo las partes —terminó—, y no has visto más allá, hacia el gran ciclo que nos une a todos."

Entonces la paz llegó a mis sueños y pude descansar.

Doce

La curación de Última y la carpa dorada ocuparon mis pensamientos durante el resto del verano. Estaba creciendo y cambiando. Tenía bastante tiempo para mí y para comprender y sentir la magia que envolvían tales acontecimientos.

Las cosas estaban tranquilas en la casa desde que León y Eugenio se fueron. Mi padre bebía más que de costumbre. Era porque él sentía que lo habían traicionado. Regresaba a casa negro por el asfalto de la carretera, se lavaba afuera, junto al molino de viento, y pasaba el resto de la tarde haciendo pequeñas tareas de todo tipo en las conejeras. Yo casi no tenía que preocuparme por los animales porque él hacía todo el trabajo. Tenía una botella de whisky allá afuera y tomaba hasta la hora de cenar. Una tarde fui a llamarlo a cenar y lo oí murmurando en aquel atardecer.

—Han abandonado a su padre —les decía a los gentiles conejos—, no fue su culpa. ¡Soy un necio! Debí haber comprendido que la sangre Mares que llevan dentro los tendría inquietos. ¡Es la misma sangre que me hizo vagar cuando era joven! Oh, debería haberlo sabido. Estaba orgulloso de que mostraran la verdadera sangre de los Mares, pero no me di cuenta de que el mismo orgullo los haría abandonarme. Se fueron. Todos somos vagos. Yo me he quedado solo...

—¿Papá? —llamé.

—¿Qué? —volteó—. ¡Oh!, eres tú, Antonio. Es hora de cenar, ¿eh? —se paró a mi lado y me puso la mano en el hombro—. Quizá sea cierto que la sangre de los Luna triunfe a fin de cuentas —dijo—, quizá sea mejor así...

Mi madre también estaba muy callada. Trataba de alegrarse diciendo que Andrés todavía estaba en casa, pero Andrés trabajaba todo el día y generalmente se quedaba en el pueblo por las noches. Únicamente lo veía unos momentos a la hora del desayuno y de la cena. Mamá bromeaba con él diciéndole que tenía novia en el pueblo y que pronto ella y papá tendrían que ir a hablar con los padres de la muchacha. Pero Andrés permanecía callado. No lo podían hacer conversar. Claro que mi madre tenía a Última para platicar durante el día, y eso era muy bueno para ella.

Última y yo continuábamos buscando hierbas y raíces en el llano. Me sentía más apegado a Última que a mi propia madre. Última me contaba las historias y leyendas de mis antepasados. De ella aprendí la gloria y la tragedia de la historia de mi gente, y llegué a comprender cómo ambas corrían por mi sangre.

Pasaba la mayoría de las largas tardes de verano en su cuarto. Hablábamos, guardábamos las hierbas secas o jugábamos cartas. Una noche le pregunté sobre las tres muñecas que tenía en la repisa. Las muñecas estaban hechas de arcilla y forradas de cera de las velas. Estaban vestidas y parecía que estaban vivas.

—Se me hacen conocidas —pensé para mis adentros.

—No las toques —dijo. Había muchas cosas en el cuarto de Última que instintivamente yo sabía que no debía tocar, pero no podía comprender por qué era tan cortante en lo que se refería a las muñecas.

—Una de ellas debe haberse quedado en el sol —le dije. Vi de cerca a una de las muñecas que parecía como si se hubiera derretido y estaba doblada. La cara de arcilla parecía estar torcida de dolor.

—¡Ven acá! —me llamó Última para alejarme de las muñecas. Fui y me paré junto a ella. Su mirada clara y fija me dejó inmóvil, e hizo que se me olvidaran las muñecas.

—¿Conoces al hombre llamado Tenorio? —preguntó.

—Sí, es el hombre que te amenazó en El Puerto cuando fuimos a curar a mi tío Lucas.

—Es un hombre malvado —dijo—. Cuando salgas a pescar solo por el río, si lo ves, debes alejarte de él, ¿me comprendes?

—Comprendo —asentí. Habló calmadamente, así que no me atemoricé.

—Eres un buen niño. Ahora ven acá. Tengo algo para ti —se quitó el escapulario que traía colgado al cuello—. La primavera próxima comenzarás a aprender el catecismo y cuando hagas tu primera comunión recibirás tu escapulario. Te protegerá de todo mal. Mientras tanto, quiero que uses el mío...

Tomó el delgado cordón y lo colocó alrededor de mi cuello. Había visto los escapularios de mis hermanas y sabía que el pedacito de tela al final del cordón remataba con una imagen de la Virgen o de san José, pero este escapulario tenía una bolsita aplanada. Lo olí y su fragancia era muy dulce.

—Una bolsita de hierbas que ayudan —sonrió Última—. La he tenido desde niña. Te protegerá.

—Pero, ¿qué vas a usar tú? —pregunté.

—¡Bah! —se rió—, yo tengo muchas maneras de protegerme... Ahora prométeme que no le dirás a nadie sobre esto. —Metió el escapulario bajo mi camisa.

—Lo prometo —contesté.

Otra cosa que hice ese verano fue confirmar la historia de Cico. Seguí la línea de agua que Cico me había mostrado, la que iba alrededor del pueblo, y era cierto. El pueblo entero estaba rodeado de agua. Claro que no fui a los Lagos Escondidos, pero podía ver la verdad de todas maneras. El pueblo estaba rodeado por el río, el riachuelo, los lagos y numerosos manantiales. Esperé muchas tardes para ver si veía la hermosa carpa dorada, y mientras esperaba bajo el sol, pensaba sobre esta leyenda.

También pasé muchos días felices, antes de que la terrible tormenta azotara nuestra casa. Cuando la gente de Las Pasturas llegaba al pueblo por provisiones, pasaba a visitar a mis padres. Cuando venían, mi padre se contentaba, no sólo porque era su gente, sino porque era gente feliz. Siempre estaban riendo y los ojos de los hombres brillaban con el aguijón del whisky. Su plática era fuerte, llena de excitación, y había cierto sonsonete en ella. Hasta olían diferente a la gente del pueblo o a mis tíos de El Puerto... mis tíos era callados y el olor que los rodeaba era profundo, como de tierra húmeda.

La gente de Las Pasturas era como el viento, y las fragancias que llevaban en la ropa dejaban una estela, como el mismo viento. Siempre tenía historias que contar acerca de los lugares en los que había trabajado. A veces hablaban de la pizca del algodón en Texas y de llevar whisky hasta los campos de algodón de los condados secos. A veces cuando hablaban de la recolección del maíz, reían, y uno podía ver las filas del grano y oler el dulce aroma que dejaba en sus sudadas ropas de trabajo. O se referían a los campos de papa en Colorado y de la tragedia que les aconteció allí. Dejaron un hijo en la oscura tierra de Colorado, desmembrado en la tierra labrada por un tractor, y entonces hasta los hombres maduros lloraban, pero estaba bien llorar, porque era permitido hacerlo por la muerte de un hijo.

Pero la plática regresaba siempre a las historias de los viejos tiempos en Las Pasturas, a la vida en el llano. Los primeros pioneros allí fueron pastores de borregos. Luego importaron hatos de ganado de México y se hicieron vaqueros. Se convirtieron en hombres de a caballo, caballeros, hombres cuya vida diaria estaba envuelta en el ritual de las cabalgaduras. Eran los primeros vaqueros en una tierra salvaje y solitaria que le habían arrebatado a los indios.

Luego vino el ferrocarril. El alambre de púas llegó también. Las canciones, los corridos, se hicieron tristes, y el encuentro de la gente de Texas con mis antepasados fue sangriento, de asesinatos y de tragedia. Vinieron cambios. Un día miraron a su alrededor y se encontraron encerrados. La libertad de la tierra y el cielo que conocieron se había acabado. Era gente que no podía vivir sin libertad y así fue que empacaron y se fueron al oeste. Se convirtieron en emigrantes.

A mi madre no le gustaba la gente del llano. Para ella no valía nada, borrachos y vagos. No comprendía su tragedia, su búsqueda de libertad, que ahora se había ido para siempre. Mi madre había vivido en el llano muchos años, cuando se casó con mi padre, pero el valle y el río estaban muy arraigados en ella para que pudiera cambiar. Solamente hizo dos amistades duraderas en Las Pasturas, Última, por quien daba la vida, y Narciso, de quien toleraba que bebiera porque la había ayudado cuando nacieron sus gemelos.

Ya habían pasado muchos días del verano cuando, cierta vez que estábamos sentados alrededor de la mesa haciendo planes para ir a El Puerto, a la cosecha, mi madre, con extraña premonición, recordó a Narciso:

—Es un necio y un borracho, pero me ayudó en mi hora de grandes necesidades...

—¡Ah, sí!, ese Narciso es un caballero —mi padre le cerró el ojo, vacilándola un poco.

—¡Bah! —mi madre se molestó, pero continuó—. Ese hombre no durmió en tres días, corriendo y consiguiendo cosas para Última y para mí... ¡y nunca tocó la botella!

—¿Dónde estaba papá? —preguntó Débora.

—Quién sabe. El ferrocarril se lo llevaba a lugares que él nunca me platicó —contestó mi madre enfadada.

—Tenía que trabajar —mi padre contestó con sencillez—, tenía que mantener a tu familia...

—De todas maneras —dijo mi madre cambiando de tema—, ha sido un buen verano en El Puerto. La cosecha será óptima y me dará gusto ver a mi papá y a Lucas... —volteó y vio agradecida a Última.

—Esto merece un trago, para dar gracias —sonrió mi padre.

Él también quería conservar el buen humor y los ánimos que teníamos esa noche. Estaba de pie cuando Narciso entró como una ráfaga por la puerta de la cocina. Entró sin tocar la puerta, y todos brincamos de nuestras sillas. Hacía un minuto la cocina se encontraba tenue y

143

callada, y ahora estaba llena con la enorme forma de Narciso. Era el hombre más grande que jamás hubiera visto. Usaba un enorme bigote y su cabello parecía la melena de un león. Tenía la mirada salvaje y los ojos enrojecidos, parado ahí, frente a nosotros, mirándonos, jadeando por falta de aire, mientras la saliva se le escurría de la boca. Parecía un enorme monstruo herido. Débora y Teresa gritaron y corrieron a refugiarse detrás de mi madre.

—¡Narciso! —exclamó mi padre— ¿qué es lo que sucede?

—¡Teh-teh-tenorio! —jadeó Narciso. Apuntó hacia Última y corrió a hincarse a sus pies. Le tomó la mano y la besó.

—Narciso —sonrió Última. Ella le tomó la mano y lo hizo ponerse de pie.

—¿Qué sucede? —repitió mi padre.

—¡Está borracho! —exclamó ansiosamente mi madre. Abrazaba muy fuerte a Débora y a Teresa.

—¡No! ¡No! —insistió Narciso—. ¡Tenorio! —gritó y apuntó hacia la puerta de la cocina—. ¡Grande, debes esconderte! —le suplicó a Última.

—No tiene sentido lo que dices —dijo mi padre y puso las manos sobre los hombros de Narciso—. Siéntate, recobra el aliento... María, manda a los niños a la cama.

Mi madre nos empujó para que pasáramos rápido junto a Narciso, quien se sumió en la silla de mi padre. No sabía lo que sucedía, nadie parecía saber, pero no me iba a perder toda la acción por el simple hecho de ser un niño. La primera preocupación de mi madre era llevarse a toda prisa a Débora y a Teresa arriba, a su habitación. Yo me retrasé y me escondí abajo de las escaleras. Me hice una bolita y me quedé a ver el drama que estaba por desarrollarse. Narciso recobró la compostura y contó su historia.

—¡Grande, debes esconderte! —insistió—. ¡No debemos perder tiempo! ¡Ya vienen en camino!

—¿Por qué debo esconderme, Narciso? —preguntó Última calmadamente.

—¿Quién viene? —agregó mi madre cuando regresó a la cocina. No me había echado de menos y a mí me daba gusto que fuera así.

Narciso rugió:

—¡Oh, Dios mío!

En ese momento escuché a la lechuza de Última gritar Uuuuuu para avisar del peligro que había afuera. Alguien estaba afuera. Miré a Última y vi cómo se le borraba la sonrisa. Mantenía la cabeza en alto, como si oliera el viento, y la fuerza que yo había visto cuando trató con Tenorio en el bar, llenaba la expresión de su cara. Ella también había oído a la lechuza.

—No sabemos nada —dijo mi padre—, dinos las cosas con sentido, ¡hombre!

—Es que hoy murió la hija de Tenorio, no, su bruja. La malvada falleció hoy en El Puerto...

—¿Y eso qué tiene que ver con nosotros? —preguntó mi padre.

—¡Ay, Dios! —Narciso gritó y apretó las manos—, viviendo aquí en esta maldita loma, lejos del pueblo, no escuchas nada. ¡Tenorio culpa a la Grande por la muerte de su hija! —apuntó hacia Última.

—¡Ave María Purísima! —gritó mi madre. Fue hacia Última y la rodeó con los brazos—. ¡Eso es imposible!

—La deben llevar lejos de aquí, esconderla hasta que se olvide esta maldita historia...

Otra vez escuché el grito de la lechuza, y oí que Última murmuraba:

—Es demasiado tarde...

—¡Bah! —mi padre estaba por reírse—. Tenorio esparce rumores como si fuera una vieja. La próxima vez que lo vea, le voy a jalar las barbas de perro que tiene y lo voy a hacer desear que nunca hubiera nacido.

—No es un rumor —suplicó Narciso—, ya juntó a todos sus amigos en la cantina y los ha estado llenando de whisky todo el día hasta convencerlos de que deben ir a quemar a una bruja. ¡Vienen a cazar a una bruja!

—¡Ay! —mi madre ahogó un sollozo y se persignó.

Detuve la respiración mientras lo escuché. ¡No podía creer que de veras alguien pensara que Última fuese una bruja! Ella sólo hacía el bien. Otra vez gritó la lechuza. Volteé y miré fijamente hacia la oscuridad. No pude ver nada. Aun así, sentí que algo o alguien andaba entre las sombras. Si no era así, ¿por qué gritaba la lechuza?

—¿Quién te dijo esa historia tan loca? —dijo severamente mi padre.

—Jesús Silva llegó de El Puerto. Hablé con él hace unos cuantos minutos y vine corriendo a avisarles. ¡Bien sabes que su palabra vale oro! —contestó Narciso. Mi padre asintió.

—¡Gabriel! ¿Qué vamos a hacer? —gritó mi madre.

—¿Qué pruebas tiene Tenorio? —preguntó mi padre.

—¡Pruebas! —rugió Narciso, a punto de volverse loco con las deliberaciones de mi padre—. ¡No necesita pruebas, hombre! ¡Ha llenado de whisky a los hombres y los ha envenenado con su venganza!

—¡Debemos huir! —gritó mi madre.

—No —interrumpió Última. Miró a mi padre y lo midió cuidadosamente con una mirada fija—. Un hombre no huye de la verdad —dijo.

—¡Ay, Grande! —se quejó Narciso—, sólo pienso en tu bienestar. Uno no habla de la verdad con un hombre lleno de whisky y envenenado con el deseo de un linchamiento...

—Si no tiene pruebas, no hay por qué preocuparse por las historias que esparce un loco —dijo mi padre.

—¡Está bien! —Narciso dio un salto—, si son pruebas lo que insistes en oír antes de esconder a la Grande, ¡te diré lo que me dijo Jesús! Tenorio les dijo a todos los hombres que quisieron escucharlo, que encontró la bolsa de la Grande, tú sabes, como las bolsas que se cuelgan las curanderas en el cuello, ¡bajo la cama de su hija muerta!

—¡No puede ser! —di un brinco y grité. Corrí hacia mi padre—. ¡No puede ser la bolsita de Última porque yo la tengo! —me rasgué la camisa y les mostré el escapulario Al mismo tiempo escuchamos el fuerte tronido de un balazo, y hombres que corrían con antorchas para rodear la casa.

—¡Son ellos! ¡Es demasiado tarde! —dijo Narciso lastimosamente, y se hundió más en la silla. Miré a mi padre que estaba viendo su rifle en la repisa; después sin tomarlo, caminó calmadamente hacia la puerta. Lo seguí de cerca.

—¡Gabriel Mares! —se escuchó una voz maléfica más allá de las danzantes antorchas. Mi padre salió, y yo detrás de él. Sabía que lo había seguido, pero no me hizo regresar. Estaba en su propiedad, y como tal, no lo podían avergonzar delante de su hijo.

Al principio sólo veíamos las luces de las antorchas de pino. Después los ojos se nos acostumbraron a la oscuridad, y pudimos distinguir las formas oscuras de los hombres y sus caras sudadas y enrojecidas. Algunos llevaban cruces dibujadas con carbón en las frentes. Me estremecí. Tenía miedo, pero juré que no se llevarían a Última. Esperé a que hablara mi padre.

—¿Quién es? —preguntó mi padre. Se paró con las piernas abiertas como si estuviera listo a pelear.

—¡No tenemos pleito contigo, Mares! —gritó la maléfica voz—, ¡solamente queremos a la bruja!

—¿Quién habla? —preguntó con fuerza y firmeza. Pero nadie contestó.

La voz de mi padre se oía tensa de coraje.

—¡A ver, a ver! —dijo mi padre, casi gritando—, ¡ustedes saben quién soy yo! ¡Me llaman por mi nombre, están en mi propiedad! ¡Quiero saber quién es el que habla!

Los hombres se miraron unos a otros nerviosamente. Dos de ellos se juntaron y hablaron en voz baja. Un tercero salió por un lado de la casa y se reunió con ellos. Pensaron que sería fácil llevarse a Última, pero ahora comprendían que mi padre no dejaría a hombre alguno invadir su casa.

—Nuestro negocio aquí no es contigo esta noche, Mares —se oyó la voz tiplada de Tenorio en la noche. Reconocí la voz que había oído en la cantina de El Puerto.

—¡Están invadiendo mi propiedad! ¡Sí es mi negocio! —gritó mi padre.

—No queremos pelear contigo, Mares, es a la vieja bruja a la que queremos. Entrégala y nos la llevamos.

No habrá problemas. Además, ella no es pariente tuya, y está acusada de brujería...

—¿Quién la acusa? —preguntó severamente mi padre.

Estaba forzando a los hombres a identificarse, y el falso valor que el whisky y la oscuridad les había infundido, se les estaba escapando. Para poder mantener a los hombres unidos a él, Tenorio tuvo que hablar.

—¡Soy yo, Tenorio Trementina, el que la acusa! —gritó y dio un brinco hacia adelante, así que pude verle su fea cara.

—¡La mujer que no ha pecado es una bruja, lo juro ante Dios!

No tuvo oportunidad de terminar su acusación porque mi padre levantó el brazo y lo agarró por el cuello. Tenorio no era un hombre pequeño, pero con una mano mi padre lo alzó del suelo y lo jaló lastimosamente hacia adelante.

—Eres un cabrón —le dijo, casi calmadamente, a la cara malvada y asustada de Tenorio—. ¡Eres una vieja puta! —con la mano izquierda le sujetó el mechón de pelo que le crecía en la barba y le dio un fuerte jalón. Tenorio gritó de dolor y rabia. Luego mi padre extendió el brazo y Tenorio salió volando por los aires. Cayó en el polvo gritando y luego se levantó como pudo y corrió a encontrar refugio atrás de dos de sus coyotes.

—¡Espera, Mares! —gritó uno de los hombres y se interpuso entre mi padre y Tenorio—. No estamos aquí para pelear contigo ¡No hay hombre aquí que no te respete! Pero la brujería es una acusación seria, tú lo sabes. Esto no nos gusta nada, pero el cargo tiene que aclararse. Esta mañana la hija de Tenorio murió. Él tiene pruebas de que la maldición de Última la mató...

Los otros hombres asintieron y caminaron hacia el frente. Sus caras se veían adustas. Todos sostenían cruces hechas en forma improvisada de enebro y pino. La luz de las antorchas hacía danzar cruces de alfileres y agujas que se habían prendido en los sacos y en las camisas. Un hombre hasta se atravesó alfileres por la piel del labio inferior para que ningún maleficio pudiera penetrarlo. La sangre resbalaba por el labio y caía en su barba.

—¿Eres tú, Blas Montaño? —le preguntó mi padre al hombre que acababa de hablar.

—Sí —contestó el hombre y bajó la cabeza.

—¡Entréganos a la bruja! —gritó Tenorio, parado atrás de los hombres que lo acompañaban, para resguardarse. Estaba lleno de insultos, iracundo, pero no se encaraba con mi padre.

—¡No hay bruja aquí! —contestó mi padre y se agachó como esperando que lo atacaran.

—¡Tenorio tiene pruebas! —gritó otro hombre.

—¡Chinga tu madre! —contestó mi padre. ¡Iban a tener que pelear con él para poder llevarse a Última, pero eran muchos para él sólo! Pensé en correr por el rifle.

—¡Entréganos a la bruja! —gritó Tenorio. Urgía a los hombres a avanzar, y gritaban en coro: —¡entréganos a la bruja! ¡Entréganos a la bruja! —el hombre con los alfileres atravesados en la boca movía su cruz de enebro hacia la casa. Los otros agitaban sus antorchas de un lado al otro, mientras caminaban lentamente hacia mi padre.

—¡Entréganos a la bruja! ¡Entréganos a la bruja! —entonaban y seguían caminando de frente, pero mi padre no se movía. El ruido de las antorchas me asustaba, pero tomé valor de mi padre. Estaban casi sobre nosotros cuando de repente se detuvieron. La puerta de la cocina se cerró con un golpe y Narciso apareció y caminó de frente. En vez de ser un borracho balbuceante el que se parara frente a la muchedumbre, había un gigante. Entre las manos sostenía el rifle de mi padre, mientras observaba a los hombres.

—¿Qué sucede aquí? —su potente voz rompió el silencio—. ¿Por qué juegan los campesinos a ser vigilantes cuando deberían estar en sus hogares frente a la chimenea prendida jugando a las cartas, y haciendo sus cuentas de la cosecha, eh? Yo los conozco, hombre, yo te conozco, Blas Montaño, Manuelito, y tú, Cruz Sedillo... y sé que no son hombres que necesiten cubrirse en la oscuridad para esconder sus malas acciones...

Los hombres se vieron unos a otros. El hombre al que consideraban el borracho del pueblo los había avergonzado al hacerles ver lo bajo de su acción. Un hombre tomó un trago de la botella que traía y trató de pasarla, pero nadie la tomó. Todos estaban en silencio.

—¡Deshonran sus buenos apellidos al seguir al jodido de Tenorio! —continuó Narciso.

—¡Aieeee! —Tenorio se quejó con rabia y odio, pero no se atrevía a hacer nada.

—Este cabrón perdió a su hija hoy, y por esta razón el pueblo de El Puerto podrá dormir tranquilo ahora que sus acciones malditas se han ido al infierno con ella.

—¡Animal! —escupió Tenorio.

—¡Puede que sea un animal —rió Narciso—, pero no soy tonto!

—¡No somos tontos! —gritó Blas, contestándole—. Venimos a hacer una diligencia que es ley por costumbre. Este hombre tiene pruebas de que la curandera Última es una bruja, y si su maldición fue la que causó una muerte, entonces debe ser castigada... —los hombres a su alrededor asintieron. Yo estaba mortalmente aterrado de que Narciso, así como mi padre, enfurecieran a los hombres y nos invadieran. Sabía que entonces se llevarían a Última y la matarían.

La garganta de Narciso retumbó con la risa.

—Yo no cuestiono el derecho de hacerle cargos a alguien que practique la brujería, pues ha sido por costumbre. Pero son tontos, tontos por tomarse el whisky del diablo... —y apuntó hacia Tenorio—, y tontos por seguirlo por todo el campo a media noche...

—¡Me has insultado y me la vas a pagar! —gritó Tenorio y agitó el puño—, y ahora, ¡los llama tontos! —Volteó a ver a los hombres—. Es suficiente lo que hemos hablado. ¡Vamos a llevarnos a la bruja! ¡Hagámoslo!

Los hombres asintieron.

—¡Esperen! —Narciso los detuvo—. Sí, les dije que eran unos tontos, pero no para insultarlos. Oigan, mis amigos, ya han violado la tierra de este hombre... han venido a crear mucha mala sangre, cuando podían haber hecho esto con sencillez. Tienen el derecho de hacer cargos contra alguien por brujería, y para descubrir la verdad de ese cargo, hay una prueba muy fácil... —Alargó el brazo y jaló los alfileres que traía el hombre atravesado en el labio—. ¿Están benditos estos alfileres? —le preguntó al hombre.

—Sí —contestó—, los bendijo el sacerdote apenas la semana pasada. —Se limpió la sangre del labio.

—También los llamo tontos porque todos saben cuál es la prueba para una bruja, y, sin embargo, no pensaron en usarla. Es sencilla. Tomen los alfileres benditos y clávenlos en la puerta. Colóquenlos de tal manera que formen una cruz... ¡Y en nombre de Dios! —rugió—, ¡Ustedes saben que una bruja no puede pasar por una puerta marcada así, con la señal de Cristo!

—¡Ay, sí! —exclamaron los hombres. Era verdad.

—Es una prueba verdadera —dijo el hombre llamado Cruz Sedillo. Tomó las agujas que le dio Narciso—. Es legal dentro de nuestras costumbres. Lo he visto hacer.

—Pero todos debemos estar de acuerdo con los resultados de este juicio —dijo Narciso. Vio a mi padre. Quien por primera vez volteó y miró hacia la puerta de la cocina. En la luz se veían las formas de mi madre y de Última. Luego contempló a Narciso. Depositó su fe en su viejo amigo.

—Estoy de acuerdo con la prueba —dijo sencillamente.

Me hice la señal de la cruz en la frente. Yo no tenía duda alguna de que Última podría pasar por la cruz bendita. Ahora todos voltearon a ver a Tenorio, porque había sido él quien acusara a Última.

—Estoy de acuerdo —murmuró. No tenía otra alternativa.

—Colocaré los alfileres —dijo Cruz Sedillo. Caminó hacia la puerta y formó una cruz con los alfileres en el umbral. Luego volteó y miró a los hombres—. Es cierto que ninguna persona maléfica, ninguna bruja, puede pasar por una puerta que tenga la Santa Cruz. Yo vi una vez a una mujer juzgada de esa manera, y su cuerpo se quemó dolorosamente al ver la cruz. Así que si Última no cruza el umbral, entonces nuestro trabajo de esta noche apenas comienza. Pero si lo cruza, nunca más se le podrá acusar de brujería. Invocamos a Dios como testigo —terminó y se hizo para atrás. Después los hombres se persignaron y murmuraron una oración.

Todos volteamos y miramos hacia la puerta de alambre. La lumbre de las antorchas estaba apagándose, y de hecho ya algunos hombres habían tirado al suelo sus agonizantes antorchas. Podíamos ver a Última claramente mientras caminaba hacia la puerta.

—¿Quién me acusa? —preguntó atrás de la puerta de alambre. Su voz era muy clara y poderosa.

—¡Tenorio Trementina te acusa de ser una bruja! —Tenorio contestó con una voz salvaje y llena de odio. Había dado un paso al frente para lanzar su acusación, y cuando lo hacía, escuché gritar a la lechuza de Última en la oscuridad. Hubo un aleteo sobre nosotros, y todos los hombres se agacharon y subieron las manos para protegerse del ataque. Pero la lechuza buscaba únicamente a un hombre, y lo encontró. Se abalanzó sobre Tenorio y las filosas garras le sacaron un ojo a aquel hombre maléfico.

—¡Aieeee! —aulló de dolor—. ¡Estoy ciego! ¡Estoy ciego! —en aquella agonizante luz, vi la sangre brotar del oscuro hoyo y de la sangrienta pulpa que antes fuera un ojo.

—¡Madre de Dios! —gritaron los hombres. Se agazaparon de temor alrededor de Tenorio, que daba gritos y maldecía. Temblaba y buscaba en el cielo a la lechuza, que había desaparecido.

—¡Miren! —gritó uno de ellos. Apuntó con el dedo y los demás voltearon para ver a Última. ¡Había traspasado el umbral!

—¡La prueba se ha cumplido! —sentenció Narciso.

Última dio un paso hacia los hombres, que se echaron para atrás. No entendían por qué la lechuza había atacado a Tenorio, no podían comprender el poder que tenía Última. Pero había atravesado el umbral de la puerta, así que el poder de la curandera era bueno.

—Ha quedado comprobado —dijo Cruz Sedillo—, la mujer queda libre de la acusación. —Dio vuelta y caminó hacia la loma, donde habían dejado sus camiones, y varios de los hombres lo siguieron rápidamente. Dos se quedaron a ayudar a Tenorio.

—¡Tu maldito pájaro me ha dejado ciego! —gritó—. ¡Por eso te maldigo! ¡Te veré muerta, y a ti, Narciso, juro que te voy a matar! —los dos hombres se lo llevaron. Desaparecieron de la débil luz de las antorchas hacia la oscuridad.

—¡Grande! —era mi madre la que salía corriendo por la puerta. Abrazó a Última y la llevó adentro de la casa.

—¡Ay, qué noche! —dijo mi padre, encogiéndose de hombros al mirar a los hombres que se iban. Arriba, en la loma, escuchamos que arrancaron sus camiones y se fueron—. Algún día voy a tener que matar a ese hombre —dijo mi padre en voz baja.

—Necesita que lo maten —asintió Narciso.

—¿Cómo puedo agradecerte, viejo amigo? —mi padre le dijo a Narciso mirándolo.

—Le debo la vida a la Grande —dijo Narciso—, y a ti te debo muchos favores, Mares. ¡Qué son las gracias entre amigos!...

Mi padre asintió. —Ven, necesito una copa... —entraron a la casa. Yo los seguí, pero me detuve en la puerta. Un leve resplandor me llamó la atención. Me agaché y recogí del suelo los alfileres que habían estado clavados en el umbral de la puerta. Nunca sabría si alguien había roto la cruz, o si se había caído sola.

Trece

DESPERTAMOS TARDE Y NOS APRESURAMOS A EMPACAR LAS CO-
sas para ir de viaje a El Puerto. No hablamos de las cosas
horribles que habían sucedido la noche anterior, pero
creo que a causa de ello, mi padre decidió ir con nosotros. Estábamos muy excitados, porque era la primera
vez que hacía el viaje él y se iba a quedar allá. Fue al
pueblo para arreglar que le dieran una semana de permiso en el trabajo de la carretera. Cuando regresó oí
que le contaba a mi madre en voz baja lo que se decía
en el pueblo.

—Tenorio está en el hospital. Ha perdido el ojo... y dicen que el sacerdote de El Puerto no permite que la hija
muerta esté dentro de la iglesia para que se le diga una
misa. No se sabe qué va a suceder...

—Estoy muy contenta de que vayas con nosotros —contestó mi madre.

Fui afuera. Alguien, supongo que mi madre, había
limpiado las cenizas de las antorchas y barrido el patio.
No quedaba huella alguna de lo que había sucedido. El
sol brillaba blanco y limpio y el aire estaba un poco frío.
Fui a casa de Jasón y le pedí que alimentara a los animales mientras estuviéramos de viaje. Cuando regresé ya
había llegado mi tío Pedro, que ayudaba a subir el equi-
paje.

—¡Antonio! —me saludó con un abrazo. Lo saludé y
fui a buscar a Última. Estaba preocupado por ella... Pero
la encontré limpiando los platos de la mañana. Todos es-

155

taban ocupados haciendo algo, y eso nos ayudó a olvidar el terror de la noche anterior.

Débora, Teresa, mi madre y Última, se fueron con mi padre. Yo, con mi tío. Íbamos en silencio, y tuve tiempo de reflexionar. Pasamos la casa de Rosie y pensé en los pecados del pueblo y en el castigo de la carpa dorada a los pecadores. Los ahogaba en agua clara y azul. Luego pasamos frente a la iglesia y medité en el castigo de Dios. Enviaba a los condenados al ardiente pozo del infierno, donde se iban a quemar por toda la eternidad.

Al cruzar el puente de El Rito recordé la historia de Cico sobre la gente y el dios que se convirtió en pez. Pero, ¿por qué el dios nuevo, la carpa dorada, también había escogido castigar a la gente? El dios antiguo ya lo hacía. Ahogarse o quemarse, el castigo era igual. El alma estaba perdida, insegura, sin salvación, sufriendo... ¿por qué no podía haber un dios que no castigase a su gente jamás, un dios que otorgara el perdón todo el tiempo? ¿Quizá la virgen María era ese dios? Ella había perdonado a quien había matado a su hijo. Siempre perdonaba. Quizás un dios mejor sería como una mujer, porque sólo las mujeres sabían perdonar.

—Estás muy callado, Antonio —mi tío interrumpió mis pensamientos—, ¿estás pensando en lo de anoche?

—No —contesté—, estoy pensando en Dios.

—¡Ay! No dejes que te interrumpa.

—¿Por qué no viniste a avisarnos anoche? —pregunté. Mi tío frunció el ceño.

—Bueno —dijo por fin—, tu abuelo no permitió que ninguno de nosotros se mezclara en nada de lo que sucedió ayer...

—Pero Última curó a mi tío Lucas. ¿No está agradecido por ello?

—¡Claro que lo está! —dijo—. No entiendes...

—¿Qué?

—Bueno, el pueblo de El Puerto es pequeño. Hemos vivido ahí durante mucho tiempo en armonía con los buenos y con los malos. No nos hemos puesto a juzgar a ninguno. —Movió la cabeza con cierta seguridad.

—Pero permitiste que Tenorio juzgara a Última —dije—, y si no hubiera sido por Narciso, se hubiera salido con la suya. ¿Es eso justo?

Mi tío intento una respuesta, pero no la halló. Vi que agarraba el volante con tanta fuerza que los nudillos se le pusieron blancos. Por largo rato estuvo algo nervioso, y finalmente dijo:

—No disminuye mi vergüenza al decir que anoche fui un cobarde. Todos lo fuimos. Tomamos el deseo de mi padre como disculpa. Créeme, mi fe está unida a esa mujer por haber salvado a Lucas. La próxima vez, y Dios quiera que no haya una próxima vez, no olvidaré mi deber hacia ella. —Luego volteó y me miró, y subió el brazo para tocarme la cabeza—. Estoy contento porque estuviste junto a tu amiga —sonrió—, para eso son los amigos.

Sí, había estado junto a Última. Y también mi padre y Narciso y la lechuza. Todos hubiéramos atacado, como la lechuza, para proteger a Última. No era fácil perdonar a hombres como Tenorio. Quizá por eso Dios no podía perdonar. Por ser muy parecido al hombre.

Había mucha excitación cuando llegamos a El Puerto. Por supuesto que todos los del pueblo sabían lo que le había pasado a Tenorio, y todos esperaban que regresara a enterrar a su hija. Sabíamos que el sacerdote no dejaría que la enterraran en tierra santa del cementerio, junto a la iglesia. Pero era tiempo de cosechar, era tiempo de trabajar y no de hacer mitotes. Mis tíos eran campesinos, hombres que tomaban la única verdad de la tierra, y así, temprano en la tarde, ya estábamos en los campos y huertos y para todos lo más importante era la cosecha.

Eso también era bueno, porque nos permitía olvidar lo que no queríamos recordar. Regresamos del primer día de cosecha cuando la luz de la luna salía por el portal que formaban las negras mesas. Después de una portentosa cena, nos reunimos en la habitación de mi tío Mateo, porque era el que nos contaba cuentos. Mi madre y Última se quedaron juntas, amarrando los chiles colorados, con los que formaban largas y gruesas ristras. Mis tías estaban muy cordiales con Última. La trataban con respeto por lo que había hecho por Lucas, pero mantenían su distancia. A Última le gustaba que así fuera.

—¡Ay!, es algo muy malo lo que hacen estas Trementina —murmuró mi tío Mateo. Miró hacia el pasillo, pero mi abuelo ya se había ido a recostar. Mi abuelo no permitía que se hablara de brujería en su presencia.

—Hoy hablé con Porfirio Baca —dijo mi tío Juan—, y dijo que las dos hermanas que quedaban, pasaron el día haciendo el ataúd para la que murió.

—¡Ah! —mi tío Mateo hizo la señal para que escucháramos—. Estaban juntando ramas de una especie de álamo para tejer el ataúd. ¡Eso prueba que era una bruja! No se puede enterrar a una bruja en un ataúd de pino, piñón o cedro.

—Dicen que hoy regresó Tenorio. Está tuerto.

—Sí —continuó mi tío—, y hoy por la noche se reunirán alrededor del cadáver y orarán con su libro negro. ¡Escuchen!

Escuchamos el aullido del viento frío, afuera, y a intervalos podíamos oír el aullido de un coyote. En el corral, los animales estaban nerviosos. El mal rondaba en el aire otoñal de la noche.

—Quemarán azufre en vez de incienso bendito. Cantarán y bailarán alrededor del ataúd, jalándose el cabello y la carne. Matarán un gallo y echarán su sangre sobre la hermana muerta. Acuérdense de lo que digo, cuando a la bruja Trementina la traigan a la iglesia, será en una cesta hecha con ramas de álamo, y su cuerpo estará embarrado en sangre...

—Pero, ¿por qué hacen esto? —preguntó alguien en voz baja.

—Porque es para el demonio —contestó mi tío—, lo hacen para que el demonio venga y duerma con el cuerpo antes de enterrarlo...

—¡Mateo! —una de mis tías hizo una señal para callarlo. Apuntó hacia los niños.

—¡Es cierto! —dijo.

—¿Pero entonces por qué la van a traer a la iglesia? —preguntó la esposa de mi tío Juan.

—¡Bah! Poco les importa lo de la iglesia. Es nada más para guardar las apariencias —sonrió mi tío.

—¿Cómo es que sabes todo eso? —preguntó ella.

—Pues porque me lo dijo mi dulce Oretea —sonrió y miró a su mujer, que estaba sentada junto a él, y entonces le dio unas palmaditas de buen humor. Ella lo miró y asintió. Nos reímos porque todos sabíamos que Oretea, la esposa de mi tío Mateo, era sordomuda de nacimiento.

Me quedé dormido y llegó mi sueño-destino, el cual me llevó a la misa negra de las brujas. *Vi todo y era justamente como lo había descrito mi tío. Después, mi sueño-destino me llevó hasta el ataúd; me asomé y, horrorizado, vi a Última.*

Debo haber llorado dormido, porque alguien me levantó, y después sentí calor y paz. Cuando desperté había luz afuera. La casa, que normalmente se llenaba de viveza, de abrir y cerrar de puertas y de pasos, estaba quieta, tan quieta como una tumba. Salté de la cama, me vestí y salí rápidamente. La gente del pueblo llenaba la calle. Hablaban en voz baja, excitados, y estiraban el cuello para ver por la calle hacia el puente. Luego oí el rechinar de una carroza tirada por caballos.

Miré a Última, que estaba sola, parada en un montículo junto a la casa. Corrí hacia ella y la tomé de la mano. Parecía no percatarse de mí. Su chal negro le cubría la cabeza y la mitad de la cara, así que nada más sus ojos permanecían descubiertos. Vio la procesión del funeral con una mirada intensa. La procesión subía por la calle hacia la iglesia. Todos estaban callados.

El aire tranquilo de la mañana llevaba el ruido de la carroza rechinando por el peso, y podíamos ver las mulas con sus arreos, tirándola. En el asiento iban sentadas dos mujeres delgadas vestidas de negro, con velos también negros tapándoles la cara, que al pasar junto a Última se voltearon para el otro lado. En el centro descansaba la cesta tejida con las ramas correosas de aquel árbol. Con el vaivén, el peso del cuerpo de la muerta hacía que el ataúd se meciera de un lado para otro, como quejándose. Cuando pasó la carroza dejó un olor a podrido en el aire.

La procesión la encabezaba Tenorio montado a caballo. Iba encorvado en su silla y vestido de negro. Llevaba un sombrero oscuro de ala ancha, acomodado de tal manera que le cubría el parche negro que llevaba en el ojo. Su caballo trotaba nervioso y estiraba el cuello de un lado a otro.

El cielo estaba azul y tranquilo. Nuestras miradas siguieron a la crujiente carroza por la polvosa calle, hasta pasar la cantina y llegar a la iglesia. Ahí se detuvo la procesión y esperó a que apareciera el sacerdote. Cuando salió de la iglesia, Tenorio habló con él y el sacerdote le contestó. Alzó los brazos como si cerrara el paso hacia la iglesia y movió la cabeza negándose. Estaba negándole la misa de cuerpo presente y el sepelio en el camposanto. El aire estaba tenso. No se sabía qué podría hacer Tenorio ante ese insulto, pero todos comprendían que era lo suficientemente loco como para agredir al sacerdote.

Pero Tenorio estaba derrotado. El pueblo entero fue testigo de la excomunión. La negativa del sacerdote significaba que la iglesia mostraba su posición y que las maléficas acciones de las Trementina eran conocidas por todos. Tenorio no había pensado que el sacerdote pudiera estar en su contra. Durante largo rato hubo silencio, luego Tenorio le dio vuelta al caballo y la procesión regresó por la calle. Tendría que enterrar a su hija en otro lado y sin la bendición de una misa. Su alma estaba condenada. Pero lo que más le dolía a Tenorio era que ya no podría juntar a la gente del pueblo a su alrededor; ya no podría retenerlos por medio del temor. Si el sacerdote, que por tantos años no había querido condenar los actos de las Trementina por fin lo había hecho, seguramente esto les daría valor a los del pueblo.

Las hermanas se hundieron en el asiento al pasar, y sus quejidos eran tanto por sí mismas como por el destino de la difunta. Se habían metido con el destino de un hombre, y ahora éstas eran las consecuencias. Tenorio también se agachó en su silla. Se apretó su largo saco negro contra el cuerpo delgado, como si con eso pudiera huir de las miradas de la gente. Sólo cuando pasó frente a Última levantó la vista, y en esa furtiva mirada su ojo malévolo juró que se vengaría de Última.

Todos estaban impresionados por lo que había ocurrido, pero en la tarde el trabajo de la cosecha levantó los ánimos. Bajo el ojo observador de mi abuelo, se recogió la abundancia de los campos y las huertas. Los carros cargados se movían como hormigas entre los campos y el pueblo, apurados para almacenar las semillas. El chile verde se tostó y se puso a secar. El chile colorado se convirtió en enormes ristras. Los techos de dos aguas se veían dorados con las rebanadas de manzanas puestas a secar. El aire se endulzaba con el aroma de las burbujeantes conservas y jaleas y las risas de las mujeres. El maíz se tostaba para hacer chicos, el maíz azul se molía para la masa, y el resto se almacenaba para los animales.

Después, tan tranquilamente como el color verde había llenado el tiempo del río, el tiempo dorado de la cosecha se había terminado. Teníamos que regresar a Guadalupe. La escuela comenzaría de nuevo.

—¡Adiós! ¡Adiós! —nos gritábamos unos a otros. Fue entonces cuando mi tío Juan apartó a mi padre y a mi madre y les contó en voz baja los deseos de mis tíos.

—Antonio ha trabajado muy bien —dijo austeramente—, tiene el latir de la tierra en su sangre. Nos sentiríamos honrados si ustedes creen conveniente permitirle que pase el verano con nosotros..., los otros —dijo— no eligieron nuestra manera de vivir. Así sea. Pero si Antonio va a conocer nuestras costumbres, debemos iniciarlo el próximo verano... —mis demás tíos asintieron después de esta breve plática. Mis tíos no eran hombres de muchas palabras.

—¡Oh, Gabriel! —exclamó mi madre, radiante y orgullosa.

—Ya veremos —contestó mi padre y nos fuimos.

Catorce

—ADIÓS, ANTONIOOOOO...

—Adiós, mamá... adiós, Última... —agité el brazo en señal de despedida.

—Haces y dices las cosas más chistosas... —rió Andrés.

—¡Respeta a tu maestra! ¡Salúdame a la señorita Maestas! No vayas a traerle vergüenza a tu nombre —la voz de mi madre todavía se escuchaba.

—¿Por qué lo dice? —le pregunté a Andrés.

—No sé —contestó mientras yo trataba de mantenerle el paso a sus largas zancadas por la vereda de las cabras—, no hay quien te gane en la manera de agitar el brazo para despedirte de Grande y de mamá.

—Siempre volteo para atrás —le dije y continué manteniendo su paso. Me sentía feliz de caminar con él.

—¿Por qué?

—No sé... a veces creo que al regresar a casa voy a encontrar todo cambiado... que ya no será igual... —no podía decirle que deseaba que el castillo de los gigantes permaneciera siempre en pie, que la vereda de las cabras y la loma estuvieran siempre. Estaba aprendiendo que las cosas no siempre permanecían iguales.

—Sé lo que quieres decir —dijo mientras Débora y Teresa nos pasaban como si fueran cabras salvajes— cuando regresé del ejército sentí que todo había cambiado. Las cosas parecían más pequeñas.

—Me alegra que te hayas quedado en la casa —dije. Apreté mi bloc *Red Chief* y mi lápiz. Estaba ansioso por ver a la palomilla. Me preguntaba qué tan difícil sería el tercer año.

—Ah, me siento como si fuera un viejo que va al colegio, Tony, pero es la única manera, la única manera...

En el puente encontramos al Kid y a Samuel. Lo atravesamos corriendo y, como de costumbre, la silueta morena y salvaje del Kid nos dejó atrás. Al final del puente, Andrés se quedó rezagado para recobrar el aliento, por lo menos así nos lo hizo saber, y Samuel y yo nos seguimos. Pasamos la casa de Rosie y nos dirigimos a la escuela. Le dije a Samuel que había visto la carpa dorada ese verano y le complació mucho.

—Quizá te conviertas en uno de los nuestros —sonrió satisfecho.

—¿Tú qué hiciste? —le pregunté—. Pasé por ti, pero te habías ido.

—Mi padre y yo pastoreamos borregos en el rancho de Agua Negra —dijo—. ¿Sabes, Tony? —agregó—, creo que voy a ser pastor de ovejas.

—Mi madre quiere que yo sea campesino o sacerdote —le dije.

—Hay recompensas por cuidar ovejas y hay recompensas por labrar la tierra, pero la vocación más grande es la de sacerdote —dijo—. El sacerdote es un hombre que estima a su gente.

—Sí.

—Me contaron sobre eso maléfico que le hicieron a Última. —La historia de la ceguera de Tenorio se esparcía por todos los campamentos. Hizo una pausa y me miró—. Ten cuidado, los chicos del pueblo no lo comprenderían.

—Lo tendré —le dije.

Llegamos a la algarabía que reinaba en el área de juego y le dije a Samuel que tenía que ir a ver a la señorita Maestas. Comprendió. Quería ver a la señorita Maestas para decirle que mi madre la mandaba saludar, antes de involucrarme con la palomilla. La señorita Maestas estaba ocupada con los niños de primer año, así que no me quedé mucho tiempo, pero estaba tan feliz de verme, como yo a ella. Casi no había cambiado desde el año pasado.

Luego corrí afuera y me reuní con la palomilla en el patio de juegos. —¡Hola, Tony! —decían, y Caballo me tiró un pase. Lo recibí y se lo tiré a Florencio—. ¡Chingada!

Florencio no lo recibió y fue pase incompleto.

—¡A la veca!

—¡Dedos de mantequilla!

—¿Quién es tu maestra, Tony?

—¿La señorita Harris o la señorita Violeta?

—¿No sabes?

—¡La señorita Violeta! —gritó Huesos—, todos tenemos a la señorita Violeta.

—¡Chingada! —

—¿Cómo sabes? —preguntó Lloyd.

—Porque los chicos tontos van a parar con la señorita Violeta...

—¡Todos los cobardes tontos! Yah, yah —lo arremedó Lloyd.

—¡Tony no es tonto, pasó dos años en uno!

—Es que tiene una bruja que lo ayuda —dijo Ernie burlonamente.

Ernie la traía conmigo. Todavía no sabía por qué.

—La señorita Violeta le da a todos sus alumnos ciruelas los viernes.

—¡Es en venganza de nuestros padres por tenernos que cuidar toda la semana! —todos rieron.

—¡Yo no soy ningún miedoso! —gruñó Caballo.

—Hey, Tony —gritó Ernie— ¿Es cierto que tu hermano anda puteando con esas mujeres de la casa de Rosie?

—¡A la veca!

—¡Las putas!

No sabía lo que significaba *puteando*, pero sabía que la casa de Rosie era un lugar malo. No contesté.

—Ya basta —dijo Red—. ¡Por qué te ensañas con Tony! ¡Todos los del pueblo van a la casa de Rosie!

—¡Síííííí! —aulló Huesos y sus ojos rodaron sueltos en las cuencas—, incluyendo al viejo de Ernie...

—¡Cabrón Huesos! —Ernie estaba furioso pero no se le aventó a Huesos. Sería estúpido abalanzársele a Huesos. El podía matarte y no importarle.

—¡El viejo de Ernie! —gritó Caballo, se montó sobre Huesos, y todos rieron—. ¡Heh, heh, heh! —jadeó Caballo.

—¡Muy chistoso! —escupió Ernie y dio vuelta para enfrentarse conmigo—, ¡pero cuando menos no tenemos una bruja en nuestra casa!

—¡Hey, sí!

—¡Tony tiene una bruja!

—¡Lo escuché por ahí este verano!

—¡Chingada!

—¡A la veca!

—¿Es cierto, Tony? —preguntó Florencio.

—¡Cegó a un hombre! —asintió Abel vigorosamente.

—¿Cómo?

—Brujería...

—¡A la verga!

Estaban rodeándome, viéndome. El círculo era cerrado y silencioso. Alrededor de nosotros el patio de juego estaba lleno de un estruendoso ruido, pero dentro de. círculo todo era silencio.

—¡Ya basta, muchachos! —dijo Red—. ¡Éste es el primer año que Tony va a estar con nosotros! ¡Juguemos a la pelota! Miren, no existen las brujas...

—¡Sí existen, si eres católico! —contradijo Lloyd.

—Sí —asintió Caballo—, Red no sabe nada de nada. ¡Se va a ir al infierno porque no es católico!

—¡Mierda! —gritó Red.

—Es cierto —dijo Lloyd—, ¡El cielo es únicamente para los católicos!

—Realmente no... —dijo Florencio, mientras su forma angular se mecía de atrás para adelante.

—Dinos, Tony —dijo Ernie acercándosele—, es una bruja, ¿verdad? La van a quemar, ¿eh?

—Tendrían que clavarle una estaca en el corazón para que fuera efectivo —dijo Lloyd.

—No es una bruja, es una buena mujer —contesté. Casi no podía oír lo que yo mismo decía. De reojo vi a Samuel sentado en el sube y baja.

—¡Estás diciendo que soy mentiroso! —me gritó Ernie a la cara. Tenía la saliva caliente y amarga. Alguien dijo que nada más bebía leche de cabra porque era alérgico a la de vaca.

—Sí —le grité a la cara. Había sentido ganas de huir, pero recordaba a mi padre y a Narciso muy firmes, defendiendo a Última. Vi que los ojos de Ernie se entrecerraron y sentí el vacío que se creó cuando todos detuvieron la respiración. Luego los brazos de Ernie hicieron un movimiento brusco y la pelota de futbol que tenía en la mano me pegó en plena cara. Al instante le pegué y sentí cómo el puño le daba en el mentón.

—¡Pleito! ¡Pleito! —gritó Caballo y me brincó encima. Abrí los ojos llenos de lágrimas cuando caía y vi a Huesos caer sobre Ernie. Después de eso, todos le entraron a la pelea. Todos brincaron en la pila que giraba. Las maldiciones, los quejidos y gruñidos llenaron brevemente el aire. Después un par de maestros de la escuela superior metieron los brazos en el montón y nos empezaron a separar, uno a uno. Nadie estaba lastimado, y por ser el primer día de clases no nos reportaron con el director. Sólo se rieron de nosotros y nos reímos con ellos. Sonó la campana y corrimos a iniciar otro año en la escuela.

Nadie volvió a molestarme con lo de Última. Ya que había respondido a Ernie, supongo que pensaron que respondería a cualquier otro. No valía la pena. Y, además, detrás de la fuerza que Red y Samuel me prestarían en una pelea, estaba la magia desconocida de Última.

Los agradables días de otoño se escaparon pronto, llevado por la corriente del tiempo. La escuela se tornó en rutina. Al caer el frío sobre el llano y haber menos quehaceres en los campos y en los ranchos, entraron más muchachos a la escuela. Lo verde del río dio paso al anaranjado brillante y se volvió café. El agua en la ribera permanecía callada, no cantaba como en el verano. Las tardes eran grises y silenciosas, cargadas con un aire maduro. Se sentía la seguridad y el calor de bienvenida al abrir la puerta de la cocina y recibir el saludo del cálido aroma de los alimentos que preparaban mi madre y Última.

167

Justo antes de Navidad, las nieves y vientos del llano helaron la tierra. Después de terminadas las clases, el patio de juegos quedaba desierto y si uno se tenía que quedar después de clases, se sentía una extraña soledad al caminar solo, por las calles vacías. Las nevadas alternaban con el viento del llano, que era el más frío del mundo. La nieve se derretía y el viento congelaba el agua y la convertía en hielo. Después volvían las nevadas. El río se congelaba completamente. Los árboles que poblaban la orilla parecían hombres de nieve gigantes que se hubiesen juntado buscando calor. En el llano, los ganaderos luchaban por alimentar el ganado. Se perdían muchas reses, y se hablaba siempre del terrible frío de este invierno que competía con otros años perdidos en la memoria de los viejos.

La escuela entera deseaba con avidez las vacaciones de Navidad. Las dos semanas traerían un alivio bienvenido, después de haber batallado con las idas y venidas a la escuela. El último evento que esperábamos con beneplácito era la presentación de la obra de teatro que habíamos montado en el salón de la señorita Violeta. Realmente, las niñas eran las que habían hecho el trabajo, pero todos nos adjudicábamos el crédito.

Nadie esperaba la tormentosa nevada que caería la noche antes de presentar la obra. —¡Madre mía! —oí gritar a mi madre. Miré arriba de las mantas escarchadas y heladas y vi que mi pequeña ventana estaba cubierta de hielo. Con el frío abrazándome como si fuera la muerte, me vestí y bajé rodeado de vapor a la cálida cocina. —¡Miren! —dijo mi madre. Había limpiado un pedazo helado del vidrio de la ventana. Miré hacia afuera y vi un campo blanco, desolado, a excepción de las ondas azules que se formaban entre la nieve tormentosa.

—Las niñas no irán al colegio hoy —dijo mi madre a Última—, qué importa que pierdan un día. ¡Débora, Teresa! —gritó al pie de la escalera—, ¡Quédense en la cama! ¡La nieve cubrió la vereda de las cabras!

Escuché gritos y risas allá arriba.

—¿Va a ir Tony? —preguntó Andrés mientras caminaba tembloroso hacia la estufa, vestido como si fuera a librar una batalla contra la tormenta de nieve.

—Tengo que ir —contesté—, hoy es la obra de teatro...

—No me parece bien —murmuró Última. No significaba que no le gustara la obra sino algo del ambiente, porque la vi alzar la cabeza levemente como oliendo el viento afuera.

—Se trata únicamente de faltar un día, Tony —dijo Andrés y se sentó a la mesa para desayunar.

—Le hace bien —dijo mi madre. Me sirvió un tazón de atole y tortillas calientes—. Si va a ser sacerdote, debe aprender lo que es el sacrificio desde ahora...

Andrés me miró y yo a él, pero no hablamos. En vez de eso, Andrés preguntó: —¿Y el trabajo que estaban haciendo en la carretera? ¿Ya la abrieron?

—Ay, no —dijo mi madre—, el terreno está helado. Tu padre ha permanecido en la casa dos semanas... Solamente salen los camiones de sal.

—¿Sobre qué trata la obra, Tony? —me preguntó Andrés.

—Sobre Cristo —contesté.

—¿Qué papel te tocó actuar?

—El de un pastor.

—¿Crees que debes ir a la escuela? —preguntó. Sabía que estaba preocupado porque la nieve estaba muy profunda.

—Sí —asentí.

—¿Y tú, Andrés? —preguntó mi madre—, pensé que hoy era tu día libre en la tienda...

—Lo es —contestó Andrés—, nada más voy a ir a recoger mi cheque.

—Y a ver a tu novia —sonrió mi madre.

—No tengo novia —Andrés frunció el ceño—. Vamonos, Tony —se puso de pie y se puso la chamarra—, es hora de irnos.

Mi madre me puso la chamarra y la gorra de lana.

—Mi hombre de letras —sonrió y me besó en la frente—. ¡Que Dios te bendiga!

—Gracias —le dije—, adiós, Última. —Fui donde estaba y le di la mano.

—Ten cuidado con la maldad del viento —murmuró y se inclinó a besarme la mejilla.

—Sí —le contesté. Puso la mano sobre el pecho donde colgaba el escapulario y ella asintió con la cabeza.

—Vamos —gritó Andrés desde la puerta. Corrí tras él y lo seguí por la vereda de las cabras, tratando de pisar en sus pisadas, donde ya la nieve se había aplastado. El sol de la mañana resplandecía y todo estaba brillante. Me dolían los ojos de ver tanto blanco.

—Quizá la tormenta esté por terminar —dijo jadeando Andrés. En el oeste las nubes todavía estaban oscuras, pero no le dije nada. Caminamos lentamente debido a la nieve tan espesa, y cuando llegamos al puente nuestros pies estaban mojados, pero no hacía frío.

—Allí está el Kid —era la primera vez que veía al Kid parado. Él y Samuel nos habían visto a su vez y nos estaban esperando.

—¡Corramos! —gritó el Kid cuando llegamos.

—Hoy no —contestó Andrés—, te puedes romper el cuello en el hielo. —Apuntó hacia la banqueta del puente que estaba cubierta de hielo y nosotros bajamos la vista para verla. Los autos habían echado agua helada en la banqueta, que se había congelado durante la noche. Tuvimos que cruzar el puente con mucho cuidado. Todavía no nos tenía confianza el Kid. Caminaba frente a nosotros, de espaldas, para poder vernos todo el tiempo.

—¿Oyeron algo sobre la pelea de anoche? —preguntó Samuel. Caminaba en silencio junto a nosotros. Nuestro aliento formaba plumitas en el aire frío y crudo. Abajo en el río, el agua, los arbustos, los árboles, todo estaba cubierto de hielo. El sol del este brillaba sobre todo esto y creaba una helada tierra para las hadas.

—No —dijo Andrés—. ¿Quiénes pelearon?

—Tenorio y Narciso...

Escuché cuidadosamente. Todavía recordaba la amenaza de Tenorio.

—¿Dónde?

—En el Longhorn.

—¿Estaban borrachos?

—Sólo tomaban.

—¿Quién te lo dijo?

—Mi padre estaba ahí. Mi padre estaba tomando con Narciso —dijo Samuel—, luego llegó Tenorio de El Puerto. Tenorio maldecía a la Grande, a Última. Después maldijo a Narciso frente a los hombres. Pero no fue sino hasta que maldijo a toda la gente de Las Pasturas que Narciso se puso en pie y le jaló esa barbita ridícula que tiene Tenorio...

—¡Ah! —rió Andrés—. ¡Ese viejo bastardo se lo merece!

—Mi padre dice que ahí no ha acabado todo —continuó Samuel.

Llegamos al final del puente y el Kid brincó al otro lado. Ganó la carrera a pie.

—¿Dónde terminará todo esto? —le pregunté a Samuel.

—Terminará cuando se haya derramado sangre —dijo Samuel—. Mi padre dice que la sangre de un hombre se espesa con el deseo de venganza, y que si un hombre quiere sentirse completo nuevamente, deberá dejar correr algo de esa sangre espesa...

Nos detuvimos y todo estaba en silencio. Un auto comenzó a cruzar el puente. Venía muy despacio, con sus llantas derrapando en el hielo. Más allá, algunos de los dueños de la gasolinera barrían la nieve de las entradas. Todos tenían la esperanza de que hubiese pasado la tormenta. Estaban hartos del frío.

—Son borrachos que no tienen algo mejor que hacer, que discutir como viejas —rió Andrés—. Quizá tu padre tendría razón si hablase de hombres de verdad.

—Los borrachos y los diablos también son hombres —contradijo Samuel.

—¡Ah! —Andrés exhalaba vapor blanco—, corran a la escuela, muchachos. Nos vemos en la noche, Tony...

—Nos vemos —agité la mano en señal de despedida. El Kid ya se había ido corriendo. Corrí para alcanzar a Samuel.

La escuela también estaba silenciosa, como una tumba helada por el invierno. Los camiones no entraban debido a la tormenta, y aun la mayoría de los chicos del pueblo se había quedado en sus casas. Pero Caballo y Huesos y el resto de la palomilla de Los Jaros estaba allí.

Eran los chicos más tontos de la escuela, pero nunca faltaban un solo día. El infierno se podía helar, pero ellos llegarían marchando por los rieles, luchando, dándose de patadas, dando zapatazos por el salón de clases, y una vez ahí, estarían nerviosos e inquietos durante todo el día y haciendo la vida imposible a sus maestras.

—¿Dónde están las chicas? —Huesos olfateó el aire salvajemente y se tiró sobre un escritorio congelado.

—No vinieron —contesté.

—¿Por qué?

—¡Chingada!

—¿Y qué con la obra?

—No sé —les dije y apunté hacia el corredor donde la señorita Violeta hablaba con otras maestras que sí habían llegado a la escuela. Todas traían los suéteres puestos y se estremecían de frío. Abajo, la caldera se quejaba y hacía que los radiadores de vapor chillaran, pero aun así hacía frío.

—¡Mierda, no va a haber obra! —se quejó Abel.

Entró la señorita Violeta. —¿Qué dijiste, Abel?

—Lástima que no va a haber obra —dijo Abel.

—Todavía podemos realizar la obra —la señorita Violeta se sentó y la rodeamos—, si los chicos actúan los papeles de las...

Nos volvimos a ver unos a otros. Las chicas habían arreglado todo en el auditorio, y habían compuesto la historia de los tres reyes magos con la ayuda de la señorita Violeta. Originalmente, nosotros nos parábamos por ahí y actuábamos de pastores, pero ahora tendríamos que hacer de todo porque las chicas se habían quedado en casa.

—Síííí —Caballo le echaba su aliento a la señorita Violeta.

—Las otras maestras no tienen qué hacer con tantos niños ausentes —se volteó para darle la espalda al inquisitivo Caballo—, y quisieran venir a ver nuestra obra de teatro.

—¡Aghhhhhhh, nooooooo! —gruñó Huesos.

—Tendremos que leer todos los papeles —dijo Lloyd. Se picaba la nariz cuidadosamente.

—Podríamos practicar toda la mañana —dijo la señorita Violeta. Me miró.

—Creo que es una magnífica idea —dijo Red, moviendo la cabeza vigorosamente. Red siempre trataba de ayudar a la maestra.

—¡A la veca!

—¿Qué quiere decir eso? —preguntó la señorita Violeta.

—¡Quiere decir que está bien!

Así durante el resto de la mañana nos sentamos a leer los papeles de la obra. Estaba resultando muy difícil, porque los muchachos de Los Jaros no sabían leer. Después de comer fuimos al auditorio para practicar un poco, antes de que las otras maestras entraran con sus discípulos. Nos asustaba estar en el escenario y algunos de los muchachos comenzaron a echarse para atrás. Huesos se subió por una cuerda y se sentó en una viga que estaba cerca del techo. Se negó a bajar y a participar en la obra.

—¡Hueeeeeeeesos! —gritó la señorita Violeta—, ¡Baja de ahí!

Huesos le contestó como un perro acorralado:

—¡La obra es para maricas! —gritó.

Caballo le aventó un pedazo de madera y casi lo descalabra. La tabla cayó y le pegó al Kid noqueándolo completamente. Era chistoso verlo porque aunque se puso blanco y estaba desmayado, las piernas se le seguían moviendo como si estuviera jugando una carrera a través del puente. La señorita Violeta trabajaba afanosamente para volverlo en sí. Estaba muy preocupada.

—Ahí va —Red había ido por agua, misma que le echó al Kid en la cara. El Kid se quejó y abrió los ojos.

—¡Cabrón Caballo! —maldijo.

Los demás nos estábamos poniendo los ridículos ropajes y las toallas para que pareciéramos pastores, o caminábamos por ahí, o alrededor del escenario. Alguien tiró al niño Jesús, se quebró, y su cabeza rodó por los suelos.

—No hay tal cosa como un nacimiento virgen —dijo Florencio, viendo al muñeco decapitado. Parecía un loco, con sus piernas largas asomando bajo el manto corto y la cabeza envuelta en un turbante.

—¡Son una bola de maricas! —gritó Huesos desde arriba. Caballo tomó puntería con otro trozo de madera, pero la señorita Violeta le paró el alto a tiempo.

—Ve y ponle la cabeza al Niño Dios —dijo ella.

—Tengo que ir al baño —dijo Abel. Se agarraba la parte delantera de los pantalones.

La señorita Violeta hizo un movimiento lento con la cabeza, cerró los ojos y dijo:

—No.

—La podrían demandar por no dejarlo ir —dijo Lloyd con su voz de niña. Estaba mascando un *Tootsie Roll*. El chocolate le escurría por las comisuras de la boca y se veía como si fuera un malvado.

—¡También me podrían juzgar por asesinato! —la señorita Violeta trató de agarrar a Lloyd, pero él se agachó y se escondió atrás de una de las vacas de cartón que estaban colocadas en el pesebre.

—¡Ándenle, muchachos, vamos a cooperar! —gritó Red. Había estado ocupado tratando de colocar a todos en sus respectivos lugares. Habíamos decidido que todos se pararían en un solo lugar durante toda la obra. Así sería más fácil. Únicamente los reyes magos avanzarían al pesebre a ofrecer sus regalos.

—¡Lugares! ¡Lugares! —gritaba la señorita Violeta—. ¿José? —gritó y yo di un paso al frente—. ¿María? ¿Quién va a ser María?

—Caballo —contestó Red.

—¡No! ¡No! ¡No! —gritó Caballo. Lo correteamos por el escenario y tiramos muchas cosas, pero finalmente le pusimos el hermoso manto azul.

—¡Caballo es la Virgen! —gritó Huesos.

—¡Aghhhhhh! ¡Cabrón! —Caballo comenzó a subirse por la cuerda pero lo detuvimos.

—¡Caballo! ¡Caballo! —la señorita Violeta trataba de calmarlo—, nada más es por un ratito, y nadie lo sabrá. Ten —le puso un velo grueso en la cabeza y se lo amarró alrededor de la cara para que le cubriera todo menos los ojos.

174

—¡Ughhhhhh! —gritaba Caballo. Era horrible oírlo gritar, como si algo le doliera.

—Te daré un cien —dijo la señorita Violeta, exasperada. Eso hizo a Caballo pensar las cosas. Nunca había sacado un cien en toda su vida.

—Un cien —murmuró, mientras le trabajaban las mandíbulas de caballo y pensaba en su desgracia por el papel que tendría que desempeñar, como en la posibilidad de sacar una calificación así.

—*Okey* —dijo finalmente—, pero recuerde, usted dijo que un cien...

—Yo seré tu testigo —dijo Lloyd, detrás de la vaca.

—¡Caballo es una virgen! —canturreaba Huesos, y Caballo renunció a su papel hasta que, otra vez, logramos convencerlo.

—Es que Huesos está celoso —Red trataba de convencerlo.

—¡Baja de ahí! —gritó la señorita Violeta.

—¡Póngame un cien! —gruñó Huesos.

—Está bien —asintió ella.

Pensó un rato y luego gritó:

—No, ¡quiero que sean dos cien!

—Vete al... —ella no pronunció lo demás, y solamente dijo—, quédate arriba. ¡Pero si te caes y te rompes el cuello, no es mi culpa!

—La podría demandar su familia por decir eso —dijo Lloyd. Se pasó la mano por la boca y el chocolate se le embarró por toda la cara.

—Tengo que hacer pipí... —se quejaba Abel.

—Caballo, híncate aquí. —Caballo se tenía que hincar junto al pesebre y me paré a su lado, con una mano puesta en su hombro. Cuando le puse el brazo alrededor del hombro, los labios de Caballo temblaron y pensé que iba a relinchar. Sus grandes ojos de caballo me voltearon a mirar nerviosamente. Uno de los burros de cartón se caía a cada rato y le pegaba a Caballo, lo que servía para ponerlo más nervioso todavía. Algunos de los chicos estaban parados atrás de los animales de cartón para sostenerlos, y se reían y se espiaban unos a otros por las orillas. Comenzaron un juego de escupitajos, lo que enojó muchísimo a la señorita Violeta.

—¡Por favor, pórtense bien! —gritó—, ¡por favoooooor!

El Kid Vitamina ya se había repuesto y corría por todo el escenario. La señorita Violeta lo agarró por el cuello de la camisa y lo hizo pararse en un solo lugar.

—Los reyes aquí —ordenó. Creo que alguien le había puesto el manto al Kid mientras estuvo desmayado, porque de no ser así, nadie hubiera podido mantenerlo quieto el tiempo necesario para ponérselo.

—¿Todos tienen copias de la obra? —preguntó Red—, si tienen que ver sus líneas, escondan la copia de alguna manera para que nadie la vea...

—Yo puedo veeeer... —era Huesos. Se agachó para ver el guión de Florencio y casi se cayó de la viga. Todos jadearon, pero recobró el equilibrio. Luego presumió:
—¡Tarzáaaaan, rey de la selva! —y comenzó a llamar a los elefantes como lo hacía Tarzán en la película—, ¡aghhh-huuuu-uhhhhh-uhhhhhhh-uhhhhhh!..

—¡Cabrón!

—¡Chingada!

Todos reían.

—Huesos —suplicó la señorita Violeta, y pensé que iba a llorar—, por favor baja de ahí...

—¡No soy marica! —gruño.

—Sabes que voy a tener que reportarte con el director.

Huesos se rió. El director le había dado ya tantas nalgadas, que para él no significaba nada el castigo. Habían llegado a ser càsi amigos, o enemigos que se respetaban. Ahora, cuando mandaban a Huesos a la dirección por portarse mal, decía que el director nada más le mandaba sentarse. Luego, el director lentamente encendía un cigarro y se lo fumaba, soplando anillos de humo en la cara de Huesos. A Huesos le gustaba. Supongo que ambos obtenían satisfacción de ello. Cuando se terminaba el cigarro y lo apagaba en el cenicero, Huesos podía irse. Posteriormente regresaba al salón y le decía a la maestra que en verdad le habían dado una paliza, y prometía portarse bien y no romper el reglamento jamás. Pero cinco minutos después volvía a lo mismo y, por supuesto, no podía remediarlo, porque decía que su hermano que trabajaba en el mercado de carnes lo había criado con carne cruda.

—No tengo la página cinco —gritó Abel. Tenía la cara enrojecida y se veía enfermo.

—No necesitas la página cinco, tus líneas están en la página dos —explicó Red. Era muy bueno para ayudar a la señorita Violeta; yo solamente deseaba poder ayudar un poco más. Pero los chicos no me hacían caso porque no era grande como Red, y además estaba imposibilitado ya que tenía que mantener mi brazo alrededor de los hombros de Caballo.

—Florencio, párate junto a la luz... —Florencio, alto y con una cabeza de ángel, se paró bajo el foco encendido, que era la estrella del este. Cuando apagaran las luces restantes, el foco que estaba atrás de Florencio sería la única luz.

—Cuidado con tu cabeza...

—¿Todos listos? —los tres reyes magos estaban listos, Samuel, Florencio y el Kid. Caballo y yo también estábamos listos. Los chicos que sostenían los animales de cartón estaban listos, y Red también.

—Aquí vienen —murmuró la señorita Violeta. Se apartó del escenario.

Alcé la vista y miré a la ruidosa horda de niños de primer año que corría por los pasillos para sentarse en las primeras filas. Los de cuarto y quinto se sentaron atrás de ellos. Sus maestras vieron el escenario, movieron la cabeza y se fueron, cerrando las puertas tras ellas. El público era todo nuestro.

—Tengo que hacer pipí —murmuró Abel.

—Shhhhhhhh —pidió la señorita Violeta—. Todos en silencio. —Bajó el apagador de luz y el auditorio se oscureció. Sólo la estrella del este brillaba en el escenario. La señorita Violeta susurró diciéndole a Red que comenzara. Éste se paró al centro del escenario y comenzó su narración.

—¡La primera Navidad! —anunció con fuerza. Era un buen lector.

—¡Hey, es Red! —gritó alguien del público, y todos se rieron. Estoy seguro de que Red se sonrojó, pero continuó. No lo avergonzaban cosas como éstas.

—Tengo que... —se quejó Abel.

Lloyd comenzó a desenvolver otro *Tootsie Roll* y la vaca que sostenía comenzó a tambalearse.

—La vaca se está moviendo —murmuró alguien de la primera fila. Caballo volteó hacia atrás, muy nervioso. Yo temía que Caballo se echara a correr. Estaba temblando.

—Y los guió la estrella del este —y aquí, Red apuntaba hacia el foco. Los chicos se estaban volviendo locos de risa.

—Así que viajaron esa noche fría hasta llegar al pueblo de Belén...

—¡Abel se hizo pipí! —gritó Huesos desde arriba. Volteamos y vimos la luz de la estrella del este reflejándose sobre un dorado charco a los pies de Abel. Abel tenía una expresión de alivio en la cara.

—¡A la veca!

—¡Puto!

—¡Qué asquerosos! —dijo Lloyd muy airado. Volteó y escupió un pedazo de *Tootsie Roll*. Le cayó encima a Maxie, quien sostenía el burro de cartón que estaba atrás de nosotros.

Maxie se levantó para limpiarse y el burro se vino abajo.

—¡Jodido! —maldijo a Lloyd y lo empujó. Lloyd cayé sobre su vaca.

—¡Te podría demandar por eso! —lo amenazó Lloyd desde el piso.

—¡Chicos! ¡Chicos! —gritaba la señorita Violeta desde la oscuridad.

Sentí que la cabeza de Caballo se movía con toda excitación. Bajé el brazo con fuerza para que no se fuera a mover y me mordió la mano.

—¡Ay!

—Y allí, en el pesebre, encontraron al niño... —Red volteó y me hizo la señal para que hablara.

—¡Yo soy José! —dije tan fuerte como pude, tratando de ignorar la mordida de Caballo— y ésta es la madre del niño...

—¡Condenado! —me insultó Caballo cuando lo dije. Se levantó de un brinco y me dio un puñetazo en la cara.

—¡Es Caballo! —gritó el público. Había tirado el velo que lo cubría y estaba allí parado y tembloroso, como un animal acorralado.

—¡Caballo, la Virgen! —gritó Huesos.

—¡Chicos! ¡Chicos! —suplicaba la señorita Violeta.

—...ylostresreyesmagostrajeronregalosparaelniñodios... —Red leía rápidamente la obra para darla por terminada, porque realmente todo se estaba haciendo pedazos en el escenario.

El público tampoco ayudaba, porque continuaba gritando:

—¿Eres tú, Caballo?

—¿Eres tú, Tony?

El Kid se aproximó con el primer regalo. —Traigo, traigo... —vio el guión pero no podía leerlo...

—Incienso —le dije en voz baja.

—¿Qué?

—Incienso —repetí. La señorita Violeta había vuelto a arreglarle el manto a Caballo y lo empujó para que se hincara junto a mí. Yo tenía los ojos llenos de lágrimas por el puñetazo que me asestó.

—In-cienso —dijo el Kid y tiró la caja de crayolas que estábamos usando como incienso, justo en el pesebre, y otra vez le tumbó la cabeza al niño. La cabeza redonda rodó hasta el centro del escenario y fue a dar junto a Red, quien miró hacia abajo con una expresión de sorpresa en la cara.

Luego el Kid se hizo para atrás y se resbaló en los orines de Abel. Trató de levantarse y correr, pero eso lo empeoró todo. Seguía derrapando y parándose, derrapando y parándose, y todo ese tiempo el público se había vuelto loco de risa y de histeria.

—Yelsegundoreymagotrajomirraderegalo... —Red gritó más fuerte que la conmoción que se escuchaba.

—¡Mirrrra, mierrrra, mierda!, gritaba Huesos como un chango.

—Yo traigo maira —dijo Samuel.

—¡Maira! —gritó alguien del público y todos los del quinto año voltearon a ver a una niña que se llamaba Maira. Los muchachos decían que ella se sentaba en la cerca de su casa después de la escuela y les enseñaba los calzones a todos los que quisieran verlos.

—¡Hey, Caballo!

—¡Chingada! —dijo Caballo, rechinando nerviosamente los dientes. Se paró, lo empujé, y se hincó de nuevo.

El Kid se sostenía de Abel, tratando de recobrar su equilibrio y Abel nada más se quedaba parado muy derechito mientras decía: —Tuve que hacerlo.

—¡Y el tercer rey mago trajo oro! —gritó Red triunfante. Estábamos llegando al final de la obra.

Florencio se aproximó, hizo una caravana, y le entregó una caja vacía de puros a Caballo. —Para la virgen —sonrió.

—¡Cabrón! —brincó Caballo y empujó a Florencio en pleno escenario, y al mismo tiempo se oyó un grito que nos dejó helada la sangre. Huesos voló por los aires y cayó sobre Caballo.

—¡Para la viiiiiiiiirgen! —gritó Huesos.

Florencio debe haberle pegado al foco cuando se hizo para atrás, porque se oyó un tronido y cayó la oscuridad cuando se apagó la luz de la estrella del este.

—...Y así fue la primera Navidad... —oí decir a Red con una voz portentosa y valiente, para que lo oyeran en medio de aquella confusión. Siguió un todos-contra-todos en el escenario junto con los gritos y sombrerazos del público. Tocó la campana y todos salieron gritando.

—¡Feliz Navidad!

—¡Feliz Navidad!

—¡Chingada!

En pocos segundos, el auditorio quedó vacío y en silencio. Solamente Red, yo y la señorita Violeta, permanecimos en el escenario. Mis oídos silbaban como cuando me paraba debajo del puente del ferrocarril mientras pasaba el tren arriba. Por primera vez, desde que entramos, había silencio en el auditorio. Afuera silbaba el viento. La tormenta no se había acabado.

—¡Qué obra! —rió la señorita Violeta—, ¡Dios mío, qué obra! —se sentó sobre un cajón de madera en medio del caos del escenario a reírse. Luego volteó hacia la viga vacía y gritó. —¡Huesos, baja de ahí! —Se oyó el eco de su voz en el solitario auditorio. Red y yo nos pusimos de pie en silencio, junto a ella.

—¿Empezamos a guardar las cosas? —preguntó Red finalmente. La señorita Violeta nos miró. Asintió y sonrió. Arreglamos el escenario todo lo que pudimos. Mientras trabajábamos, sentimos que aumentaba la tormenta, y arriba, el tragaluz del auditorio se oscureció con la nieve.

—Creo que es todo lo que podemos hacer —dijo la señorita Violeta—. La tormenta parece estar empeorando...

Nos pusimos las chamarras, cerramos la puerta del auditorio, y caminamos por el largo corredor vacío. El conserje debió haber apagado la caldera, porque no se escuchaba ruido alguno.

—Esto parece una tumba —dijo la señorita Violeta, temblando.

En efecto, sin los muchachos, la escuela era como una tumba gigante, con el quejido del viento silbando por las esquinas. Era extraño sentir cómo antes todo estaba tan lleno de vida y alegría, pero ahora todo era triste y silencioso. Nuestros pasos hacían eco en el corredor.

No sabía cuánto estaba nevando hasta que llegamos a la puerta. Afuera vimos lo que parecía una sábana gris hecha de nieve. La nieve caía tan espesa que casi no podíamos ver la calle más allá del terreno de la escuela.

—Nunca he visto nevar así —comentó Red—, está oscuro...

—Era cierto, con la nieve todo se veía oscuro.

—¿Podrás llegar bien hasta tu casa, Tony? —preguntó la señorita Violeta. Se estaba poniendo los guantes.

—Sí —contesté—. ¿Y usted?

Sonrió.

—Red caminará conmigo —dijo. Red vivía por la iglesia metodista y la señorita Violeta un poco más allá, así que podían ir juntos. La señorita Violeta no estaba casada y yo sabía que vivía con su madre en una casa que tenía alrededor una pared de ladrillo.

—Feliz Navidad, Tony —se inclinó y me besó la mejilla—. Cuídate.

—Nos vemos, Tony —dijo Red. Los vi encorvarse y caminar hacia la oscuridad de la tormenta.

—¡Feliz Navidad! —les grité, y en unos cuantos segundos sus figuras habían desaparecido. La nieve estaba tan espesa que me nublaba la vista. Me subí el zíper de la chamarra y me la pegué al cuerpo. No quería salir del refugio de la puerta. No deseaba luchar contra la tormenta. Pensé en mi casa, y en mi madre, y en Última. Tuve el deseo de estar ahí, en el calor. No era que tuviese miedo de la ventisca pues había visto las tormentas de invierno del llano y sabía que si me cuidaba, llegaría a salvo a mi casa. Supongo que era la oscuridad la que me hacía titubear. No sé cuánto tiempo estuve ahí parado, indeciso, pensando.

Finalmente un frío estremecimiento me sacó de mis pensamientos. Encaré el viento y corrí hacia la calle. Una vez en la calle principal, me fui abriendo paso, repegándome a las paredes de los edificios, que algo me protegían. Todas las tiendas estaban brillantemente iluminadas, pero había muy poca gente en la calle. Cuando llegaba a ver gente, era como si se apareciera de súbito, luego seguía trabajosamente su camino y se perdía en la nieve que empujaba el viento. Los autos se movían lentamente en ambas direcciones de la calle. Era difícil creer que apenas eran las tres de la tarde. Parecía más bien que era la media noche de una larga y oscura noche.

Di vuelta en el mercado de Allen y una ráfaga de viento me dio en la cara. No había protección alguna aquí. Pensé entrar a la tienda, pero recordé que Andrés no había venido a trabajar. Probablemente estaba en la casa durmiendo a salvo, y calientito.

Metí la cabeza en la chamarra y me abrí paso arrimado a los edificios. Me movía cuidadosamente para no resbalar en el hielo, cuando pasé por el bar Longhorn. De repente, las puertas del bar se abrieron y dos siluetas gigantescas salieron estrepitosamente. Me empujaron al pasar, cayéndose, y me aventaron contra la pared. Desde ahí observé la pelea más salvaje que jamás hubiera presenciado.

—¡Te voy a matar, cabrón! —gritó uno de los hombres y reconocí la voz malévola de Tenorio. Se me heló la sangre.

Forcejearon en la nieve como dos osos borrachos, pateándose y pegándose, y sus gritos y maldiciones llenaban el aire.

—¡Jodido! —gruñó el más pesado de los dos. ¡Era Narciso!

Cuando reconocí a Tenorio, mi primer impulso fue correr, pero ahora no podía moverme. Me quedé helado contra la pared, observando la terrible escena.

—¡Hijo de tu chingada...!

—¡Pinche...!

La sangre de las caras magulladas manchó la nieve Cayeron hincados, esforzándose por ahorcarse uno al otro. Gracias a que el cantinero y los dos hombre que los siguieron a la calle los detuvieron, no se mataron ahí mismo.

—¡Basta! ¡Basta! —gritó el cantinero. Agarró a Narciso y trató de que soltara a Tenorio. Uno de los hombres lo ayudó mientras el otro se puso frente a Tenorio y lo empujó hacia atrás.

—¡Por la madre de Dios! —suplicaban.

—¡Voy a matar a este bastardo! —gritaba Tenorio.

—¡No tienes los huevos! —gritó Narciso, contestándole—. Para lo único que sirves es para criar putas...

—¡Ay, maldito! —gruñó Tenorio y se aventó contra Narciso. Los dos se acercaron otra vez, como dos carneros enredando los cuernos, y el cantinero y los otros dos hombres tuvieron que jalarlos con todas sus fuerzas para separarlos.

—¡Cabrón! ¡Cornudo del mismo diablo que durmió en tu cama y dejó a tu mujer preñada con brujas en lugar de hijas! —Narciso lo provocaba, y aun mientras los hombres trataban de separarlos, sus enormes brazos volaban y caían, dándole golpes secos a la cara y al cuerpo de Tenorio.

—¡Ya no! ¡Ya no! —gritaba el cantinero, mientras los tres hombres luchaban y gruñían al tratar de mantenerlos separados. Por fin Tenorio se apartó. De su cara resbalaban sudor y sangre. Ya no podía más. Pensé que yo iba a vomitar y quise correr, pero la escena me mantenía embelesado.

—¡Borracho! ¡Puto! —Tenorio gritaba a salvo por la distancia a la que se encontraba. Cuando se hizo para atrás, pensé que me iba a empujar contra la pared, pero la nieve estaba espesa y había enfocado su atención en Narciso.

—¡Vieja mujer con la cola caliente de chismes! —contestó Narciso. Los dos hombres temblaban de rabia, pero ya no pelearían más. Creo que ambos comprendieron que un segundo encuentro significaría la muerte para uno de ellos. Los tres hombre ya no tuvieron que detenerlos.

—¡No es chisme que otra de mis hijas haya enfermado! —gritó Tenorio—, y ella también morirá, ¡como la primera! Y es por culpa de la vieja bruja, de Última, la de Las Pasturas...

No es cierto, quería gritarle, pero la voz se me ahogó en la garganta. El viento pegaba con fuerza a nuestro alrededor, y alejaba las palabras.

—Fueron tus hijas las que empezaron el maleficio —replicó Narciso—, ¡y si buscas hacerle el mal a la Grande te sacaré el corazón!

—¡Veremos! —gritó Tenorio y se hizo para atrás gesticulando una despedida amenazante—, encontraré la manera de eliminar a la bruja, ¡y si te cruzas en mi camino, te mato! —Se tambaleó al cruzar la calle para llegar hasta su camión.

—¡Ay, qué diablos! —maldijo Narciso—, ¡no piensa en nada bueno!—Los otros hombres se encogieron de hombros. Temblaban en el frío.

—¡Ah! Son sólo palabras. Olvida lo que pasó antes de que te metas en problemas con el alguacil. Ven a tomar una copa... —sentían alivio de que la pelea hubiera terminado, y mojados y temblando, regresaron al bar.

—Ese diablo va a hacer algo malo, ¡debo prevenir a la Grande! —dijo Narciso en voz baja.

—¡No es nada! —gritó el cantinero desde la puerta—, entra antes de que te congeles. ¡Te invito una copa!

Narciso hizo un ademán de despedida y la puerta se cerró. Se quedó parado viendo cómo arrancaba el camión de Tenorio hasta desaparecer en la cegante nieve.

—Debo prevenir a la Grande —repitió Narciso—, pero con esta tormenta no puedo ir a casa de los Mares.

Yo seguía temblando de miedo pero la náusea se me había ido. Estaba cubierto de nieve y mojado, pero sentía caliente la cara, la frente. Igual que Narciso, ahora me preocupaba el bienestar de Última. Pensé que ningún hombre cuerdo se opondría a la fuerza bruta de Narciso, pero Tenorio lo había hecho, así que debía estar desesperado por lo que le sucedía a su hija. Estaba a punto de abordar a Narciso para decirle que yo iba camino a casa y que le avisaría a Última, pero se tambaleó en la nieve y lo oí murmurar:

—¡Iré a ver a Andrés!

Yo pensé que Andrés estaría en la casa pero Narciso comenzó a caminar por la calle rumbo al río. Si Andrés estaba en el pueblo estaría en la tienda de Allen o en el Eight Ball, jugando billar. Preocupado por la seguridad de Última y acalenturado por el frío, batallé para no perderlo de vista, porque en la espesa nieve, una persona desaparecía rápidamente. Seguí a la silueta que tropezaba frente a mí, y entre las ráfagas de viento podía oírlo hablar en voz baja sobre la amenaza de Tenorio y cómo prevenir a Última.

Dio vuelta en el camino de la iglesia y fue hacia el puente. Pensé que sus intenciones sí eran las de ir hasta la casa de mi padre, pero cuando llegó a la casa de Rosie, se detuvo frente a la reja llena de nieve.

Sólo una luz roja brillaba en la puerta de la terraza. Parecía un faro de calor que invitaba a los viajeros cansados a entrar y dejar la tormenta atrás. Los transparentes de las ventanas estaban bajos, pero la luz pasaba a través de ellos y de alguna parte de la casa se escapaba una suave melodía que se perdía en el viento.

—Cabronas, putas... —murmuró Narciso y caminó por el sendero hacia la casa. La nieve cubría rápidamente sus huellas.

Yo no entendía por qué Narciso necesitaba entrar a esa casa a perder el tiempo, teniendo que llevar un mensaje tan urgente e importante. No sabía qué hacer. Debía llegar a la casa antes de que empeorara la tormenta, pero algo me detenía junto a la reja de las malas mujeres. Narciso golpeaba en la puerta y gritaba que lo dejaran entrar. Sin pensarlo, corrí por el sendero y di la vuelta por un lado de la terraza. Me asomé por la pared de la terraza y por la puerta de alambre.

Se abrió la puerta y un rayo de luz iluminó la cara de Narciso. Estaba hinchada y sangrienta por la pelea, y la nieve mojada hacía que la sangre resbalara en hilitos. Hubiera asustado a cualquiera y lo estaba haciendo ahora. La mujer que abrió la puerta gritó.

—¡Narciso! ¡Qué te pasó!

—¡Déjame entrar! —rugió Narciso y empujó la puerta, pero estaba cerrada con una cadena por dentro y no se podía abrir.

—¡Estás borracho! ¡O loco! ¡O ambas cosas! —gritó la mujer!—. Sabes que no permito que vengan más que caballeros a visitar a mis muchachas...

Tenía la cara pintada de rojo, y cuando le sonreía a Narciso, sus dientes se veían muy blancos. Su dulce perfume se percibía por la puerta abierta, y se mezclaba con la música que había adentro. Se oían risas. Algo me decía que huyera de la casa de las mujeres pintadas, pero otro pensamiento me obligaba a quedarme y enterarme de la horrible verdad. Estaba paralizado.

—¡No vine por placer, puta! —rugió Narciso—, ¡Tengo que ver a Mares! ¿Está aquí?

Parecía que me iban a explotar los oídos. Era como si hubiera estado parado durante una hora y el viento frío hubiese soplado sobre mis nervios expuestos. Me sentía libre, como si el viento me hubiera levantado y llevado lejos. Me sentía muy pequeño y solo; en realidad, el descubrimiento de la verdad me invadió en unos cuantos instantes.

—¿Cuál Mares? —escuché que gritaba la mujer, y su risa tuvo el eco de las risa que venían del interior.

—¡No juegues conmigo, puta! —gritó Narciso—, ¡Háblale a Mares! —metió el brazo por la abertura de la puerta y hubiera agarrado a la mujer si ella no da un salto hacia atrás.

—¡Okey! ¡Okey! —la oí gritar—. ¡Andrés! ¡Andreeeeeés!

Yo no quería aceptar el significado de sus palabras, pero lo hice. Supe que había seguido a Narciso porque esperaba oír que le gritara a mi hermano. Por un momento hasta llegué a pensar que el Mares que se encontraba en la casa de las mujeres malas podía ser mi padre porque recordé las bromas que él y Serrano habían dicho en voz baja sobre las mujeres de esta casa.

—Andreeeeeés... —el viento parecía mofarse de mi llevando el nombre de mi hermano.

Para entonces ya me sentía muy acalenturado; débil e inútil. Me acordé del día en que mis hermanos se habían ido a la gran ciudad, y decían que primero deberían pasar por aquí antes de marcharse. Y Andrés siempre andaba por ahí, sin decirle a mi madre quién era su novia... todo encajaba. Y recordé mi sueño: Andrés había dicho que no entraría a la casa de las mujeres desnudas hasta que yo hubiera perdido la inocencia.

¿Es que ya había perdido yo la inocencia? ¿Cómo? Había presenciado el asesinato de Lupito... Había visto el trabajo de Última para curar a mi tío... Había mirado a los hombres llegar hasta la casa para colgarla... Había visto la horrible pelea que acababa de ocurrir... ¡Había mirado y me había embelesado la belleza de la carpa dorada!

¡Oh, Dios! Mi alma se quejaba y pensé que iba a explotar y que moriría agazapado junto a la casa de mala nota. ¿Cómo es que yo había pecado?

—¿Quién? ¿Quién es? ¡Ah, Narciso, eres tú! —era Andrés. Abrió la puerta—. Entra, entra —hizo el ademán para que pasara. Tenía un brazo alrededor de una muchacha vestida con una bata floreada, una bata tan suelta que dejaba al descubierto sus rosados hombros y la suave hendidura entre sus redondos senos.

Ya no quería ver más. Presioné la frente contra la madera fría de la terraza y cerré los ojos. Quería que el frío se llevara todo el calor que sentía en mi cansado y helado cuerpo, y que me hiciera sentir bien otra vez. El día había sido tan largo que parecía alargarse hasta la eternidad. Tan sólo deseaba estar en casa donde me vería a salvo y entraría en calor. Quería odiar a Andrés por estar con las malas mujeres, pero no podía. Ahora sólo me sentía cansado y mayor.

—¡No! ¡No! —Narciso se resistía a entrar—. ¡Hay problemas!

—¿Dónde? Estás lastimado...

—No importa... no es importante... —dijo Narciso—. ¡Debes irte a la casa y advertir a tus padres!

—¿Qué? —preguntó Andrés sorprendido.

—Dile que ya se vaya y cierra la puerta... —rió la muchacha.

—¡Tenorio! ¡Tenorio, ese perro maldito! ¡Quiere hacerle algo malo a la Grande! ¡Estuvo amenazándola!

—Oh —rió Andrés—, eso es todo... por un momento me preocupaste, amigo...

—¡Eso es todo! —gritó Narciso—. ¡Ha estado amenazando a la Grande! ¡Ahora mismo puede estar tramando algo malo! Debes llegar a tu casa, yo no puedo, estoy muy viejo, no puedo llegar hasta allá en medio de esta tormenta...

—¡Cierra la puerta! ¡Hace frío! —lloriqueó la muchacha.

—¿Dónde está Tenorio? —preguntó Andrés. Yo rezaba pidiendo que Andrés le hiciera caso a Narciso. Quería que saliera de esta casa de mala nota y ayudara a Última. Sabía que Narciso estaba exhausto y que no aguantaría la tormenta. Hasta yo dudaba de poder llegar a mi casa. Tenía el cuerpo adormecido y acalenturado, y el camino a casa era largo y pesado.

—¡Se fue manejando su camión! Acabamos de pelearnos en el...

—En la cantina... —terminó la frase Andrés. Los dos han estado tomando y peleando. Ahora inventas un gran cuento de todo eso...

—¡Ay, Dios! ¡Por tu madre, por favor, ven!... —imploró Narciso.

—Pero, ¿dónde? —contestó Andrés—. Si hay problemas, mi padre está en la casa. El cuidará todo, y Tenorio no se atreverá a encararlo otra vez, tú bien lo sabes. Además, Tenorio ya se habrá metido a rastras a la cama, ¡para dormir la borrachera!

—La muchacha rió de nuevo: —Entra, Andrés —le rogó.

—Si tú no vas, ¡haz que el alguacil vaya! —gritó Narciso exasperado. Pero de nada le valían sus ruegos. Andrés no encontraba urgencia alguna en la situación.

—¡El alguacil! —dijo incrédulo—, ¡para hacer el ridículo!

—Metería a los dos en la celda de los borrachos —dijo la muchacha despectivamente—, luego me pasaría sola toda la noche, y... —decía sus palabras con dulzura, como para atraer a Andrés.

Andrés rió.

—Eso es cierto, Narciso. Pero entra, haré que Rosie haga una excepción...

—¡Ay, pendejo! —dijo Narciso, apartándose—, ¡las endiabladas putas te han convencido! No piensas con los sesos sino con los huevos... te digo, Andrés, serás un perdido, como tus hermanos... —se alejó tropezándose en la puerta.

—Cierra la puerta Andrés... —suplicó la muchacha—, nada más los tontos y los borrachos se quedan afuera, en la tormenta...

—¡Narciso!

La puerta se cerró de un golpe. Narciso se quedó de pie en la oscuridad.

—Los tontos, los borrachos y los diablos.. —murmuró—, así que el joven novillo dormirá con la puta mientras el diablo de Tenorio anda suelto cavilando maldades en contra de su familia... no hay nadie más que cruce el puente y suba la loma... entonces lo haré yo. ¿Qué, estoy tan viejo como para que me asuste una tormenta del llano? Iré a advertir a Mares yo mismo, como lo hice la vez pasada...

Me asomé por la orilla de la terraza y vi que andaba buscando algo en su bolsa. Sacó una botella y se tomó hasta la última gota de vino dulce. Aventó la botella, se encogió de hombros y se fue caminando en medio de la cegadora tormenta.

—El llano me crió y sustentó —murmuró—, y también me puede enterrar...

Me puse de pie, ahí donde había estado escondido, y lo seguí. Mi ropa estaba mojada y el hielo se comenzaba a formar por fuera al aumentar el frío. No sabía la hora que era y tampoco me importaba. Seguí a Narciso mecánicamente, débil y desilusionado. Caminé tras él entre la oscura tarde de la tormenta.

Lo seguía muy de cerca, como si fuera su sombra guardiana, pero quedándome un poquito más atrás, lo suficiente para que no me viera, mientras la tormenta arremolinaba sus copos de nieve alrededor de mí y me apartaba del mundo. Había visto la maldad, así que traía el mal dentro de mí, por lo cual los santos sacramentos de la confesión y la sana eucaristía se encontraban muy lejos. De alguna manera había perdido la inocencia y había dejado entrar el pecado en mi alma. El conocimiento de Dios y la gracia salvadora, se apartaron de mí.

Los pecados del pueblo serán lavados en las aguas de la carpa dorada...

Los dos postes de luz que había en el puente eran como una visión bienvenida. Señalaban la línea divisoria entre la turbulencia del pueblo y sus pecados y la quieta paz de las lomas del llano. Me sentí mejor mientras cruzábamos el puente azotado por la tormenta; más allí estaba la seguridad de mi casa, los cálidos brazos de mi madre, el poder curativo de Última y la fuerza de mi padre, quien no permitiría a Tenorio perturbar la paz de nuestras quietas lomas.

Pero, ¿podría detener la invasión? La gente del pueblo había matado a Lupito en el puente y había profanado el río. Posteriormente Tenorio y sus hombres subieron por la loma llenos de odio en el corazón. Mi padre había tratado de mantener santa y pura su tierra, pero quizás eso fuera imposible. Quizás el llano era como yo; al crecer, la inocencia se había ido, y también la tierra cambiaba. La gente vendría a cometer un asesinato sobre ella.

Mis pesados pies dieron la vuelta al final del puente y sentí las piedritas de la vereda de las cabras bajo la nieve acumulada. Estaba muy cansado y sentía la cabeza ligera. No tenía control sobre mis pensamientos. Caminaba como en un sueño. Pero entre más nos acercábamos a la casa, más seguridad sentía de que Última estaba a salvo. Ahora no me preocupaba el que Narciso se adelantara, sino subir la empinada loma. Quizás si me hubiera mantenido más cerca de Narciso, lo que sucedió no hubiera pasado, o quizás ambos hubiéramos muerto.

Escuché un disparo de pistola justo delante de mí. Permanecí quieto para escuchar el eco que siempre se oye después de un disparo, pero el aullar del viento lo calló. De todas maneras, tenía la seguridad de que había sido un disparo y corrí. Bajo el enebro grande vi a las dos siluetas. Como me sucedió antes, casi estaba sobre ellos antes de saber lo que sucedía. Mantenían una batalla a muerte, meciéndose de atrás para adelante en un baile mortal. Maldecían y se golpeaban el uno al otro, pero esta vez no había quien los detuviera.

Yo sabía lo que Tenorio había hecho, y me odiaba por no haberlo adivinado y odiaba a Andrés por no haber escuchado a Narciso. El diablo de Tenorio se había escurrido hacia acá mientras estábamos frente a la casa de Rosie, y había esperado a Narciso para sorprenderlo bajo el enebro. Busqué ayuda pero no la encontré. Su lucha sería hasta el final esta vez, y el único testigo sería yo.

—¡Ay, diablo, me diste un balazo como lo hace un cobarde! —gritó Narciso de dolor y de rabia.

—¡Eres hombre muerto, cabrón! —contestó Tenorio.

Se manoteaban y daban vueltas y más vueltas, como dos enormes animales. La sangre ennegrecía la nieve mientras el viento los mantenía en el suelo.

Bajo la protección del enebro, rodaban, gruñían y maldecían. Me quedé de pie, helado, viendo la macabra escena, sin poder hacer nada. Luego escuché un segundo disparo. Esta vez no lo calló el viento, sino el cuerpo que había recibido el disparo. Detuve la respiración mientras el hombre que estaba vivo se desenredaba del muerto y se ponía de pie, tambaleándose. Era Tenorio.

—¡Que tu alma se condene y se vaya al infierno! —maldijo Tenorio. Su cuerpo se convulsionaba mientras jadeaba y gruñía para recobrar el aliento. Después, para aumentar algo más a su maldición, escupió sobre el cuerpo de Narciso. Escuché un leve quejido mientras Tenorio apuntaba su pistola a la cabeza de Narciso. Grité aterrorizado y Tenorio giró y me vio. Me apuntó la pistola y escuché el clic del disparador, pero no salió la bala.

—¡Bastardo de la bruja! —gritó Tenorio. Se metió la pistola a la bolsa, giró y corrió hacia la carretera.

Durante algún rato no me moví. No podía creer que estuviera vivo, no podía creer que no estuviera soñando esta tenebrosa pesadilla, pero el viento se había calmado. Las ramas enormes y oscuras del árbol ofrecían protección, como un confesonario. Bajé la vista para ver la cara ensangrentada de Narciso y casi sentí alivio de la terrible tensión que mi cuerpo había llevado a cuestas durante tantas horas. Le quité un poco la nieve de encima y sus párpados se movieron.

—Narciso —dije en voz baja.

—Hijo —murmuró.

Deslicé la mano bajo su cabeza y murmuré. —¿Estás muerto?

Sonrió levemente, sus párpados se abrieron y noté una delgada capa sobre los ojos que nunca antes había visto. La sangre resbalaba por las comisuras de su boca, y cuando su enorme mano se movió del pecho vi que había estado tapándose la herida de la bala... un chorro caliente de sangre mojaba su chamarra y caía en la nieve. Hizo la señal de la cruz, dejando manchas de sangre cuando se tocó la frente, el pecho y los costados.

—Muchacho —su voz ronca se oyó murmurar—, necesito confesarme... me estoy muriendo...

Moví la cabeza de un lado a otro en mi desesperación. No había tiempo de ir por el sacerdote. No podría, no podría regresar al puente, al pueblo, a la iglesia. No sentí las lágrimas calientes y saladas en las mejillas, que me resbalaban, para caer en la ensangrentada cara de Narciso.

—No soy sacerdote —le dije. Sentí que su cuerpo se estremecía y se endurecía. Se estaba muriendo.

—Última... —tenía muy débil la voz, se estaba muriendo.

—No hay tiempo... —murmuré.

—Entonces reza por mí, —dijo débilmente y cerró los ojos—, tú eres puro de corazón.

Sabía lo que tenía que hacer. Rezar un Acto de Contrición, por su alma que se iba, como había rezado por Lupito. Pero a Lupito no lo sostuve cuando se le enfrió el cuerpo. No me había llenado las manos de sangre viva. Vi la herida en su pecho, y la sangre que había dejado de correr. ¡La rabia y la protesta me llamaban! Quería gritar en la tormenta que no era justo que se muriera Narciso por hacer el bien, y que no era justo que siendo yo sólo un niño, tuviera que presenciar la muerte de un hombre.

—Confiésame...

Acerqué un oído a su boca y escuché su confesión balbuceante. Sentí las lágrimas que me corrían hasta inundarme los ojos y cegarme, y sentí grandes sollozos ahogándoseme en la garganta, tratando de liberarse.

—Gracias, padre, no volveré a pecar...

Recé:

—Oh, Dios mío, me arrepiento de todos mis pecados, no porque le tema a las hogueras del infierno sino porque te he faltado, Señor, que eres todo bondad, y merecedor de todo mi amor... y con tu ayuda, no volveré a pecar...

Luego hice la señal de la cruz sobre Narciso.

—Es bueno morir en una loma del llano, bajo el enebro... —fueron sus últimas palabras. Sentí su aliento postrero y su estertor al expirar. Deslicé la mano que tenía bajo su cabeza y volví a sollozar. Me hinqué a su lado durante largo rato, llorando, pensando en todo lo que había pasado.

Cuando el llanto me limpió el alma del gran peso de la piedad, me levanté y corrí a la casa. Me sentía muy débil y enfermo cuando llegué atropelladamente a la cocina de mi madre.

—¡Antonio! —gritó mi madre. Corrí hacia sus cálidos brazos, donde estaba a salvo—. ¡Ay, Jesús, María y José!...

—¿Dónde has estado? —escuché que mi padre me preguntaba desde su silla.

—Ya hace mucho que salieron de la escuela... —era Débora, molestándome.

Creo que comencé a reírme, o a llorar, porque mi madre me vio de una manera extraña y me tocó la frente. —Tienes la ropa mojada y estás acalenturado.

Después sentí la mano de Última en la mía. —Sangre... —murmuró. Era la sangre de Narciso la que tenía en las manos. La habitación y los que me miraban comenzaron a disiparse, como si yo fuera el centro de un remolino oscuro.

—¡Dios mío! —gritó mi madre—. ¿Estás herido, Tony?

—¡Sabía que eran balazos lo que había oído! —mi padre brincó de la silla y me agarró del cuello de la chamarra: —¿Estás herido? ¿Qué ha pasado?

—¡Narciso! —grité el nombre.

—Junto al enebro... —creí haber oído a Última decirlo. Frunció el ceño y parecía estar probando el aire buscando alguna señal de peligro para nosotros.

—¡Está muerto! —grité.

—¿Pero dónde? —preguntó mi padre sin poderlo creer. Los ojos de mi madre parpadearon y se tambaleó hacia atrás. Última me detuvo.

—En el sendero de las cabras...

—Pero, ¿cómo?, ¿tú lo viste? —ya buscaba su chamarra.

—El muchacho ya no puede hablar. Debe descansar —dijo Última.

—Sí —mi madre asintió ansiosa. Juntas me llevaron a su cuarto.

—Iré a ver —dijo mi padre. Escuché el portazo.

—Más cobertores —le dijo Última a mi madre, quien corrió a cumplir las órdenes. Me habían quitado la ropa mojada y helada y me habían acostado bajo los cobertores gruesos y calientes.

—Venía a prevenirte —le dije a Última en voz baja—. Tenorio amenazó con matarte, hubo una terrible pelea, Narciso venía a prevenirte...

—Era un buen hombre —dijo, y sus ojos se llenaron de ternura—, pero no debes hablar ahora, hijo mío, debes descansar...

Mi madre trajo los cobertores. Última me untó el cuerpo con Vicks y muchas otras hierbas, y luego me dio de beber algo frío. Me suplicó que me quedara quieto, pero la fiebre me impulsaba a repetir mi horrible historia una y otra vez.

—¡Bajo el enebro, en el sendero de las cabras, le dio de balazos a Narciso... lo vi todo, le di la confesión!...

—¡Mi hijo! —lloraba mi madre. Podía verles en los ojos su preocupación, y trataba de decirles que no estaba enfermo, que sencillamente debía contar mi historia para purgar la fiebre. Una y otra vez grité la escena del crimen. Me invadía el frío y temblaba bajo los cobertores, que aun éstos no lograban eliminar. Muy entrada la tarde me debatía entre la quemante fiebre y el frío en el cuerpo.

Pronto perdí la noción del tiempo. Durante mi enfermedad, recuerdo haber visto al doctor del pueblo y después a Andrés. Cuando revivía cada paso de ese espantoso viaje, Última siempre estuvo junto a mí. Fue una larga noche en la cual las pesadillas, como caballos salvajes, atravesaban por mi mente afiebrada.

Extrañas escenas formaban un remolino en el océano de mis pesadillas, y cada una parecía ahogarme con su horrendo poder.

Veía a Andrés con la muchacha de la casa de Rosie. Se abrazaban y bailaban mientras Narciso golpeaba la puerta fría. Ella estaba desnuda, y su largo y suave cabello enredaba a Andrés y no le permitía ayudar a Narciso. Se llevó a Andrés de allí y él la siguió a la tenebrosa hoguera del infierno.

¡Andreeeeés! —grité. Luchaba desesperadamente por ayudarlo, pero el peso de los cobertores no me permitían mover.

¡Que Dios te perdone! —grité. Y de las danzantes flamas se oyó una voz estruendosa.

"¡No soy un Dios que perdona!", rugió la voz.

¡Escúchame! —supliqué.

"¡No tengo oídos para nadie que no haya comulgado conmigo! —contestó Dios—. ¡Tu hermano ha pecado con las prostitutas, así que lo condeno al infierno por toda la eternidad!"

¡No! —supliqué—, ¡escúchame y seré tu sacerdote!

"No puedo aceptar a un sacerdote que pone ídolos dorados ante él —contestó Dios, y las flamas rugieron y consumieron todo."

Vi la cara de Narciso entre las llamas que jugaban y crujían. Estaba ensangrentada y los ojos se le habían oscurecido con la muerte.

¡Perdona a Narciso! —le grité a Dios.

"Lo haré —respondió la temible voz—, si también me pides que perdone a Tenorio."

¡Pero Tenorio asesinó a Narciso! ¡Tenorio hizo mal!

Una estruendosa carcajada resonó en el valle de las flamas. Se envolvió y formó nubes de humo oscuro, como los truenos de las tormentas de verano.

"Yo perdonaré a Tenorio —dijo una pequeña voz—. Volteé y vi a la virgen que siempre perdonaba todo."

¡No! ¡No! —grité—, es a Narciso al que debes perdonar. Intercede por él para que obtenga la felicidad de ir al cielo.

"Antonio —sonrió ella—, yo perdono a todos."

¡No puedes —persistí en mi delirio—, ¡debes castigar a Tenorio por matar a Narciso!

Y nuevamente la risa resonó entre las llamas.

"Niño tonto —rugió Dios—, ¿no ves que estás atrapado en tu propia trampa? Quieres un Dios que lo perdone todo, pero cuando se trata de tus propios caprichos, buscas el castigo para satisfacer tu venganza. Te gustaría que mi madre reinara en los cielos, mandarías a todos lo pecadores con ella para obtener su perdón, pero también harías que ella se manchara las manos con la sangre de la venganza...

"¡La venganza es mía! —gritó—, ni aun tu carpa dorada estaría dispuesta a perder ese poder si fuera un dios."

¡Oh! —grité—, ¡perdóname Dios mío! He pecado, he pecado muchísimo en pensamiento, palabra y obra. ¡Mis pensamientos me han atrapado y me han hecho huir de ti!

Después las llamas se abrieron y vi que la sangre de Narciso fluía hasta el río y se mezclaba con la de Lupito. Mucha gente se sentía atraída por el dulce olor de la sangre. Había mucha excitación en el pueblo al esparcirse la noticia de que la sangre en la loma era dulce y curaba todos los pecados.

La gente se reunía y cantaba:

"Prueba solamente una gota de la sangre de la curandera y asegurarás la llave de los cielos.

"¡Debemos obtener la sangre de Última!", gritaron, y formaron una larga caravana para cruzar el puente y subir por la loma. Así como habían hecho Tenorio y los hombres que mataron a Lupito, esta gente también pisoteaba las piedritas del sendero de las cabras que alguna vez fueron puras.

A la cabeza de la caravana iban tres hombres. Eran tres almas torturadas, guiadas por tres mujeres que los azotaban con fuetes.

"Antoniooooooooo —llamaban—, ¡Antonioforoooooooooooso!, ayúdanos. Somos tus hermanos que hemos perdido el camino..."

Sus voces gemían en el viento que las recogía.

"¡Oh, ayúdanos, dulce hermano, ayúdanos! No seguimos los mandamientos de Dios ni los de tu dios pagano, y no hicimos caso de la magia de Última. Hemos pecado en todas formas. Bendícenos, hermano, bendícenos y perdónanos."

El corazón se me conmovió al ver las flagelaciones que sufrían, pero estaba impotente. No soy sacerdote —grité—, ¡yo también he pecado! ¡He dudado de Dios!

"Pero tienes la sangre del sacerdote Luna —persistieron—, ¡solamente toca nuestras frentes y estaremos salvados!"

Alcé mis brazos ensangrentados para tocarlos y sentí unas pezuñas de animales peludos. Levanté la vista y miré a las tres hermanas Trementina bailando alrededor de mí.

"¡Date prisa! ¡Date prisa! —gritaban y bailaban—, por tu cuerpo pasó el encantamiento que curó a Lucas, y tu nombre le dio fuerza al maleficio que se llevó a una de nosotras al servicio de nuestro amo. Nos vengaremos de ti", dijeron con voces entrecortadas.

Me cortaron el cabello negro con tijeras enmohecidas y lo mezclaron con sangre de murciélago. Vaciaron esto, junto con las entrañas de un sapo, a un tazón. Sabían que el sapo era el animal opuesto a mí, en la vida, y que tocarlo o aun verlo, me enfermaba. Hirvieron esta mezcla en su maléfico fuego, y cuando estuvo listo se lo tomaron.

Vi que mi cuerpo se estaba consumiendo. Mi madre vino a tocarme la frente y luego comenzó a llorar como si estuvie-

ra de luto. Última se sentó junto a mí, impotente ante la muerte. Vi al sacerdote del pueblo que llegó y me untó los santos óleos en los pies y rezó. Cayó sobre mí una larga y oscura noche, y en ella buscaba la cara de Dios, pero no la podía encontrar. Aun la Virgen y mi san Antonio, no me veían a la cara. Había muerto sin tomar la eucaristía y estaba condenado. Frente a las oscuras puertas del purgatorio dejaron mis blancos huesos para que ahí descansaran.

Y las tres hermanas Trementina iban al frente de la caravana por el sendero y por nuestra loma. Ante la gente embravecida, los cabríos y las cabras corrían asustados. Florencio, Red, Ernie, Huesos, Caballo y todos los demás, también trataban de huir, pero los capturaron y encadenaron. Aun las muchachas, Rita y Agnes, Lidia, Aída y June, fueron capturadas y encadenadas con pesadas cadenas de hierro. Bajo el peso de las cadenas, las caras se les arrugaron y se hicieron viejas.

La gente maldita quemó el castillo de nuestra loma. Mi padre, mi madre y mis hermanos, perecieron en las llamas. Mataron a la lechuza y dejaron a Última sin poderes, luego le cortaron la cabeza y se bebieron su sangre. Cuando estaban bañados de sangre, la amarraron a un poste; le clavaron una estaca en el corazón, y la quemaron. Fueron al río y pescaron las carpas que nadaban allí, trajeron los pescados y los cocinaron en la lumbre de las cenizas de Última. Al final se comieron la carne de las carpas.

Después hubo un rugido de la tierra, y se abrió una gran grieta. La iglesia se derrumbó, y la escuela se vino abajo, hecha polvo; en seguida el pueblo entero desapareció en el caos. Un gran grito salió de toda la gente al ver aguas tumultuosas que llenaban el oscuro abismo. La gente tenía miedo.

"¡No teman! ¡No teman! —las Trementina bailaban y cantaban—, estamos en la loma sagrada y nos salvaremos." Luego la gente rió y continuó sus festejos comiendo la carne de las carpas.

El viento soplaba con polvo, y el sol se enrojeció de sangre. La gente se miró una a otra, y vieron cómo su piel se pudría y se les caía en pedazos. Gritos agudos de dolor y agonía llenaban el aire, y todos lloraron de luto, mientras los muer-

tos que podían caminar enterraban a sus muertos exánimes. Un olor de podredumbre estaba por doquier. Había enfermedades y muerte por todos lados.

Al final no quedaba nadie, y los cabríos y las cabras regresaron de los montes adonde habían huido, viendo con inocencia el gran campo de la muerte. El viento cesó de hacer que el agua podrida pegara contra la playa del lago, y todo quedó en silencio. Los campesinos de El Puerto, mis tíos, vinieron y revolvieron las cenizas, y al encontrar las cenizas de mi familia y de Última, las recogieron y regresaron a El Puerto para enterrarlas en la tierra bendita de sus campos.

La noche cayó sobre la tierra y las aguas. Las estrellas salieron y brillaron en el oscuro cielo. En el lago apareció la carpa dorada. Su hermoso cuerpo resplandecía a la luz de la luna. Había sido testigo de todo lo que había ocurrido y había decidido que todos sobrevivieran, pero con formas nuevas. Abrió su enorme boca y se tragó todo lo que había, bueno y malo. Luego nadó hacia el terciopelo azul de la noche, brillando al subir hacia las estrellas. La Luna le sonrió y le mostró el camino, y su cuerpo dorado se quemó con tan bello esplendor, que se convirtió en un nuevo Sol en el firmamento. Un nuevo Sol para alumbrar con su bondadosa luz sobre una nueva Tierra

Quince

UNA VEZ QUE CEDIÓ LA FIEBRE, ESTUVE EN CAMA MUCHOS DÍAS. El doctor le dijo a mi madre que había tenido pulmonía y que debía descansar todo lo que fuera posible. Cuando recuperé las fuerzas, supe lo que había sucedido. Mi padre había encontrado el cuerpo de Narciso, congelado, bajo el enebro. Mi padre fue con el alguacil y acusó a Tenorio, pero sólo tenía la palabra de un niño pequeño y enfermo para probar su acusación. El jurado del médico legista que se reunió bajo el enebro encontró que la causa de la muerte había sido accidental o suicidio; luego se fueron rápidamente, pues tenían frío y deseaban volver al calor de sus hogares. Ya que Narciso era el borracho del pueblo, a nadie le importó mucho su muerte. Mi padre protestó, pero realmente no había nada qué hacer, así que enterraron a Narciso, de quien todos decían en el pueblo que había muerto de una de sus borracheras.

Era un hombre enorme y salvaje; tomaba y maldecía como lo hacen la mayoría de los hombres, pero era un buen hombre. Murió tratando de ayudar a una vieja amiga. Tenía la magia del crecimiento en sus manos, y la pasó a la tierra. Ahora su casa estaba desierta y su jardín se había secado; poca gente se acordaba de algo bueno que hubiera hecho Narciso.

Mientras todavía estaba en cama recuperándome, Andrés pasó a hablar conmigo. Supongo que pensaba que si hubiera escuchado a Narciso, todavía estaría vivo, porque lo primero que dijo fue:

201

—Siento lo de Narciso...

—Sí —asentí. No le dije que lo había visto en la casa de Rosie. Jamás le había dicho a nadie y nunca lo haría.

—Siento que hayas visto el crimen... —balbuceó.

—¿Por qué? —le pregunté. No me sentía a gusto hablando con él. Vi a Última, quien no se había separado de mi lado desde aquella espantosa noche, y creo que comprendió, porque se puso de pie donde estaba tejiendo a gancho. Andrés intuyó que era una señal para que se fuera.

—No lo sé —dijo—, eres solamente un niño... pero... lo siento.

—Debe descansar —dijo Última amablemente.

—Sí —asintió Andrés—, sólo quería ver cómo estaba. ¿Cómo te sientes, Tony? —se veía que estaba nervioso.

—Bien —contesté.

—Qué bueno, qué bueno —murmuró—, bueno, te dejo descansar. Ojalá hubiera algo que pudiera hacer... lo siento, es todo. —Dio la vuelta y se fue. Después de eso, me trajo dulces y fruta de la tienda, pero se los daba a mi madre para que me los diera a mí, pero él nunca entró en mi habitación de nuevo. Nada más agitaba el brazo desde la puerta al salir a trabajar en las mañanas.

Después le pregunté a Última.

—¿Hablé sobre Andrés cuando tenía fiebre?

—Tu sangre está ligada a la sangre de tus hermanos —contestó—, y hablaste en tus sueños de tu amor por ellos, pero no revelaste el secreto de Andrés...

Me daba gusto de que Última comprendiera, y de no haber hablado sobre lo que había visto en casa de Rosie. Como hacía con otras cosas que no me complacían, comencé a borrar todo de mi memoria.

Así que la Navidad llegó y se fue. Teníamos un árbol pequeño, nos regalaron ropa, pero lo más importante fue visitar la escena de la Natividad en la iglesia e ir a misa de gallo, a la media noche. No fui, por supuesto, pero cuando regresaron, estaba despierto, esperándolos, y comimos pozole. De postre nos dieron bizcochitos y café caliente con azúcar y canela. Cuando me pude levantar, me senté con Última, en su habitación, mientras ella bordaba. Me relataba historias sobre la gente vieja de Las Pasturas. Me contó sobre Narciso cuando era joven, diciendo que era un buen vaquero muy respetado. Se había casado con una joven muy linda, pero antes de haber tenido familia, ella murió. La epidemia de difteria que había destruido a tantos en Las Pasturas, también se la había llevado a ella. Después de eso, Narciso comenzó a tomar y perdió todo, pero siempre le agradeció a Última hacer hasta lo imposible por tratar de salvar a su esposa. Última decía que la gente vieja siempre se ayuda una a la otra, en las buenas y en las malas, y que las amistades que se formaban en ese desolado llano estaban unidas para toda la vida.

Pasaba parte del tiempo con mi madre recitando el catecismo. Ya me sabía de memoria la mayoría de las oraciones, así que me sentaba junto a ella mientras cocinaba o planchaba, y ella me pedía que le recitara tal o cual oración y yo lo hacía. Eso la complacía mucho.

—En la primavera voy a arreglar lo de tus clases de catecismo con el padre en la iglesia, y luego, para el domingo de pascua, harás tu primera comunión. Nada más piensa, Antonio, tendrás a Dios en la boca, en el cuerpo, en el alma... Le hablarás y te contestará... —me dijo. Sonrió y había lágrimas en sus ojos.

—¿Entonces tendré el conocimiento de Dios? —pregunté.

—Sí —suspiró—, espero que uses tu conocimiento para llevar a cabo la voluntad de Dios. Eres un niño muy listo, comprendes tantas cosas, puedes ser un gran líder, un sacerdote... No quiero que pases el tiempo soñando, como tu padre. Debes llegar a ser alguien, servir a la gente que necesita buenos líderes, y el líder más grande es un sacerdote...

—Sí —asentí.

—Y después, en el verano —continuó—, te irás a quedar con tus tíos a El Puerto. Aprenderás sus costumbres, viejos secretos de los campesinos que ellos te enseñarán. Será muy bueno para ti que te la pases afuera, en el sol, trabajando. Has estado enfermo y has visto muchas cosas que hubiera deseado no viera jamás, pues eres sólo un niño... pero eso ya es cosa del pasado. Ahora tienes que hacer tu comunión y alegrarte durante el verano...

—Sí —asentí.

—Ahora léeme las oraciones en inglés —le gustaba oírme leer el catecismo en inglés, aunque no comprendía todo lo que le leía, y yo mismo tampoco podía comprender. Mucha de la gente grande no quería aceptar el nuevo idioma y no deseaba que sus hijos lo hablaran, pero mi madre creía que si iba a tener éxito como sacerdote, debía hablar ambos idiomas, así que me alentaba a saberlos.

—¡Ah, qué inteligencia! —resplandecía al terminar de tartamudear el Ave María en inglés—, ¡un verdadero hombre de letras! —Y me besó la cabeza y me dio unas empanaditas que había guardado de la Navidad.

Una de las cosas que ayudaron a romper la monotonía del encierro a causa de la tormenta, fue la llegada de León y Eugenio. No habían venido para la Navidad y mi madre estaba triste y preocupada. La única noticia que tenía de ellos era de gente que los había encontrado por casualidad en Las Vegas. Y es que León y Eugenio nunca escribían.

Mi madre escuchó un auto, y se asomó por la nevada ventana, temprano en la mañana, cuando estábamos desayunando. —¡Jesús, María y José! —exclamó—, es el policía.

Corrimos y nos amontonamos en la ventana para ver la patrulla de la policía del estado, que venía por el sendero de las cabras. El auto venía lentamente, dado lo profundo de la nieve. Cuando se detuvo, León y Eugenio se bajaron.

—¡Mis hijos! —gritó mi madre. Abrió la puerta rápidamente, y entraron sonriendo con timidez mientras los abrazaba.

—Hola, jefa —sonrieron.

—¡León, Eugenio! —mi padre los abrazó.

—Jefe —lo saludaron y le dieron la mano.

—¡Ave María Purísima! —exclamó mi madre haciendo la señal de la cruz.

—¡Hey! León, Gene —Andrés les tendió la mano mientras Débora y Teresa gritaban saludándolos. Todos los rodeamos y los abrazamos.

—Pero, ¿por qué los trajo la policía estatal? —preguntó ansiosamente mi madre.

—¿Los trajo Vigil? —preguntó Andrés, y León asintió.

—¿Tuvieron problemas? —preguntó mi padre. Estaba en la ventana despidiendo al policía del estado.

—No, ninguno...

—Saluden a su Grande —sonrió mi madre—, y no le digan jefa... —todos reímos.

—¿Cómo está, Grande? —dijeron ceremoniosamente y abrazaron a Última.

—Bien, bien, gracias a Dios —sonrió Última, y sabiendo que tendrían hambre, fue a la estufa para hacerles el desayuno.

—Pero no nos han dicho por qué los trajo el policía del estado, —repitió Andrés.

—Cuéntales, Gene —sonrió León.

—Sabía que regresarían —murmuró mi padre—, sabía que volverían... —y los abrazó y llevó hasta la mesa. Sacó una botella de whisky mientras ellos se quitaban las chamarras sucias y arrugadas. Se veían mayores de lo que yo los recordaba.

—¿Contarnos qué? —mi madre se ocupaba de hacer cosas alrededor de ellos.

—Primero aliméntalos, María —dijo Última sabiamente, mientras ponía los platos en la mesa. León y Gene comieron todo lo que les pusieron enfrente, como animales muertos de hambre.

—¿Supieron lo de Narciso?

—Lástima... —dijo León con la boca llena.

—¿Cómo está Tony? —preguntó Gene.

—Bien —mi madre contestó por mí—, pero todavía no nos cuentan por qué los trajo Vigil. Débora, llévate a Teresa allá arriba y pónganse a jugar... —Débora y Teresa solamente se fueron a un rincón de la cocina y se quedaron a escuchar.

—Diles, Gene —dijo León.

—Diablos, ¡diles tú! —exclamó Gene—, ¡es tu culpa que eso nos pasara! Tú eres el que quería venir a la casa... —se tomó la copa de whisky que mi padre le había servido y se fue a parar junto a la estufa bastante molesto.

—¡Eugenio, nunca hables así enfrente de la Grande! —mi madre lo regañó. Ni siquiera la alegría de tener en casa a sus hijos le hacía olvidar el respeto que se les debía a los mayores.

—¿Qué sucedió? —suplicó Andrés.

—Le pido disculpas a Grande —dijo Eugenio.

—Gene, no fue culpa de nadie —dijo León conciliatoriamente—, y lo que está hecho, hecho está...

—Pero, ¿qué? —imploró mi padre.

—Hicimos pedazos el auto...

—¡Tenían un auto! —exclamó Andrés, dando su aprobación.

—Tenían... has dicho bien —interrumpió Gene.

—Sí, ahorramos nuestro dinero, compramos un Chevy muy bonito... anoche, de repente, decidimos venir...

—¡Tú lo decidiste! —corrigió Gene.

—¿Dónde lo hicieron pedazos?

—¿Cómo?

—Shhhhhh...¡Déjenlo hablar!

—Justo de este lado de Antón Chico —dijo León sin perturbarse—, derrapamos en un lugar resbaladizo, chocamos contra hielo sólido y nos fuimos hasta la cuneta...

—Pero la carretera estaba cerrada anoche —dijo mi padre—, ese trecho de carretera ha estado cerrado todas las noches desde hace una semana...

—¡Pero crees que León iba a hacer caso! —explotó Gene.

—Quería venir a la casa —dijo pacientemente León. Comprendía el estado de ánimo de su hermano.

—¡Ay, mi hijito! —mi madre se le acercó y lo abrazó, y León nada más continuó sentado ahí, sonriendo, y sus ojos azules se llenaron de lágrimas—. Mientras estén a salvo, a quién le importa un auto... ¡Quería venir a la casa a ver a su madre! —ella resplandecía.

—Pero, ¿no se dañó demasiado el auto? —preguntó Andrés.

—¡Se quemó! —gritó Gene.

—¿Se quemó? —jadeó Andrés. Hubo un silencio.

—Esperamos mucho tiempo en el frío —casi no escuchábamos a León—, no había tráfico. Quemamos los cobertores, luego los asientos, la gasolina, las llantas... nos quedamos dormidos en la madrugada, agazapados contra el auto y de repente, todo se estaba quemando, en llamas...

—Fue cuando los encontró Vigil —dijo mi padre. León asintió.

—Cuando menos no nos helamos hasta morir de frío...

—Gracias a Dios que están en casa, a salvo —dijo mi madre. Hizo la señal de la cruz en la frente—. Debo darle las gracias a la Virgen... —se fue a la sala a rezar frente a su altar.

—No debimos venir —se quejó Eugenio.

León y Eugenio pasaron el resto de la mañana en el cuarto de Andrés... Los podía oír cuando se reían. Estaban hablando de lo bien que la pasaban en Las Vegas. En la tarde se vistieron y se fueron al pueblo, a jugar billar, dijeron. Mi padre bebió el resto del día, así que para la cena estaba bastante borracho. Pero no hizo sus dramas, como solía hacer; estaba callado y meditabundo, y sabíamos que ese era el peor tipo de borrachera. Había estado contento de ver a sus hijos, pero su felicidad no había durado. Él también los había oído hacer nuevos planes y sabía que al llegar la primavera, cuando le entrase el enorme deseo de irse al oeste, no habría nadie que quisiera irse con él.

En la mañana, la inquietud de mi padre se hizo presente. Estábamos tomando el desayuno ya tarde, cuando entró mi padre de alimentar a los animales. Pateó el piso y se dirigió a la estufa a tomarse una taza de café. Se quedó mirando fijamente a mis hermanos, mientras bebía, y su mirada los intranquilizó.

—Hace un frío endemoniado afuera —dijo.

—¡Gabriel! Los niños... —lo regañó mi madre—, y quítate la chamarra, está mojada... —la nieve que se derretía caía en la estufa caliente. Las gotitas de agua danzaban hirviendo en la parrilla caliente y luego desaparecían.

—Tengo que salir otra vez —contestó mi padre sin desviar la mirada de mis hermanos—, el viento ha cortado el alambre que sostiene el molino de viento. Si no lo amarro, el viento arrancará la cosa esa antes del medio día...

—¡Ay! Si no es una cosa es otra —se quejó mi madre.

Fui a la ventana, y por un agujerito redondo del vidrio congelado, pude ver que las aspas del molino giraban. El viento frío las hacía girar tan aprisa, que la construcción entera se bamboleaba, pareciendo que se vendría abajo en cualquier momento. Si se rompía el molino, tendríamos que pasar muchos días sin agua, porque el agua del verano de la cisterna ya se había secado, y derretir la nieve sería un arduo trabajo. Derretir la nieve significaba tener las manos y pies helados, pero lo peor era que una tonelada de nieve derretida producía sólo un cuarto de galón de agua.

—¿Cómo estaba el pueblo anoche, muchachos? —preguntó mi padre.

Lo miraron nerviosamente, y Andrés dijo:

—Callado. Los hombres que estaban en el Eight Ball preguntaron por ti, te mandaron saludos... les dio gusto ver a León y Gene...

—¡Ay! —suspiró mi padre, dándole sorbos al café—, contentos de ver a los vagabundos hermanos Mares, ¿eh? —su voz estaba llena de amargura. Supongo que sabía que se iban a ir otra vez y no lo podía soportar.

—Hemos estado trabajando, padre —dijo Gene.

—Ajá —asintió mi padre—, justamente estaba pensando que solíamos trabajar juntos. ¡Hey! —sonrió—, no hace mucho tiempo que construimos esta casa, ¿eh? Bueno, ustedes hicieron casi todo, y estoy orgulloso de ello. Salía de trabajar en la carretera por la tarde, y abajo en el sendero de las cabras, cerca del enebro donde murió Narciso, oía el martilleo, y sin importarme lo cansado que estuviera, me apuraba, llegaba, y les ayudaba. Fue magnífico ese tiempo, ¿eh?, un hombre trabajando, haciendo planes con sus hijos...

—Sí —dijo Andrés—, por supuesto.

—Sí —dijo León, moviendo la cabeza afirmativamente.

—Gabriel —la voz de mi madre suplicaba.

—Ah —sonrió—, únicamente recordaba los viejos tiempos, no hay daño alguno en eso. ¿Y recuerdan el verano que los llevé a trabajar conmigo a la carretera? Los quería a mi lado, estaba orgulloso de ustedes... —rió y se dio una palmada en el muslo—. Eran tan chicos, que los martillos de aire los bamboleaban como muñecos de trapo... —las lágrimas le salían como ríos por los ojos.

—Sí, ésos eran los buenos tiempos —dijo León vigorosamente. Sus ojos azules y melancólicos brillaron. Hasta Gene asintió con la cabeza.

—Lo recordamos, padre —sonrió Andrés.

Luego permanecieron callados por largo rato, mirándose unos a otros; los hijos viendo al padre, viejo de repente, y el padre sabiendo que sus hijos eran hombres, y que se irían.

—Bueno —se aclaró la garganta y se sonó—, supongo que esos días se han ido para siempre, que quedaron en el pasado... —bajó la taza—. Ahora voy a arreglar el molino —dijo.

—Pero el viento, Gabriel —dijo mi madre con algo de ansiedad.

—Debe hacerse —se encogió de hombros. El viento soplaba con fuerza, por lo cual la escalera para subir a la plataforma que sostenía la construcción estaría cubierta de hielo. Miró por última vez a sus hijos, pero ellos evadieron su mirada. Luego salió.

—Debería esperar a que el viento se calmara —dijo Andrés, incómodo.

—O hasta que se congelara y se detuviera solo —agregó León con poca convicción.

—O que la endiablada cosa se rompiera —murmuró Gene—, no tiene sentido arriesgar el cuello por un molino de viento de pueblo rabón.

Fui a la ventana y observé a mi padre subir por la traicionera escalera. Era un trabajo lento y peligroso. Subió trabajosamente hasta la plataforma, evadió las aspas que giraban y rechinaban, y agarró el alambre suelto. Lo jaló con cuidado, amarró las terminales sueltas y metió el freno de las aspas que giraban. Cuando regresó a la cocina, sus manos y cara estaban cubiertas de nieve y el sudor le chorreaba, pues estaba exhausto, pero había una mirada de satisfacción en sus ojos.

Al día siguiente se fueron León y Eugenio. Esta vez se llevaron a Andrés, quien abandonó su trabajo en el mercado de Allen, y haciendo a un lado sus planes de terminar su segunda enseñanza, se fue a Santa Fe con ellos. Mi padre no estaba cuando se marcharon porque todos los equipos de la carretera estaban trabajando abriéndolas al tránsito. Mi madre lloró cuando se despidió de mis hermanos con un beso, pero estaba resignada. Yo agité el brazo en señal de despedida, un poco triste. Me preguntaba si realmente alguna vez conocería a mis hermanos, y si permanecerían como fantasmas en mis sueños; también me preguntaba si la muerte de Narciso tendría algo que ver con la decisión de partir, tomada por Andrés.

Dieciséis

DESPUÉS DE LA NAVIDAD REGRESÉ A LA ESCUELA. EXTRAÑABA A Andrés al caminar en las mañanas. Al principio los chicos querían saber sobre el asesinato de Narciso, pero no les conté nada, de tal manera que pronto la noticia dejó de ser noticia y se ocuparon de otras cosas. Mi vida había cambiado, pensé; me sentía mayor, y sin embargo, las vidas de mis compañeros no habían cambiado en nada. El Kid todavía corría velozmente por el puente, Samuel saludaba con un movimiento de cabeza y seguía su camino, Caballo y Huesos se pateaban uno a otro, y los camiones amarillos todavía llegaban cargados con niños solemnes del campo. Y para todos nosotros, el catecismo se veía venir en un futuro próximo.

Sólo una vez hablé con Cico. Él me dijo:

—Hemos perdido a un amigo. Esperaremos hasta el verano para darle a la carpa dorada la noticia. Ella nos dirá qué debemos hacer... —después de eso, casi no lo vi.

Estuve solo casi todo el tiempo. Ni siquiera vi a Jasón, y fue una lástima porque él habría comprendido, como me enteré más tarde. Por supuesto, los sueños que tuve durante mi enfermedad continuaron preocupándome. No podía comprender por qué Narciso, que hacía el bien tratando de ayudar a Última, había perdido la vida, y Tenorio, que era malo y había segado una vida, andaba libre y sin castigo. No me parecía justo... Pensaba mucho en Dios y me preguntaba por qué permitía que esas cosas sucedieran. Cuando el clima se fue haciendo más caluroso, a veces me quedaba bajo el enebro y miraba el suelo manchado. Entonces mi mente vagaba y mis pensamientos se convertían en una parte viva de mi ser.

Quizá, pensaba, Dios no había visto el asesinato y era por eso que no había castigado a Tenorio. Quizá Dios estaba muy ocupado en el cielo para preocuparse o importarle lo que nos sucedía.

A veces, cuando salíamos de la escuela en la tarde, iba solo a la iglesia y me hincaba y rezaba mucho. Le pedía a Dios que contestara a mis preguntas, pero el único sonido era el viento que silbaba, llenando el espacio vacío. Cada vez más me dio por rezar frente al altar de la virgen, porque cuando le hablaba a ella sentía que me escuchaba, como lo hacía mi madre. Veía fíjamente las veladoras rojas que ardían al pie de la virgen, después bajaba la cabeza y cerraba los ojos e imaginaba que la veía frente a Dios y le repetía exactamente lo que yo le había pedido.

Y el Señor movía la cabeza, contestando: —todavía el niño no está listo para comprender.

Quizá cuando haga la primera comunión comprenderé, pensaba. Pero a algunos las respuestas a sus preguntas les habían llegado muy pronto. Mi madre me contó la historia de un muchacho mexicano, Diego, que había visto a la virgen de Guadalupe en México. Ella se le apareció y le habló; le había dado una señal. Hizo que crecieran rosas en una loma desierta y rocosa, una loma muy similar a la nuestra. Así que yo también soñaba con conocer a la virgen. Esperaba verla cada vez que daba la vuelta a una esquina.

Durante uno de estos estados de ánimo me encontré a Tenorio, una tarde, cuando regresaba de la escuela a casa. El viento, lleno de polvo, me cerraba la garganta, así que iba por el sendero con la cabeza baja. No vi a Tenorio hasta que me gritó en medio del aullido del viento. Se encontraba bajo el enebro, en el lugar exacto donde había asesinado a Narciso. Me sorprendió y me asustó tanto que brinqué como un conejo herido, pero no hizo movimiento alguno para agarrarme. Usaba un largo abrigo, negro como era su costumbre, y el sombrero de ala ancha escasquetado. Su ojo ciego era un agujero azul oscuro y el otro brillaba amarillo en el polvo.

Se rió, y aulló cuando bajó la mirada y me vio; pensé que estaba borracho.

—¡Maldito! —me dijo—, ¡Desgraciado!

—¡Jesús, María y José! —encontré el valor de gritarle, y crucé mi pulgar sobre mi dedo índice y levanté la mano para salvarme de su malevolencia, porque yo realmente creía que era la reencarnación del Diablo.

—¡Cabroncito! ¿Crees que me puedes asustar con eso? ¿Crees que soy brujo como tu abuela? ¡Bruja! Que los coyotes rasquen su tumba... la tumba donde la voy a mandar —agregó. Su viciosa cara se contorsionó de odio. Sentí que me temblaban las piernas. Dio un paso hacia mí y se detuvo—. Mi hija se está muriendo —se quejó, y el viento ahogó su grito animal y lastimero—. Mi segunda hija se está muriendo,. y es a causa de la bruja Última. Le echó una maldición a mi primera hija, y ahora asesina a la segunda... pero voy a encontrar la manera —me amenazó con su puño cerrado—. ¡Encontraré la manera de agarrarla y destruirla!

Ni cuando mató a Narciso vi tanto odio en la malvada cara de Tenorio. Yo parecía ser demasiado pequeño para estorbar el camino de un hombre encaprichado con tal furia en destruir a Última, pero recordé que mi padre lo había encarado y que Narciso se había enfrentado a él, y que aun Última había enfrentado su malevolencia, ¡y aunque temblaba de miedo le contesté!

—¡No! ¡No te dejaré!

Dio otro paso hacia mí y se detuvo. Su ojo maldito se entrecerró mientras sonreía. Miró con desconfianza alrededor, entre el polvoso viento, y luego dijo:

—¡Maté al entrometido de Narciso! ¡Aquí mismo! —apuntó al suelo, a sus pies—. ¡Y el alguacil ni me tocó! Ya encontraré la manera de matar a la bruja...

—¡Eres un asesino! —le grité afrontándolo—. Mi padre no te dejará hacerle daño a Última, y su lechuza te sacará el otro ojo...

Se agazapó como si me fuera a atacar, pero se quedó quieto, pensando. Hice el ademán para resguardarme del golpe, pero no me golpeó. En vez de eso se enderezó y sonrió, como si le hubiera cruzado un pensamiento por la mente, y dijo:

—¡Ay, cabroncito!, tu maldición es que sabes demasiado —dio vuelta y desapareció en el polvo que se arremolinaba. Su maldita risa lo seguía, hasta que el viento la ahogó.

Me apuré a llegar a casa, y cuando estuve a solas con Última, le conté lo que había sucedido.

—¿No te hizo daño? —me preguntó cuando terminé de relatarle el encuentro.

—No —le aseguré.

—¿Te tocó, aun de la manera más leve?

—No —contesté.

—¿Dejó algo junto al árbol, algo que hubieras tocado o levantado? —preguntó.

—Nada —le contesté—, pero te amenazó. Dijo que estaba buscando la manera de matarte como había matado a Narciso...

—¡Ay! —sonrió y me abrazó—, no te preocupes por las amenazas de Tenorio, no tiene fuerza de hombre para llevarlas a cabo. Asesinó a Narciso porque lo esperó escondido y pudo matarlo a sangre fría, pero no le será fácil esconderse para esperarme a mí... es como un viejo lobo que merodea la tierra donde ha matado su presa, su conciencia no lo deja descansar. Regresó al árbol donde cometió su pecado mortal para encontrar una especie de absolución por su crimen. Pero donde no hay reconocimiento de culpa y penitencia que hacer por el daño cometido, no puede haber absolución.

Comprendí lo que ella decía, así que me fui algo reconfortado con el conocimiento de que por lo menos Última no le temía a las cavilaciones de Tenorio. Pero muy seguido, por las noches, despertaba de alguna pesadilla en la que veía a Tenorio dispararle a Última, como lo había hecho con Narciso. Solamente sentía alivio después de bajar las escaleras e ir a la puerta de su habitación a escuchar, para ver si estaba a salvo. Parecía que nunca dormía, porque si me quedaba a escuchar largo rato, podía oír un sonido como si estuviera moviendo hierbas, y luego un suave canto mientras trabajaba con ellas. Me había acercado mucho a Última desde que se había venido a vivir con nosotros, pero nunca me sentí tan cerca de ella o aprecié más su bondad, como cuando estuve enfermo y me cuidó durante todas esas semanas.

Diecisiete

¡ALELUYA! ¡ALELUYA! ¡ALELUYA!

La Santa Madre Iglesia nos tomó bajo sus alas y nos instruyó en el catecismo. Al finalizar marzo ya habíamos adelantado mucho en nuestras lecciones... ¡No había experiencia más excitante que estar en camino hacia la comunión con Dios! El trabajo de la escuela era monótono en comparación con esto. Cada tarde, al sonar la campana de la escuela, corríamos por los terrenos, cruzando calles y callejones, llenos de polvo, rumbo a la iglesia. Allí nos esperaba el padre Byrnes para instruirnos en los misterios de Dios.

Las tormentas de polvo continuaban en el llano, y oí decir a mucha gente grande que la culpa de que el invierno fuera tan crudo y las tormentas de primavera tan polvorientas la tenía la bomba que habían inventado para terminar la guerra. "La bomba atómica —murmuraban—, es una bola de calor blanco superior a la imaginación, al infierno... —y apuntaban hacia el sur, más allá del verde valle de El Puerto—. El hombre no fue hecho para saber tanto —decían las mujeres viejas con voces roncas y apagadas—, compiten con Dios, perturban las estaciones, buscan saber más que Dios mismo. Cuando llegue el final, ese conocimiento que buscan nos destruirá a todos... —y con sus espaldas encorvadas se repegaban los chales negros alrededor de sus encorvados hombros y caminaban en medio de los aullidos del viento."

—¿Qué sabe Dios? —preguntaba el sacerdote.

—Dios lo sabe todo —contestaba Agnes.

Me sentaba en el duro banco de madera y temblaba. Dios lo sabe todo. El hombre trata de saber y su conocimiento nos va a matar a todos. Yo quiero saber. Quiero saber los misterios de Dios. Quiero tomar a Dios en mi cuerpo y que Él me conteste todas las preguntas que tengo. ¿Por qué mataron a Narciso? ¿Por qué no se castiga el mal? ¿Por qué permite que exista el mal? Me preguntaba si el conocimiento que buscaba me destruiría. Pero no podía, era el conocimiento de Dios...

¿Pedíamos demasiado cuando deseábamos compartir Su conocimiento?

—Papá —le platiqué—, la gente dice que *la bomba* hace que los vientos soplen... —estábamos sacando las pilas de estiércol que habíamos limpiado de los corrales de los animales durante el invierno y los esparcíamos en las tierras del jardín. Mi padre rió.

—Esa es una tontería —me dijo.

—Pero, ¿por qué son tan fuertes las tormentas y tan llenas de polvo? —le pregunté.

—Así es el llano —dijo—, y el viento es la voz del llano. Nos habla, nos dice que algo no anda bien. —Se enderezó de las labores que estaba haciendo, y miró hacia los ondulados montes. Escuchaba y yo escuchaba también, y casi podía oír al viento.

—El viento dice que el llano nos dio buen clima, que nos dio inviernos leves y lluvia en el verano para que crecieran los pastos muy alto. Los vaqueros montaran y vieran multiplicar sus hatos, sus borregos y ganado crecieran. Todos estaban felices, ah —susurró—, el llano puede ser el lugar más hermoso del mundo... pero también puede ser el más cruel. Cambia, como cambia una mujer. Los rancheros ricos chuparon la tierra hasta secarla con sus profundos pozos, así que las nevadas fuertes vinieron a darnos agua en la tierra. Los hombres ambiciosos violaron las tierras, así que ahora el viento levanta la tierra que ya no es fértil y se las echa en la cara. Me han utilizado demasiado, dice el viento en nombre de la tierra, me han chupado hasta secarme y me han dejado desnuda...

Hizo una pausa y bajó la vista para verme. Creo que por un rato se le olvidó que estaba hablando conmigo y repetía para sí mismo el mensaje del viento. Sonrió y dijo:

—Un hombre sabio escucha la voz de la tierra, Antonio. Escucha, porque el clima que los vientos traen será su salvación o su destrucción. Así como un árbol joven se dobla con el viento, así un hombre debe doblarse ante la tierra... es como cuando un hombre se vuelve viejo y no quiere admitir que está ligado a la tierra y depende de la madre Naturaleza; los poderes de la madre Naturaleza caen sobre él y lo destruyen, como el viento fuerte quiebra un árbol seco y viejo. No es de hombres culpar a la bomba o a otras cosas por nuestros errores. Somos nosotros los que le damos mal uso a la tierra y debemos pagar por nuestros pecados...

—¿Pero qué es pecado? —me preguntó Florencio.

—Es no hacer la voluntad de Dios... —agaché la cabeza y rechiné los dientes llenos de fina arena que llevaba el viento.

—¿Es pecado hacer esto? —hizo una señal con el dedo.

—Sí —le contesté.

—¿Por qué?

—Es una señal fea...

—Pero no pasa nada cuando la hago... —la hizo otra vez.

—Serás castigado...

—¿Cuándo?

—Cuando te mueras —le dije.

—¿Y si voy a confesarme?

—Entonces tus pecados serán perdonados, tu alma estará limpia y serás salvado...

—¿Quieres decir que puedo salir a pecar, a hacer cosas malas, a hacer señas con el dedo, a decir groserías, a ver por el cerrojo de la puerta del baño de las chicas, a hacer un millón de cosas malas y luego, cuando ya me vaya a morir, nada más voy y me confieso y hago la comunión, y con eso me voy al cielo?

—Sí —le dije—, si te arrepientes de haber pecado...

—¡Ohhhhh! —se rió— ¡Me arrepentiré! ¡Chingada, lo haré! Puedo ser el más cabrón del mundo, y cuando tenga noventa y nueve años, me arrepiento de ser tan culo, y me voy al cielo... ¿Sabes?, no me parece justo...

No, no era justo, pero podía suceder. Esta era otra pregunta que necesitaba respuesta. Estaba pensando en cómo podría contestarse, cuando escuché un estruendoso balido de cabra atrás de mí.

—¡Whaggggghhhhhh...!

Me hice a un lado, pero era demasiado tarde. Los fuertes brazos de Caballo me apresaron por el cuello y su llave hizo que nos resbaláramos como unos tres metros. La mitad de la cara se me raspó con la tierra cubierta de espinas y acabé lleno de pequeños cardos.

—¡Hey, Tony! ¡Te perdiste la pelea! —sonrió Caballo pegado a mi cara. Todavía me tenía apresado. Los ojos de Caballo estaban locos por la excitación y sus grandes y amarillos dientes mordían algo que olía a huevos podridos. Lo quería maldecir, pero alcé la mirada y vi a Florencio parado, esperando mi respuesta.

—Esa fue una buena tacleada, Caballo —dije tan calmadamente como pude—, muy buena. Ahora déjame parar. —Me puse de pie y comencé a quitarme las espinas de la sangrante mejilla.

—¿Qué pelea? —preguntó Florencio. Me quitaba el polvo de la chamarra.

—Roque y Willie, ¡abajo en el baño! —Lloyd venía resollando con el resto de la palomilla.

—¡Chingada! Tú sabes que Roque siempre está molestando a Willie...

—Sí —asentí.

—Willie es tu amigo, ¿verdad? —preguntó Ernie.

—Sí —contesté. Willie Grande era uno de los chicos del campo que vivía en Delia. Él y Jorge siempre estaban juntos, y nunca se metían con nadie. Willie era más alto, pero Roque lo molestaba porque Willie nunca se defendía. Era tímido y Roque un peleonero.

—Roque siempre está cantando: —Willie, Willie dos por cuatro, nunca puede pasar por la puerta del baño, así que se hace en el piso... —resolló Huesos.

—Y siempre empuja cuando uno hace pipí, y hace que uno se moje el pantalón —Lloyd cerró los ojos asqueado. Sacó una barra de *Hersheys*.

—¡Mitades! —gruño Huesos. Lloyd tiró un pedazo de chocolate al suelo y mientras Huesos lo levantaba, Lloyd se echó el resto del chocolate a la boca.

—¡Chingada!

—¡Dije que mitades! —gruño Huesos, mascando una mezcla de chocolate con arena.

—Puse changuitos —dijo Lloyd altivo. Luego sacó la lengua y todo el chocolate que tenía en la boca le empezó a escurrir.

—¡Ughhhhhh! —Huesos se alocó, brincó sobre Lloyd y lo empezó a ahorcar. Luego Caballo se excitó otra vez y brincó sobre Huesos.

—Te pueden demandar por eso... —amenazó Lloyd mientras se libraba de la pila de muchachos. Continuamos caminando y dejamos a Huesos y a Caballo atrás, pegándose y pateándose uno al otro.

—¿Así que por qué fue la pelea? —preguntó Florencio, impaciente.

—Bueno, después de la escuela —comenzó Lloyd—, Roque entró al baño y empujó a Willie, pero Willie debió estarlo esperando, porque se hizo a un lado y Roque casi cayó en la taza; de todas maneras, Willie continuó haciendo pipí, y se hizo por todos los zapatos de Roque.

—Estuvo endiabladamente chistoso —dijo Ernie—, ver a Roque ahí parado y a Willie haciéndose pipí en sus zapatos...

Caballo y Huesos nos alcanzaron.

—Y después, Roque le dio un trancazo a Willie... —rió Lloyd.

—Pero Willie nada más se quedó ahí parado —agregó Ernie.

—Y luego Willie que le da otro mejor a Roque —gritó Caballo.

—¡Y entonces hubo sangre por todos lados! —resolló Huesos, y pensando en la sangre todos se alocaron otra vez. Caballó relinchó y gritó, y Huesos se le abalanzó como un perro rabioso.

—Roque sangraba como un cerdo, y lloraba, con sus zapatos bien mojados...

—Oye, no te metas con Willie —advirtió Ernie—. ¡Hey!, es tu amigo, ¿no Tony? —repitió.

—Sí —contesté. Sabía que Ernie siempre medía las amistades. Si Willie hubiera perdido la pelea, Ernie me hubiera estado molestando con eso, pero como estaban las cosas, de alguna manera yo había ganado su respeto porque era amigo del chico campesino que le había sacado sangre de la nariz a Roque.

—¡Hey! ¿Cómo es que esos muchachos no tienen que ir al catecismo? —preguntó Abel.

—Perderían el camión, estúpido —dijo Florencio.

Los protestantes tampoco tienen que ir —dijo Ernie.

—¡Se van derechito al infierno! —gritó Huesos.

—No es cierto —defendió Florencio a los protestantes—. Red es protestante, ¿crees que se va a ir al infierno?

—¡Tú también te irás al infierno, Florencio! —gritó Caballo—, ¡no crees en Dios!

—Y qué —dijo Florencio, encogiéndose de hombros—, si no crees en Dios, entonces no hay un infierno al cual ir...

—Pero, ¿por qué vas al catecismo? —le pregunté.

Se encogió de hombros.

—Quiero estar con ustedes. No quiero quedarme fuera del grupo —dijo suavemente.

—¡Vengan, vamos a vacilar a las muchachas! —gritó Huesos. Había visto a las chicas que iban un poco adelante de nosotros. Los otros se unieron a su grito y se fueron aullando como una manada de perros salvajes.

—Pero, ¿qué tal si te dejan fuera del cielo al final? —le pregunté a Florencio. Los dos nos habíamos quedado atrás.

—Pues eso sería el infierno —dijo—, creo que si hay infierno, pues es un lugar donde te dejan solo, sin nadie alrededor. Hombre, cuando estás solo, no tienes que arder, nada más estar solo por toda la eternidad sería el peor castigo que el viejo te podría dar...

—¿El viejo? —mi pregunta iba mezclada con un sentimiento de tristeza por Florencio.

—Dios —contestó.

—Yo pensaba que tú no creías...

—No creo.

—¿Por qué? —pregunté.

—No lo sé —pateó una piedra—. Mi madre murió cuando yo tenía tres años, mi viejo se emborrachó hasta que se murió, y... —hizo una pausa y miró hacia la iglesia que ya se alzaba frente a nosotros. Su cara inquisitiva y angelical sonrió—. Y mis hermanas son prostitutas que trabajan en la casa de Rosie...

El viento se arremolinó alrededor de nosotros e hizo un ruido extraño, como el sonido de las palomas en el río. Me preguntaba si Andrés había conocido a alguna de las hermanas de Florencio cuando iba a casa de Rosie. Eso y la lástima que sentía por Florencio me hicieron sentir más apegado a él.

—Así que me pregunto —continuó—, cómo puede Dios permitir que esto le suceda a un niño. Nunca pedí nacer. Pero me dieron la vida, el alma, y Dios me pone aquí para castigarme. ¿Por qué? ¿Qué le hice para merecerlo, eh?

Por un momento no pude contestarle. Las preguntas que había hecho Florencio eran las mismas a las que yo buscaba respuestas. ¿Por qué había premitido el asesinato de Narciso? ¿Por qué permitía el mal?

—Quizás es como dijo el sacerdote —por fin pude titubear—, quizá Dios nos pone obstáculos para que tengamos que vencerlos. Y si vencemos todas la cosas difíciles y malas, seremos buenos católicos, y mereceremos estar con Él en el cielo...

Florencio movió la cabeza.

—He pensado en eso —dijo—, pero del modo que yo lo resolví es que si Dios realmente es tan listo como el sacerdote nos dice, entonces no hubiera necesitado hacer todas esas pruebas con nosotros para ver si somos buenos católicos. Mira, cómo vas a hacerle pruebas a un niño de tres años que no sabe nada... Se supone que Dios lo sabe todo, muy bien, entonces, ¿por qué no hizo la tierra sin cosas malas o malévolas en ella? ¿Por qué no nos hizo de ta! manera que siempre fuéramos bondadosos unos con otros? Podría haber hecho el clima de tal manera que siempre fuera verano, y que siempre hubiera manzanas en los árboles, y el agua del Lago Azul siempre estuviera limpia y cálida para nadar... En vez de eso, hizo que a algunos de nosotros nos diera polio, y nos dejó lisiados para toda la vida. ¿Es eso justo?

—No lo sé —moví la cabeza negándolo, y de veras, no lo sabía—. Alguna vez todo fue bueno; en el jardín del Edén no había pecado y el hombre estaba feliz, pero pecamos...

—Mierda que pecamos —Florencio no estuvo de acuerdo—, la vieja Eva fue la que pecó... ¿Pero por qué debemos sufrir porque ella rompió los mandamientos, eh?

—Pero no fue sólo porque rompiera los mandamientos —lo contradije, quizá porque hacía el esfuerzo por conservar a Dios. No quería perderlo como lo había hecho Florencio. No creía que pudiera vivir sin Dios.

—Entonces, ¿qué fue?

—¡Querían ser como Él! ¿No recuerdas que el sacerdote dijo que la manzana contenía el conocimiento que los haría saber más cosas? Así como Dios sabía, ellos sabrían sobre el bien y el mal. Los castigó porque querían el conocimiento...

—Florencio sonrió. —Eso no parece correcto, ¿verdad? ¿Por qué puede dañar a alguien el conocimiento? Vamos a la escuela a aprender; hasta vamos al catecismo a aprender...

—Sí —contesté. Parecía haber muchas fallas en las respuestas a las interrogantes que nos hacíamos. Yo quería réplicas a las preguntas, pero ¿el conocimiento de las respuestas haría que yo compartiera el pecado original de Adán y Eva?

—¿Y si no tuviéramos conocimiento? —pregunté.

—Entonces nos pareceríamos a los animales tontos del campo —contestó Florencio.

Animales, pensé. ¿Eran más felices los peces de la carpa dorada que nosotros? ¿Era mejor deidad la carpa dorada?

—...El año pasado le dio polio a Maxie —continuó Florencio—, y a mi primo lo revolcó un endemoniado caballo y le fracturó el cráneo... Lo encontraron dos semanas después, junto al río, medio devorado por los cuervos y los buitres. Y su madre se volvió loca. ¿Es eso justo?

—No —contesté—, no es justo...

Salimos del polvoso callejón al desolado terreno que rodeaba la iglesia. La gran escultura café se levantaba hacia el polvoso cielo y levantaba la cruz de Cristo para que todos la vieran. Había escuchado la herejía de Florencio, pero el Dios de la iglesia no había soltado sus relámpagos sobre mí. Quería gritar que no tenía miedo.

—Mi padre dice que el clima viene por ciclos —dije—, hay años de buen clima, y hay años de clima malo...

—No entiendo —dijo Florencio.

Quizá yo tampoco, pero mi mente buscaba respuestas a las preguntas de Florencio. Quizá Dios venga por ciclos, como el clima —contesté—. Quizás haya veces en las que Dios está con nosotros y otras en las que no está. Quizá sea así ahora. Dios está escondido. No estará aquí por muchos años, quizá siglos... —hablé de prisa, excitado con las posibilidades que mi mente parecía estar alcanzando.

—Pero no podemos cambiar el clima —dijo Florencio—, y tampoco pedirle a Dios que regrese...

—No —dudé—, pero ¿qué tal si hubiera diversos dioses que reinaran mientras Él se encuentra ausente? —Florencio no podría haberse sorprendido más con lo que dije, de lo que yo mismo me sorprendí. Lo agarré del cuello de la camisa y le grité—: ¡Qué tal si la virgen María o la carpa dorada reinaran en vez de!...

En ese momento de blasfemia, el viento se arremolinó alrededor de mí y ahogó mis palabras, y los cielos temblaron con los truenos. Yo detuve la respiración y alcé la mirada hacia el campanario.

—Dahnggggggg... —el primer estruendo de la campana partió el aire. Volteé y me encogí con el sonido. Hice la señal de la cruz en la frente y grité: —¡Perdóname, Señor! —luego sonó la campana por segunda vez.

—Vamos, Tony —Florencio me llamó—, llegaremos tarde...

Subimos corriendo las escaleras, pasamos a Huesos y a Caballo, que se estaban columpiando como changos en las cuerdas de la campana. Nos apuramos a la formación de la fila, pero el padre Byrnes nos había visto. Agarró a Florencio, lo sacó de la fila, me dijo en voz baja:

—No esperaba que llegaras tarde, Tony. Te voy a perdonar esta vez, pero ten cuidado con quién te juntas, porque el Diablo tiene muchas maneras de encaminarte mal.

Miré a Florencio, pero él me hizo la señal de que me siguiera de frente. La fila se movía pasando por la fuente de agua bendita donde nos mojábamos los dedos, hacíamos una genuflexión, y luego la señal de la cruz. El agua estaba helada. La iglesia, fría y húmeda. Marchamos por el pasillo hasta llegar a las bancas de enfrente. La fila de las niñas caminó por la banca derecha y la de los niños por la izquierda.

—Hasta allí —la voz del padre formó un eco en la solitaria iglesia, y las campanas que nos habían estado llamando permanecieron silenciosas. Caballo y Huesos llegaron corriendo a reunirse con nosotros. Luego llegó el padre. Aproveché para mirar hacia atrás. El castigo de Florencio por llegar tarde había sido pararse a la mitad del pasillo con sus brazos abiertos. Estaba parado muy derechito y callado, casi sonriendo. El sol de la tarde traspasaba una de las ventanas de cristal de plomo que se alineaban por las paredes de la nave, y el tono dorado que daba la luz hacía que Florencio pareciera un ángel. Me dio mucha pena y me sentí muy mal de que a él lo hubieran castigado y a mí me hubiesen disculpado.

—Oremos —dijo el padre Byrnes y se hincó. Nosotros también nos hincamos en las tablas que las bancas tenían para las rodillas, ásperas y con astillas. Solamente Florencio permaneció parado, manteniendo el peso de sus brazos que acabarían dormidos antes de que hubiera terminado el catecismo.

—Padre nuestro que estás en los cielos... —recé para mis adentros, sin compartir mis oraciones con nadie. Todos los demás rezaban en inglés.

Más allá de la fila, oí a Huesos hacerse el que rezaba:
—Buzzzzzz, buzzzz, buzzzz, —su boca se movía al ritmo de las palabras, pero no se las sabía. Su cabeza estaba baja, sus ojos cerrados, y se veía tan devoto, que nadie se atrevería a dudar de su sinceridad.

Luego el sacerdote nos preguntó sobre algunas lecciones que ya habíamos aprendido.

—¿Quién los hizo?

—Dios me hizo —contestamos todos juntos.

—¿Para qué los hizo Dios? —preguntó, y vi que estaba mirando a Florencio, al que tenía en el pasillo todavía.

—Dios nos hizo para amarlo, honrarlo, servirlo y obedecerlo.

—¿Dónde está Dios?

—Dios está en todo lugar.

—En la casa de Rosie —murmuró Huesos y desvió la mirada.

El padre Byrnes no lo oyó:

—¿Cuántas personas hay en un solo Dios? —continuó.

—Tres. El Padre, el Hijo, y el Espíritu Santo.

—Tienen que caber bien apretados... —Caballo sonrió, enseñando sus feos dientes de caballo, y agarró la cosa blanca que se había estado sacando de los dientes y la embarró en sus pantalones.

—El espíritu —dijo en secreto Huesos—, el espíritu saaaaaanto.

El padre Byrnes prosiguió, dándonos una explicación de la diferencia entre los pecados mortales y los pecados veniales. Su explicación fue muy sencilla, aunque en cierto modo, temible. Los pecados veniales eran pecados chicos, como decir malas palabras, o no ir a las estaciones de la cruz durante la cuaresma. Si te morías con un pecado venial en el alma, no podrías entrar al cielo hasta que tu pecado fuese absuelto por medio de oraciones o rosarios o misas dichas por tu familia en la tierra. Pero si te morías con un pecado mortal en tu alma, jamás podrías entrar al cielo. Nunca. Daba miedo pensar en perder la misa los domingos, y luego morirse, y por ese único pecado mortal, irse al infierno para siempre.

—¿Si se mueren con un pecado venial en el alma, adónde van? —preguntó.

—Al purgatorio —contestó Rita. Las niñas siempre se sabían las respuestas exactas. Yo sabía la mayoría de las respuestas, pero nunca alzaba la mano porque siempre quería hacer preguntas y sabía que el padre se molestaría si se las hacía. Realmente el único que preguntaba era Florencio, pero hoy estaba haciendo penitencia.

—Correcto, Rita —sonrió—, ¿y qué es el purgatorio?

—Purga —murmuró Abel. Los chicos se rieron.

—¡Yo lo sé, yo lo sé! —gritaba Agnes agitando la mano entusiasmada por lo que el padre sonrió—. ¡Es un lugar donde se limpian las almas para que después se vayan al cielo!

—¿Y si te mueres con un pecado mortal en el alma? —preguntó con voz fría. La iglesia pareció temblar al oírse una ráfaga de viento afuera, y cuando pasó, se abrió una puerta lateral, dando paso a una viejita vestida de negro, que caminó trabajosamente por el pasillo lateral hasta llegar al altar de la virgen. Prendió una veladora roja y luego se puso a rezar.

—¡Al infierno! —jadeó Aída, aspirando profundamente.

El padre asintió.

—Y, ¿es posible escapar del infierno? —levantó el dedo índice.

Movíamos la cabeza negándolo en silencio.

—¡No! —gritó y palmeó las manos de tal manera que todos brincamos en las bancas—. ¡No hay esperanza en el infierno! ¡El infierno es un lugar de condenación eterna! Las hogueras del infierno arden para siempre...

—Para siempre... —dijo Agnes pensativa.

—Por toda la eternidad —dijo enfáticamente el padre Byrnes.

Buscó bajo su sotana y sacó una copia muy dañada y vieja del libro de catecismo. Casi nunca lo usaba porque se lo sabía de memoria, pero ahora buscaba algo que por fin señaló:

—Vean aquí, en la página diecisiete. Eternidad. ¿Qué significa la eternidad?

Abrimos los libros en la página diecisiete.

—Que no tiene fin —dijo Rita, estremeciéndose.

—Como unos veinte años —gruñó Huesos. No había levantado la mano e hizo reír a todos, así que tuvo que ir frente al padre Byrnes y extender las manos, con las palmas hacia arriba. El padre Byrnes tomó la tabla lisa que guardaba para tales ocasiones y le dio un tablazo a Huesos. Un solo tablazo era suficiente para ampollar las palmas, pero Huesos pareció no sentirlo. Movió la cabeza feliz y dijo:

—Gracias, padre, —y regresó a sentarse.

A la viejita que estaba frente al altar de la Virgen, la vi voltear y aprobar que el padre Byrnes le pegara a Huesos.

—Ahora voy a contar una historia que les enseñará cuánto dura la eternidad. Así que tengan presente que es el tiempo que sus almas deberán estar ardiendo en el infierno si se mueren con las manchas negras de los pecados mortales en ellas. Primero, traten de imaginar que nuestro país entero es una montaña de arena. Una montaña de arena tan alta que llega a las nubes, y tan ancha que se extiende de un océano al otro...

—¡Híjole! —los ojos de Abel se abrieron mucho. Caballo, que sentía que esto era algo que no comprendía, se comenzó a poner nervioso. Huesos le dio vueltas a sus ojos. Todos esperamos pacientemente a que el padre nos contara la historia, porque sabíamos que tenía una manera de contar que ilustraba con toda claridad el punto que deseaba dejar bien claro. Pensé en Florencio con sus brazos levantados durante toda la eternidad.

—Ahora supongan que del otro lado del océano hay un país liso. El océano es muy ancho y toma semanas cruzarlo, ¿ven? Pero ustedes quieren mover esta enorme montaña de arena de aquí para allá...

—¡Hay que conseguir un barco! —dijo Caballo nerviosamente.

—No, no, Caballo —se quejó el padre Byrnes—, ¡Calla! ¡Escucha! Ahora, chicas —volteó a verlas—, ¿cuánto tiempo piensan que tomaría mover esta montaña de arena a través de todo el océano, hasta llegar a colocar la montaña entera allá, para que aquí quede un espacio vacío?

Varias manos se alzaron, pero nada más sonrió, dejando en suspenso la pregunta.

—Ah, Ah, ah —sonrió—, antes de que contesten, déjenme decirles cómo deberán mover esa enorme montaña de arena. Y no es por barco, como dice Caballo... —todos se rieron—. Un pequeño pajarito les va a mover la montaña pero sólo puede llevar un grano de arena en su pico. Tiene que levantar únicamente un grano de arena con su pico, volar a través del ancho océano, bajar el grano de arena y luego volar de regreso para llevarse otro grano de arena. Nada más cruzar el océano le toma semanas al pajarito, y cada vez sólo lleva un grano de arena.

—Nunca terminaría —June movió la cabeza tristemente—, tan sólo en una cubeta de arena debe haber un millón de granos, y moverla tomaría miles de años. Pero mover la montaña entera... —terminó la frase desesperada. Caballo lloriqueó y comenzó a relinchar en la banca, Huesos mordió la parte de atrás de la banca mientras viciosamente comenzó a roerla, con sus ojos dando vueltas salvajemente todo el tiempo, a la vez que la boca se le llenaba de blanca espuma. Aun Abel, Lloyd, y las muchachas, estaban nerviosos con la conclusión que se avecinaba.

—¿Así de larga es la eternidad? —preguntó Agnes valerosamente—, ¿durante todo ese tiempo las almas tienen que arder?

—No —dijo el padre Byrnes suavemente, y la vimos pidiéndole ayuda, pero él terminó diciendo—: Cuando el pajarito haya movido toda la montaña de arena al otro lado del océano, ¡será apenas el primer día de la eternidad!

Caímos boquiabiertos en nuestros asientos, temblando ante la posibilidad de permanecer eternamente en el infierno. La historia nos causó una profunda impresión, y nadie se movió. El viento soplaba alrededor de la iglesia, y mientras el sol se hundía en el oeste, un rayo de luz penetró por el emplomado, y tomando los colores del vitral los depositó, como un ramo de flores, ante el altar de la virgen. La anciana mujer que había estado rezando ahí, ya no estaba. En el oscuro pasillo se veía a Florencio, con sus brazos todavía extendidos. Parecía no temer a la eternidad.

Dieciocho

MIÉRCOLES DE CENIZA. NO HAY OTRO DÍA COMO EL MIÉRCOLES de ceniza. Los orgullosos y los tímidos, los arrogantes y los humildes, todos son iguales el miércoles de ceniza. Los sanos y los enfermos, los que están seguros de sí mismos y los enfermos del alma, todos se dirigen a la iglesia durante la mañana gris o la tarde polvorienta. Se forman silenciosamente en fila, los ojos mirando el piso, los dedos huesudos contando las cuentas del rosario, y los labios murmurando oraciones. Todos se arrepienten, todos se preparan para sentir en la profundidad de sus almas la ceniza en la frente y las palabras del padre que los acongoja: "Polvo eres y en polvo te convertirás."

Una vez puesta la ceniza en la frente, el sacerdote sigue adelante, y sólo queda un sentimiento desolador. El cuerpo no es importante. Está hecho de polvo; está hecho de cenizas. Es el alimento para los gusanos. Los vientos y las aguas lo disuelven, y lo diseminan por los cuatro rincones de la tierra. Al final, lo que más nos importa ha durado una breve vida, y después está... la eternidad. Tiempo eterno. Millones de mundos se forman, se desarrollan, y se van hacia los nebulosos e infinitos cielos, y la eternidad todavía está reinando. Siempre el tiempo. El cuerpo se convierte en polvo, en árboles y en candente fuego, se vuelve gaseoso y desaparece, pero aún hay una eternidad silenciosa, sin que se le oponga nada, estática, para siempre...

No obstante, el alma sobrevive. El alma vive para siempre. Es el alma a la que hay que salvar, porque el alma permanece. Y así, cuando el peso de no ser nada se disipa de los pensamientos, la idea de la inmortalidad del alma es como una luz en una tormenta que ciega. ¡Santo Dios! —grita el espíritu—: ¡Mi alma vivirá para siempre!

¡Así que nos apurábamos para asistir al catecismo! Las tribulaciones de los cuarenta días de la cuaresma estaban por delante, después, la esplendorosa meta, ¡domingo de pascua y la primera comunión! Casi ninguna otro cosa me importaba en la vida. El trabajo de la escuela era aburrido y no me inspiraba mayormente comparado con los misterios de la religión católica. Cada pregunta nueva, cada capítulo del catecismo, cada historia, parecían abrir mil facetas para la salvación de mi alma. Vi muy poco a Última o aun a mi padre y a mi madre. Estaba muy ocupado conmigo mismo. Sabía que la eternidad era para siempre, y que el alma, por un solo error, podría pasar una hora interminable en el infierno.

Este conocimiento daba temor. Tuve muchos sueños en los que me veía o veía a mucha gente quemándose en el fuego del infierno. Una persona, en especial, aparecía a menudo en mis pesadillas. Era Florencio. Inevitablemente era al que veía quemarse en el rugiente infierno de la condenación eterna.

—Pero, ¿por qué? —preguntaba a las candentes llamas—, ¡si Florencio se sabe todas las respuestas! —¡Pero no las acepta! —contestaban las llamas danzando.

—Florencio —le supliqué una tarde—, trata de contestar.

Sonrió:

—Y mentirme a mí mismo...

—¡No mientas! ¡Solamente contesta! —le grité con impaciencia.

—¿Quieres decir que cuando el padre me pregunte —¿Dónde está Dios?— yo debo contestarle que se encuentra en todo lugar? En los gusanos que esperan el calor del verano para comerse a Narciso; que comparte la cama con Tenorio y sus malditas hijas...

—¡Oh, Dios! —grité desesperado.

Samuel llegó y me tocó el hombro.

—Quizá las cosas no se dificultarían tanto si él creyera en la carpa dorada —dijo suavemente.

—¿Sabe Florencio? —pregunté.

—Este verano lo sabrá —contestó Samuel.

—¿De qué se trata? —preguntó Ernie.

—De nada —le dije.

—¡Vamos! —gritó Abel—, está sonando la campana...

Era viernes y corrimos para estar presentes en las estaciones de la cruz. El clima había comenzado a ser más caluroso, pero los vientos todavía soplaban, y el silbido del viento y el triste cuuuucuuuu de los pichones, más el incienso que se quemaba, hacían que la agonía de la jornada de Jesús fuera muy lúgubre.

El padre Byrnes se detuvo en la primera estación y oró ante el bulto en la pared que mostraba a Cristo sentenciado por Pilato. Dos muchachos de la escuela superior acompañaban al sacerdote, uno para detener la vela prendida y el otro para sostener el incensario. Los silenciosos acompañantes de la jornada de Cristo contestaban a las oraciones del padre. Después había un momento de mutismo mientras el sacerdote y sus ayudantes caminaban hasta detenerse en la segunda estación: Cristo recibiendo la Cruz.

Caballo se sentó junto a mí. Estaba marcando sus iniciales en la parte de atrás de la banca que estaba frente a nosotros. Caballo nunca rezaba todas las estaciones... se esperaba a que se acercara el sacerdote y entonces rezaba la estación más cercana de donde él se encontrara sentado. Vi la pared y me di cuenta de que hoy se había sentado junto a la tercera caída de Cristo.

El sacerdote hizo una genuflexión y rezó frente a la primera caída. El incienso era espeso y dulce... a veces me hacía sentir como si me fuera a enfermar y a desmayar. El próximo viernes sería viernes santo. La cuaresma había pasado rápidamente. No habría estaciones en viernes santo, y quizá tampoco habría lección de catecismo. Para entonces estaríamos listos para confesarnos el sábado y luego recibiríamos el sacramento en el día más santo de todos: el domingo de pascua.

—¿Qué es la Inmmmmmm-ac-cccul-aada cccconcepppciónnnnn? —preguntó Abel. Y el padre Byrnes se movió hacia la estación en la que Cristo encuentra a su madre. Traté de concentrarme. Sentía pena por la virgen.

—Inmaculada concepción —murmuró Lloyd.

—¿Sí?

—La virgen María.

—¿Pero, qué significa?

—Tener bebés sin...

—¿Qué?

Traté de no oírlos. Traté de escuchar al sacerdote, pero se alejaba, moviéndose hacia donde Simón ayudó a Cristo a cargar la cruz. Amado Dios, yo ayudaré.

—No sé... —todos se rieron.

—¡Shhhhhhhh! —Agnes nos miró severamente. Las muchachas siempre rezaban con la cabeza baja todas las estaciones.

—Se necesitan un hombre y una mujer, se necesitan un hombre y una mujer —asintió Florencio.

¡Pero la virgen! Sentí pánico. ¡La virgen María era la madre de Dios! El sacerdote nos había dicho que ella era la madre de Dios debido a un milagro. Terminó de rezar la estación donde Verónica limpiaba la cara ensangrentada de Cristo, y luego caminó hasta detenerse frente a la segunda caída. La cara de Cristo se había quedado impresa en la tela. Además del manto azul de la virgen, ésta era la tela más sagrada del mundo. La cruz era muy pesada, y cuando Él cayó, los soldados lo azotaron y le pegaron con palos. La gente reía. Su agonía comenzó a llenar la iglesia, mientras las mujeres se quejaban al rezar las oraciones, pero los muchachos no escuchaban.

—La prueba es el sábado en la mañana...

Caballo dejó de marcar sus iniciales en la banca y alzó la vista. La palabra *prueba* lo ponía nervioso.

—Yo... yo... yo... yo voy a aprobar —dijo. Huesos gruñó.

—Todos vamos a aprobar —dije, tratando de reconfortarlo.

—¡Florencio no cree! —se mofó Rita, detrás de nosotros.

—¡Shhhhhhhh! El sacerdote está viéndonos.

El padre Byrnes estaba en la parte de atrás de la iglesia, frente a la séptima estación. Ahora vendría por este lado del pasillo para pasar por las siete estaciones restantes. Cristo hablaba con las mujeres.

Quizá por eso rezaban tanto las mujeres. Cristo sí les respondía.

En el campanario, el cuuu-cuuu de los pichones hacía un lúgubre sonido.

Ahora el sacerdote estaba junto a nosotros. Podía oler el incienso atrapado en su sotana, como la fragancia de las hierbas de Última, que era parte de su ropa. Bajé la cabeza. El incienso encendido era dulce y sofocante, y el resplandor de la vela hipnotizaba. Caballo la había estado mirando largo rato. Cuando el sacerdote siguió su camino, Caballo se recargó en mí. Su cara estaba blanca.

—A la chingada —murmuró—, voy a tirar las tripas...

El sacerdote estaba en la estación de la crucifixión. Los golpes del martillo caían sobre los clavos que traspasaban la carne. Casi podía oír el murmullo de la gente al estirar los cuellos para ver. Pero hoy no lograba sentir la agonía.

—Tony... —Caballo estaba recargado en mí, boqueando. Luché bajo su peso. La gente volteaba a verme cargando a Caballo por todo el pasillo, casi desmayado. Florencio dejó su banca para ayudarme y juntos arrastramos a Caballo hasta afuera. Se vomitó en las escaleras de la iglesia.

—Se le quedó mirando a la vela demasiado tiempo —dijo Florencio.

—Sí —contesté.

Caballo sonrió débilmente. Se limpió el vómito caliente de los labios y dijo:

—A la veca, voy a tratar de hacerlo nuevamente el viernes próximo...

Pasamos la última semana de clases de catecismo con todo éxito. La depresión que viene con el ayuno y la penitencia se profundizó al estar por terminar la cuaresma. El viernes santo no hubo escuela. Fui a la iglesia con mi madre y con Última. Todas las imágenes de los santos en la iglesia estaban cubiertas con tela morada. La iglesia estaba hasta el tope, con mujeres vestidas de negro, cada una sufriendo estoicamente las tres horas de la crucifixión y la tortura de Cristo. Afuera, el viento soplaba y cortaba la luz del sol con el polvo que levantaba, en tanto que los pichones lloraban tristemente en el campanario. Adentro, las oraciones eran como gritos ahogados contra una tormenta que parecía engullir al mundo. Parecía como si no hubiera nadie a quien recurrir para recibir consuelo. Y cuando el Cristo, agonizando, gritó: —Dios mío, Dios mío, ¿por qué me has abandonado? las palabras se me clavaron en el corazón y me hicieron sentir solo y perdido en un universo que se moría.

El viernes santo fue triste, pesado y desolador por la muerte del Hijo de Dios, y la desesperanza nos acompañaba.

Sin embargo, el sábado en la mañana nuestro espíritu se animó. Habíamos pasado por la agonía, pero el éxtasis de la pascua estaba por llegar. También teníamos por delante la ilusión de la confesión, que sería en la tarde. En la mañana mi madre me llevó al pueblo y me compró una camisa blanca y unos pantalones y saco oscuros. Fue el primer traje que tuve, y me sonreí cuando me vi en el espejo de la tienda. Hasta me compraron zapatos nuevos. Todo era nuevo, como debe ser para la primera comunión.

Mi madre estaba entusiasmada. Cuando regresamos del pueblo no me permitió ir a ningún lado, ni hacer nada. Cada cinco minutos miraba el reloj. No quería que llegara tarde a la confesión.

—¡Es hora! —dijo por fin, y con un beso me mandó, corriendo por el sendero de las cabras, hasta el puente, donde corrí con el Kid Vitamina y perdí, y luego esperé a Samuel para caminar juntos hasta la iglesia.

—¿Estás listo? —le pregunté. Nada más sonrió. En la iglesia todos los muchachos estaban reunidos en las escaleras, esperando que el sacerdote nos llamara.

—¿Aprobaste? —todos preguntaban—, ¿Qué te preguntó el sacerdote? —a cada uno de nosotros nos había dado un cuestionario, pidiendo que contestáramos las preguntas sobre las lecciones de catecismo, o que rezáramos algunas oraciones.

—Me preguntó que cuántas personas hay en un solo Dios verdadero —aulló Huesos.

—¿Y qué le dijiste?

—¡Cuatro! ¡Cuatro! ¡Cuatro! —gritó Huesos. Luego movió la cabeza de un lado a otro, vigorosamente—. ¡O cinco! ¡No sé!

—¿Y aprobaste? —preguntó Lloyd despectivamente.

—Ya tengo mi traje, ¿no? —gruñó Huesos. Se peleaba con cualquiera que dijera que no había aprobado.

—*Okey, okey*, aprobaste —dijo Lloyd, para no involucrarse en una pelea.

—¿Qué te preguntó a ti, Tony?

—Tuve que recitar el Credo de los Apóstoles, y decirle lo que significaba cada parte, y tuve que explicar de dónde proviene el pecado original y en qué consiste...

—¡Ah, sí!

—¡A la veca!

—¡Chingada!

—¡Mierda! —Caballo escupió el pasto que estaba mascando.

—Tony lo hizo —dijo Florencio, defendiéndome—, porque pudo hacerlo.

—Sí, Tony sabe más religión y cosas así que cualquier otro...

—¡Tony va a ser sacerdote!

—¡Hey, vamos a practicar a que nos confesábamos y que Tony sea el que la hace de sacerdote! —gritó Ernie.

—¡Síííííííí! —relinchó Caballo. Huesos gruñó y me agarró la pierna del pantalón con los dientes.

—¡Tony, tú serás el sacerdote! ¡Tony, serás el sacerdote! —todos gritaban en coro.

—¡No, no! —supliqué, pero todos me rodearon. Ernie se quitó el suéter y me lo echó encima—. ¡Es tu sotana de sacerdote! —gritó, y los otros se unieron a él. Se quitaron los sacos y los suéteres y me los pusieron en el cuello y en la cintura. Busqué ayuda en vano, porque no había nadie.

—¡Tony es el sacerdote! ¡Tony es el sacerdote! ¡Ya, ya, ya! —cantaban y bailaban a mi alrededor. Acabé mareado. El peso de los sacos era tremendo y me sofocaba.

—¡Está bien! —grité para calmarlos— ¡Seré el sacerdote! —miré a Samuel. Me había dado la espalda.

—¡Bieeeeeeennnnnn! —se oyó un estruendoso grito. Hasta las niñas se acercaron a ver.

—¡Saludemos a nuestro sacerdote! —dijo juiciosamente Lloyd.

—¡Hazlo bien! —gritó Agnes.

—¡Sí! ¡Yo primero! ¡Hazlo como si fueras sacerdote de verdad! —gritó Caballo y se aventó para caer a mis pies.

—¡Cállense todos! —Ernie levantó las manos. Todos se acercaron hasta que nos rodearon a Caballo y a mí, y la pared brindaba algo de privacía aunque no como la del confesionario.

—Bendígame, padre... —dijo Caballo, pero al concentrarse para hacer la señal de la cruz, se le olvidó lo que seguía—. Bendígame padre —repitió desesperado.

—Has pecado —dije.

—Sí —contestó. Recordé la confesión de Narciso cuando agonizaba.

—No está bien oír la confesión de otra persona —dije, mirando las caras llenas de expectación que estaban rodeándonos.

—¡Ándale, sigue! —exclamó Ernie y me pegó en la espalda. Después los golpes me empezaron a caer en la cabeza y en los hombros—. ¡Síguele! —gritaban. De veras querían escuchar la confesión de Caballo.

—¡Solamente es un juego! —murmuró Rita.

—¿Cuánto tiempo hace que no te confiesas? —le pregunté a Caballo.

—Desde siempre —dijo—, ¡desde que nací!

—¿Cuáles son tus pecados? —le pregunté. Tenía calor y me sentía incómodo bajo el peso de los suéteres.

—Dile únicamente tu peor pecado, —le aconsejó Rita a Caballo, alentándolo.

—¡Sí! —gritaron todos.

Caballo estaba muy callado, pensando. Me tenía agarrado de la mano y la apretaba mucho, como si yo le fuera a pasar un santo poder que lo absolviera de sus pecados. Sus ojos rodaban locamente, luego se rió y abrió la boca. Su aliento apestó el aire.

—¡Ya sé! ¡Ya sé! —exclamó excitado—. ¡Un día, cuando la señorita Violeta me dejó ir al baño, hice un agujero en la pared! ¡Con un clavo! ¡Luego pude ver el baño de las chicas! ¡Esperé mucho rato! ¡Después, una chica llegó y se sentó y le pude ver todo! ¡Sus nalgas! ¡Todo! ¡Hasta podía oír el pipí! —gritó.

—¡Qué cochino eres, Caballo! —exclamó June. Luego las chicas se miraron unas a otras tímidamente y se rieron.

—Has pecado —le dije a Caballo. Caballo me liberó la mano y comenzó a sobarse la parte delantera de los pantalones.

—¡Hay más! —gritó—, ¡Vi a una maestra!

—¡No!

—¡Sí! ¡Sí! —se frotaba más.

—¿Quién era? —preguntó una chica.

—¡La señorita Harrington! —todos se rieron. La señorita Harrington pesaba unas doscientas libras.

—¡Era graaaaaaaaande! —Caballo explotó y cayó estremeciéndose al suelo.

—¡Dele una penitencia! —exclamaban las chicas a coro, apuntando un dedo acusador al pálido Caballo—. ¡Eres un cochino, Caballo! —gritaban, mientras Caballo lloriqueaba y aceptaba la acusación.

—Como penitencia tienes que rezar un rosario a la Virgen —dije débilmente. No me sentía bien. El peso de los suéteres me estaba haciendo sudar y la revelación de Caballo y la manera en que se comportaban los muchachos me estaba enfermando. Y me preguntaba cómo el sacerdote aguantaba el peso de todos los pecados que oía.

...el peso de los pecados hundirá el pueblo en el lago de la carpa dorada...

Busqué a Samuel. No estaba participando en el juego. Florencio aceptaba calmadamente el juego sacrílego pero no le importaba porque él no creía.

—¡Yo sigo! ¡Yo sigo! —gritó Huesos. Me soltó la pierna y se hincó frente a mí—. ¡Yo tengo un pecado mejor que el de Caballo! ¡Bendígame, padre! ¡Bendígame, padre! ¡Bendígame, padre! —repetía. Hacía la señal de la cruz una y otra vez—. ¡Tengo un pecado! ¡Me tengo que confesar! ¡Vi a un muchacho de la escuela superior cogiendo con una muchacha junto al Lago Azul! —sonrió orgullosamente y miró a su alrededor.

—Ah, yo los veo todas las noches bajo el puente del ferrocarril, —dijo despectivamente el Kid Vitamina.

—¿Qué quieres decir? —le pregunté a Huesos.

—¡Desnudos! ¡Brincando para arriba y para abajo! —exclamó.

—¡Mientes, Huesos! —gritó Caballo. No quería que hubiera un pecado mejor que el suyo.

—¡No, no miento! —exclamó Huesos—, ¡No miento, padre, no miento! —suplicó.

—¿Quiénes eran? —preguntó Rita.

—Eran Larry Saiz y la tonta gabacha esa... su padre es el dueño de la estación de Texaco... ¡Por favor, padre, es mi pecado! ¡Yo lo vi! ¡Confieso! —me apretaba muy fuerte la mano.

—*Okey*, Huesos, *okey* —asentí—, es tu pecado.

—¡Quiero que me dé una penitencia! —gruñó.

—Reza un rosario a la virgen —dije para deshacerme de él.

—¿Igual que la penitencia de Caballo? —inquirió expectante.

—Sí.

—¡Pero mi pecado es más grande! —gruñó y se me aventó al cuello—. ¡Whaaaaaahhhhhhhg...! —me tiró al suelo y me hubiera ahorcado si los otros no lo apartan de mí.

—¡Otro rosario por atreverse a tocar al sacerdote! —grité en defensa propia y apunté con un dedo acusándolo. Eso lo hizo feliz y se tranquilizó.

—¡Ahora le toca a Florencio! —gritó Abel.

—Nooo, Florencio no la va a hacer de todas maneras —dijo Lloyd.

—Es suficiente con lo que hemos practicado —dije y me comencé a quitar el molesto disfraz, pero no me dejaron.

—Abel tiene razón —dijo Ernie con énfasis.

—¡Florencio necesita practicar! ¡No la hizo porque no cree! —dijo Agnes.

—¿Por qué no cree? —preguntó June.

—¡Hay que averiguar!

—¡Debe decirnos!

—¡Chingada!

Agarraron a Florencio antes de que pudiera zafarse y lo hicieron hincarse frente a mí.

—¡No! —protesté.

—¡Confiésalo! —gritaron en coro. Lo detuvieron agarrándole los brazos por detrás. Bajé la vista e intenté decirle que tratáramos de seguir el juego. Sería más fácil de esa manera.

—¿Cuáles son tus pecados? —pregunté.

—No tengo —contestó Florencio suavemente.

—¡Sí tienes, bastardo! —gritó Ernie y jaló la cabeza de Florencio hacia atrás.

—Sí tienes pecados —asintió Abel.

—Todos tienen pecados —gritó Agnes. Le ayudó a Ernie a torcerle la cabeza a Florencio, quien trató de defenderse, pero lo tenían atrapado entre Caballo, Huesos y Abel. Traté de zafarles las manos para aliviarlo del dolor que vi en su cara, pero los trapos que me habían amarrado para desempeñar el papel de sacerdote me estorbaban y poco le pude ayudar.

—Dime un pecado —le supliqué a Florencio. Ahora su cara estaba muy cerca a la mía y cuando movió la cabeza para decirme otra vez que no tenía pecados, vi una terrible evidencia en sus ojos: ¡Estaba diciendo la verdad! ¡No creía haber pecado contra Dios en toda su vida!—. ¡Oh, Dios mío! —exclamé sin aliento.

—¡Confiesa tus pecados o te irás al infierno! —gritó Rita. Agarró el cabello rubio de Florencio y les ayudó a Ernie y a Agnes a torcerle más la cabeza hacia atrás.

—¡Confiesa! ¡Confiesa! —gritaban. Luego, con un poderoso empujón y un quejido, se liberó de los que lo atormentaban. Era alto y sinuoso, pero por su manera suave, siempre habíamos menospreciado su fuerza. Ahora las chicas y Ernie, y aun Caballo, le cayeron como moscas.

—¡No he pecado! —gritó viéndome derecho a los ojos, retándome, retando al sacerdote. Su voz era como la de Última, cuando retó a Tenorio, o la de Narciso cuando trató de salvar a Lupito.

—¡Es Dios quien ha pecado contra mí! —su voz era estruendosa, y nos hicimos hacia atrás ante el horror de la blasfemia que acababa de pronunciar.

—Florencio —oí a June lloriquear—, no digas eso...

Florencio sonrió:

—¿Por qué? ¿Porque es la verdad? —preguntó—. ¡Porque ustedes no quieren oír la verdad, o aceptarme porque no creo en sus mentiras! Si digo que Dios ha pecado contra mí es porque me quitó a mi padre y a mi madre cuando más los necesitaba, e hizo prostitutas a mis hermanas... Nos ha castigado a todos sin una causa justa, Tony —su mirada me atravesó—. ¡Se llevó a Narciso! ¿Y por qué? ¿Qué mal pudo haber hecho Narciso alguna vez?

—No debemos oírlo —Agnes tuvo el valor de interrumpir a Florencio—, tendremos que confesar todo lo que oímos y el padre se va a enojar.

—¡El sacerdote tiene razón en no aprobar a Florencio porque no cree! —agregó Rita.

—Ni siquiera debería estar aquí si no quiere creer en los mandamientos que estamos aprendiendo —dijo Lloyd.

—¡Dale una penitencia! ¡Hazlo pedir perdón por todas las cosas terribles que dijo de Dios! —insistió Agnes. Se agrupaban atrás de mí; podía sentir su presencia y su aliento caliente y amargo. Querían que yo fuera su líder; querían que castigara a Florencio.

—¡Dale una penitencia fuerte! —dijo Rita excitada.

—¡Haz que se hinque y le pegamos todos! —sugirió Ernie.

—¡Sí, le daremos una paliza! —exclamó Huesos salvajemente.

—¡Hay que apedrearlo!

—¡Le pegaremos!

—¡Lo mataremos!

Hicieron un círculo alrededor de mí y avanzaron hacia Florencio, con sus ojos echando chispas al pensar en el castigo que le impondrían al incrédulo. Fue entonces cuando me dejó el miedo, y supe lo que tenía qué hacer. Di la vuelta y alcé las manos para detenerlos.

—¡No! —grité—, ¡no habrá castigo! ¡No habrá penitencia! ¡Sus pecados están perdonados! —Volteé e hice la señal de la cruz—. Vete en paz, hijo mío —le dije a Florencio.

—¡No! —gritaron—, ¡no lo liberes!

—¡Que haga penitencia! ¡Es la costumbre!

—¡Castígalo por no creer en Dios!

—¡Soy el sacerdote! —grité contestándoles—, ¡y ya le di la absolución de sus pecados! —estaba enfrentando a los iracundos muchachos y vi que su sed de venganza ahora se dirigiría hacia mí, pero no me importaba, sentía alivio. Había luchado por lo que creía correcto y no tenía miedo. Pensé que este tipo de fuerza era quizá lo que permitía a Florencio decir que no creía en Dios.

—¡No eres buen sacerdote, Tony! —dijo Agnes en tono cortante.

—¡No queremos que seas nuestro sacerdote! —la secundó Rita.

—¡Castiguemos al sacerdote! —gritó alguien y me rodearon como una ola. Se echaron sobre mí, rasguñando, pateando, jalando los suéteres, ¡me estaban quitando la sotana! Seguí luchando, pero todo fue inútil. Eran demasiados. Me acostaron y acorralaron ahí, tirado en el suelo. Me habían roto la camisa, así que las piedras puntiagudas y las varas me estaban cortando la espalda.

—¡Aplíquenle la tortura india! —gritó alguien.

—¡Sí, la tortura india! —exclamaban a coro.

Me detuvieron los brazos mientras Caballo brincaba sobre mi estómago, y metódicamente comenzó a darme golpes en el pecho. Usaba sus picudos nudillos y apuntaba cada golpe al hueso del pecho. Yo pateaba y me retorcía, tratando de soltarme para evitar la incesante paliza, pero me detenían tan fuerte que no me los podía quitar de encima.

—¡No! ¡No! — gritaba, pero la lluvia de golpes continuaba. Los golpes que me daba con los nudillos me caían una y otra vez en el hueso del pecho y ya eran insoportables, pero Caballo no conocía la piedad en los casos de los demás.

—¡Dios! —gritaba yo—, ¡Dios! —pero los duros golpes me seguían cayendo continuamente. Movía la cabeza de un lado a otro, y trataba de patear o de morder, pero no me podía zafar. Finalmente me mordí los labios para no llorar, pero los ojos se me llenaron de lágrimas de todas maneras. Estaban riéndose y apuntando al rojo e inflamado montículo que se me había formado en el pecho donde Caballo seguía dándome golpes.

—Se lo merece —oí decir—, dejó ir al pecador.

Después de lo que pareció ser una eternidad de tortura, me soltaron. El sacerdote llamaba desde las escaleras de la iglesia, así que todos corrieron a confesarse. Lentamente me levanté y me sobé el pecho golpeado. Florencio se acercó a darme la camisa y el saco.

—Debiste haberme dado una penitencia —me dijo.

—No tienes por qué hacer penitencia —contesté. Me limpié los ojos y moví la cabeza de un lado a otro. Todo en mí parecía estar flojo y desconectado.

—¿Vas a confesarte? —preguntó.

—Sí —le contesté y acabé de abotonarme la camisa.

—Nunca podrías ser su sacerdote —me dijo.

Vi abierta la puerta de la iglesia. Había una calma en el viento y el sol brillante hacía que todo se viera blanco y crudo. Los últimos muchachos entraron en la iglesia y la puerta se cerró.

—No —asentí—, ¿Tú te vas a confesar? —le pregunté.

—No —murmuró—, como te dije, sólo quería estar con ustedes... no puedo comerme a Dios —agregó.

—Yo tengo que confesarme —murmuré. Subí corriendo las escaleras y entré en la oscura y húmeda iglesia. Hice una genuflexión en la fuente de agua bendita, me mojé la punta de los dedos, e hice la señal de la cruz. Las filas ya estaban formadas a ambos lados del confesonario y los muchachos se comportaban y guardaban silencio. Cada uno estaba parado con la cabeza baja, preparándose para confesar todos sus pecados al padre Byrnes. Caminé en silencio hasta la banca de atrás y me formé en una de las filas. Hice la señal de la cruz otra vez y comencé a rezar mis oraciones. Cada vez que un niño terminaba de confesarse, la fila se movía hacia el confesonario. Cerré los ojos y traté de que nada me distrajera. Pensé mucho en todos los pecados que había cometido y recé todas las oraciones que recordaba. Le pedí perdón a Dios por todos los pecados que había cometido una y otra vez. Después de una larga espera, Agnes, que estaba adelante de mí, salió del confesonario. Me detuvo la cortina mientras pasaba y luego la soltó y quedé a oscuras. Me hinqué en la dura tabla y me recargué en la ventanita. Recé. Podía oír murmullos del otro lado del confesonario. Mis ojos se acostumbraron a la oscuridad y pude ver un pequeño crucifijo clavado a un lado de la ventanita. Besé los pies de Jesús clavado en la cruz. El confesonario olía a madera vieja. Pensé en el millón de pecados que habían sido revelados en este pequeño y oscuro espacio.

Luego, abruptamente, mis pensamientos se diluyeron. La puertita de la pequeña ventana se deslizó frente a mí, y en la oscuridad pude ver la cabeza del padre Byrnes. Sus ojos estaban cerrados, su cabeza baja. Murmuró algo en latín, luego se puso la mano en la frente y esperó.

Hice la señal de la cruz y dije:

—Perdóneme, padre, porque he pecado —y le hice la primera confesión.

Diecinueve

DOMINGO DE PASCUA. EL AIRE LUCÍA LIMPIO Y OLÍA COMO EL LINO blanco y nuevo de la resurrección. ¡Cristo había resucitado! Había caminado en el infierno durante tres días y al tercer día resucitó y estaba sentado a la diestra de Dios Padre, creador del cielo y de la tierra...

Las dos filas se alargaban, desde las escaleras de la iglesia, hasta la calle. La fila de las niñas estaba impecable; con sus vestidos almidonados se veían como ángeles. Cada par de manos sostenía un libro blanco de oraciones y un rosario. La fila de los niños estaba muy dispareja y todos se movían continuamente debido a los nervios. Jalábamos nuestras corbatas y nuestros sacos entallados. No deteníamos los libros ni los rosarios en las manos palmeadas. Alrededor se encontraban nuestros orgullosos padres que se volteaban a ver, sonriendo, esperando que el sacerdote abriera las puertas. De vez en cuando alguna madre avanzaba hacia la fila y le arreglaba algo a uno de los niños.

Detrás de mí, Caballo lloriqueaba en el aire claro y cristiano.

Huesos le había dado un golpe y una de las chicas de la escuela superior, encargada de mantenernos en fila, le propinó un coscorrón.

...Cristo vendrá a juzgar a los vivos y a los muertos...

Yo lo sabía.

—¿Cuál fue tu penitencia? —le preguntó Caballo a Lloyd.

—No lo debo decir —contestó Lloyd despectivamente.

—¡A Huesos le dejaron todo un rosario!

Todos rieron: —¡Shhhhhhh! —dijo la chica de la escuela superior.

—¡Hey! ¡Allí está Florencio! —Florencio permanecía recargado en la pared, tomando el sol de la mañana que ya había empezado a calentar el aire fresco.

—Se va a ir al infierno —murmuró Rita junto a mí. Agnes asintió.

—Augh, Augh, Augh, Hummmmmmmmmmmfff —Caballo relinchó nerviosamente al oír mencionar el infierno. Sus grandes dientes rechinaban mucho y se le empezó a formar espuma blanca en las comisuras de los labios. El aire olía a paja acabada de cortar.

Arriba, en el campanario, los pichones se arremolinaban cantando su cuuuuuuucuuuuuuu. Cristo había resucitado. Estaba en el cáliz bendito que nos esperaba.

—Escuché la confesión de Rita —presumió Abel.

—¡Condenado mentiroso! —exclamó Rita.

—Ah, ah, una mancha negra para tu alma —dijo Lloyd y la apuntó con el índice.

—¡Shhhhhh! —nos previno la chica de la escuela superior. Le pegó a Huesos otra vez. Le dio un coscorrón muy fuerte, porque pude oír sus nudillos cuando le pegaron en el cráneo y la exclamación de ella, cuando le dolió también.

—¡Se está abriendo la puerta! —murmuró alguien. El padre Byrnes se paró en la entrada sonriendo, revisando a su rebaño. Los padres se sonrieron con él. Estaban muy complacidos de que nos hubiera preparado tan bien. Volteé, y vi a mi madre, a mi padre y a Última. Luego las filas comenzaron a moverse hacia el frente.

—¡Recuerden sus instrucciones! —nos indicó la chica de la escuela superior.

—¡No vayan a tirar a Dios al suelo! —dijo Huesos al pasar, y ella le dio otro trancazo.

Nos habían dicho que tomáramos la hostia cuidadosamente en la lengua y luego la tragáramos de inmediato. Ninguna parte de la hostia debía perderse desde que salía del cáliz hasta que entraba en la boca.

—No vayan a morder a Dios —murmuró Caballo.

Traguen con cuidado, no lo muerdan. Me preguntaba cómo se sentiría Dios dentro de la apestosa boca de Caballo.

Arriba cantaba el coro. Las dos filas se movieron sin incidente alguno, por el pasillo, y luego se fueron acomodando en la primera fila de bancas. El padre Byrnes subió al altar, sonó la campanita y comenzó la misa. Recé durante toda la misa. Pensé en la confesión del día anterior y en los sentimientos encontrados que las revelaciones de mi pensamiento me habían dejado. Pero había dicho todo, todo lo que pensaba que era un pecado. Me había limpiado completamente y preparado para recibir a Dios en el cuerpo. Desde la confesión solamente había hablado con Última y con mi madre. Me había mantenido puro.

En el altar, el sacerdote comenzó la ceremonia de cambiar el pan por la carne y el vino por la sangre de Cristo. El cuerpo y la sangre de Cristo resucitado. Pronto Él estaría conmigo, dentro de mí, y me contestaría todas las preguntas que le hiciera.

La campanita del altar tintineó y nos hincamos; bajamos la cabeza y con los puños nos golpeamos el corazón suavemente, diciendo que creíamos en el misterio que estaba sucediendo ante nuestros ojos.

—Ahora es sangre —murmuró Abel cuando el sacerdote levantó el cáliz con el vino, y su voz delgada se mezcló misteriosamente con el tintineo de la campanita del altar. Levanté la mirada y vi cómo se alzaba el cáliz hasta el cuuuucuuuuu de los pichones, hasta el misterio del cielo.

—Agggggggh... —Caballo escupió en el suelo—, sangre...

La sangre de Lupito, la sangre de Narciso, serpenteando por el río, llorando en los montes del llano...

—Florencio dice que es vino, y que el padre se lo bebe porque es un borrachín —dijo Lloyd.

—Florencio dijo que no se comería a Dios —agregó Huesos.

Miré otra vez y vi la redonda y lisa hostia que el sacerdote mantenía en alto. Esa delgada hostia se estaba convirtiendo en Dios, se estaba convirtiendo en carne.

—...El pan hecho carne...

—Carne —gruñó Huesos.

—¡No, Huesos, así no! —moví la cabeza negativamente. De alguna manera que no comprendía, ¡el misterio empezaba a escapárseme! Cerré fuerte los ojos y recé pidiendo perdón.

—Es hora...

—¿Qué?

—Es hora, ¡el sacerdote espera!

—¡Chingada!

Abrí los ojos y me puse de pie. Mi corazón latía muy fuerte. ¿Estaba listo? La fila avanzó hasta la barandilla del altar. Nos hincamos torpemente frente a la barandilla y metimos las manos abajo de la tela blanca que cubría la superficie. El sacerdote se encontraba hasta el final de la barandilla; las chicas estaban recibiendo la comunión primero. Todavía había tiempo de rezar.

—¡Oh, mi Dios!, me arrepiento de todos mis pecados, porque te mortifican, Señor, que eres todo bondad y mereces...

—¡Shhhh! —dijo la chica de la escuela superior.

Esperamos en silencio. Luego el sacerdote vino a nuestro lado. Las chicas ya estaban regresando, en fila, a sus lugares. El muchacho que ayudaba al padre sostenía la bandejita dorada abajo de cada mentón mientras el sacerdote murmuraba algo en latín y colocaba la hostia en la lengua. Se movía rápidamente.

—Agggggghhhh... —de reojo vi a Huesos brincar y meterse un dedo a la boca. La hostia se le había pegado en el paladar. Estaba dándole de empujones a Dios con el dedo, tratando de liberarlo, ahogándose con Él.

De repente, el sacerdote se paró frente a mí. Pude ver una pequeña y blanca hostia, el Cristo resucitado; después cerré los ojos y sentí que me había colocado la hostia en la lengua. La recibí alegremente, y me la tragué. ¡Por fin! Inundé con saliva caliente el pedazo de pan y me lo tragué. *Dios.* ¡Ahora sabría las respuestas! Bajé la cabeza y esperé a que Él me hablara.

—¡Tony! ¡Tony!

—¡Sí! —grité.

—¡Muévete! ¡Muévete! —era el Kid empujándome—. ¡La fila se está moviendo!

Huesos me pasó, con el dedo todavía en la boca. Yo estaba deteniendo la fila, confundiéndolos a todos. Caminé rápidamente para agarrar nuevamente el paso. Nos metimos en fila a la banca y nos hincamos.

—Señor —murmuré, todavía esperando que Dios me hablara.

—¡Burro, menso! —Ernie me empujó—, ¡hiciste que todos se hicieran bolas!

—¡Condenación! ¡Casi me ahogo! —lloriqueó Huesos con los ojos llenos de lágrimas.

Cerré los ojos y me concentré. ¡Me lo acababa de tragar, Él tenía que estar ahí! Por un momento, en la barandilla del altar, pensé que había sentido su calor, pero luego todo pasó rápidamente. No hubo tiempo de sentarme y descubrirlo a Él, como cuando me sentaba en la ribera del riachuelo y observaba la carpa dorada nadar en las aguas infiltradas de sol.

¡Dios! ¿Por qué se murió Lupito?

¿Por qué permites que las Trementina hagan el mal?

¿Por qué permitiste el asesinato de Narciso que sólo hacía el bien?

¿Por qué castigas a Florencio? ¿Es porque no cree?

¿Reinará la carpa dorada?

Mil preguntas se me agolpaban en la mente, pero la Voz dentro de mí no me contestaba. Solamente había silencio. Quizá no me había preparado bien. Abrí los ojos. En el altar el sacerdote limpiaba el cáliz y las bandejitas. La música estaba por terminar, y el momentáneo misterio ya iba desapareciendo.

—¿Sentiste algo? —le pregunté a Lloyd con urgencia y le apreté el brazo.

—Tengo hambre —contestó Lloyd.

Yo también tenía ruidos en el estómago por el ayuno de la mañana y sencillamente asentí. Miré a mi alrededor tratando de encontrar, en la cara de alguien, o en los ojos la respuesta que me eludía. No había nada, sólo la inquietud de llegar a la casa a desayunar.

Estábamos de pie ahora. El padre nos estaba hablando. Dijo algo de que ahora éramos cristianos, y de que era nuestro deber recordar a nuestros padres que debían contribuir a la caja de la colecta cada domingo, para que fuera posible construir la nueva escuela.

Llamé nuevamente al Dios que llevaba adentro, pero no hubo respuesta. Solamente vacío. Volteé a ver la estatua de la virgen. Estaba sonriendo, con los brazos abiertos, ofreciendo perdón a todos.

—*Ite, missa est* —dijo el padre.

—*Deo, gratis* —el coro respondió cantando, y la gente se puso de pie para irse.

Había terminado.

Veinte

Después de la pascua iba a confesarme todos los sábados, y los domingos por la mañana comulgaba, pero no estaba satisfecho. El Dios que tanto buscaba no estaba ahí, y la profunda comprensión que deseaba obtener tampoco. La mala sangre de la primavera nos llenaba de extraños y tumultuosos deseos. Los muchachos de los Jaros se apartaron de los muchachos del pueblo y se dieron pleitos. Como yo no era del otro lado de los rieles ni tampoco era del pueblo, me encontraba justamente a la mitad.

—Todo forma parte del crecimiento, Antonio —dijo la señorita Violeta una tarde, después de terminadas las labores del día. Yo me había quedado para ayudarla.

—Crecer no es fácil algunas veces —le dije y sonrió—. Vendré a verla el año que entra, cuando empiecen las clases —prometí.

—Eso me gustaría —dijo y me tocó la cabeza—. ¿Qué harás en el verano?

Quería decirle que estaba buscando algo, pero a veces ni yo mismo sabía lo que buscaba. Iría a ver la carpa dorada, pero no le podía contar nada sobre eso.

—Jugar —le contesté—, ir de pesca, cuidar a mis animales, e ir a El Puerto con mis tíos a aprender sobre el campo...

—¿Quieres ser campesino? —me preguntó. Era difícil dejarla, pero afuera oía el clamor de los muchachos que se iban. Tenía que llegar a la casa.

—No lo sé —le dije—, es parte de lo que tengo que aprender de mí mismo. Hay tantos sueños que se deben convertir en realidad, pero Última dice que el destino de un hombre se debe ir desenvolviendo, como una flor, con sólo el sol, la tierra y el agua que la hagan florecer, y que nadie más debe intervenir...

—Debe ser una mujer muy sabia... —dijo la señorita Violeta.

La miré y vi que estaba cansada y de alguna manera parecía mayor. Quizá todos éramos mayores.

—Sí —le dije—. Adiós.

—Adiós —sonrió y agitó la mano en señal de despedida.

Corrí muy rápido, así que cuando llegué al puente estaba exhausto. Mis pulmones parecían reventarse con tanto aire limpio y mi corazón latía mucho, pero todavía tuve el valor de llamar al Kid para retarlo.

—Corraaaaaamos —le grité. Iba caminando con Aída. Nunca había visto al Kid Vitamina caminando, pero ahí estaba, justo para cruzar el puente, junto a Aída. Pasé corriendo cerca de él y lo reté otra vez. Puse toda la fuerza que pude en esa carrera, corrí tan rápido como pude, y el Kid nunca me pasó. Llegué al final del puente y miré para atrás. Con los ojos llenos de lágrimas, pude ver al Kid y a Aída, todavía caminando juntos por el puente. No podía creerlo, ¡le había ganado al Kid a cruzar el puente! Recordé que Andrés me había dicho que algún día le ganaría al Kid la carrera por el puente. Pero no fue dulce mi victoria, en vez de eso, sentí que algo bueno había terminado.

En cierto modo, sentía alivio de que hubieran acabado las clases. Tendría más tiempo para pasarlo con Última, en cuya compañía encontraba gran tranquilidad y paz. Esto era más de lo que hallé en la iglesia o con los chicos en la escuela. El llano había revivido con la primavera, y era reconfortante caminar por los montes y ver el renacimiento de las raíces: renacer, revivir, reverdecer... Pero aun en los montes, con la estación nueva, había señales que me perturbaban. Encontramos huellas cerca de los enebros que crecían alrededor de la casa. Le pregunté a Última sobre las huellas y rió diciendo que era alguien que andaba cazando conejos, pero la vi estudiándolas cuidadosamente. Después tomó una rama seca de enebro y borró las huellas que había en la arena. En la noche escuchaba a la lechuza gritar, como si previniera algo, no era el canto suave y rítmico al que estábamos acostumbrados, sino gritos de alarma.

—Es Tenorio —dije.

—¡Bah!, no te estés preocupando por ese lobo —rió ella.

Pero había rumores de la gente grande. Decían que la segunda hija de Tenorio se estaba muriendo y que no duraría viva el verano, y me acordé de su amenaza. También escuché que pasaban cosas maléficas en el rancho de Agua Negra. Le habían echado una maldición a una de las familias de Agua Negra, y porque el hombre conocía a mi padre y había oído de los poderes de Última, vino buscando ayuda.

—¿Cómo estás Téllez? —mi padre saludó con un abrazo al hombre delgado y abatido por el clima.

—¡Ay, Gabriel Mares! —la consumida cara gris sonrió débilmente—, le hace bien a mi corazón ver a un viejo compadre, un viejo vaquero...

Entraron a la casa del brazo, donde el hombre apellidado Téllez saludó a mi madre y a Última. Las formalidades no duraron mucho rato. Todos sabíamos que el hombre había llegado buscando la ayuda de Última. Mi padre daría gustosamente su apoyo a cualquiera de sus viejos compadres, sólo faltaba ver si mi madre permitía que Última fuera a prestarle socorro. Mi madre, desde la noche en que Tenorio y su gavilla habían venido hasta la casa, temía por Última y no había permitido que prestara su ayuda a nadie desde entonces.

—La gente es ingrata —decía—, buscan su ayuda y después de que la Grande arriesga su vida para ayudarlos, la tachan de bruja. ¡Tonterías! ¡No tenemos por qué ayudar a esa clase de gente!

Pero ahora estábamos escuchando con mucha atención lo que el hombre relataba del horror que había rodeado su vida.

—¡Juro por Dios santo —se quebró la voz de Téllez con el temor que había en ella—, que hay cosas que le han sucedido a mi familia, que están dirigidas por el mismo Diablo!

—¡Ave María Purísima! —exclamó mi madre e hizo la señal de la cruz en la frente.

—¡Las ollas y sartenes, los platos, se alzan por los aires y se estrellan en las paredes! ¡No podemos comer! Una sartén llena de grasa caliente cayó sobre uno de mis niños, y lo quemó seriamente. Justo ayer en la mañana iba a agarrar la cafetera y brincó y me echó encima el café hirviendo. —Se arremangó la camisa y nos mostró la piel rosada y ulcerada por las quemaduras que tenía en el antebrazo.

—Téllez —dijo mi padre—, la imaginación...

—¡La imaginación! —rió Téllez sardónicamente—, ¡esto no lo imaginamos! —apuntó a sus heridas—. ¡No fue un accidente! —insistió—, ¡Y no había estado bebiendo!

—Quizá sea una mala jugada, alguien que tiene algo en contra tuya —preguntó escéptico mi padre.

—Gabriel, la gente de Agua Negra es gente buena, ¡tú bien lo sabes! ¿Quién haría una jugada así? ¡Y quién haría caer piedras del cielo!

—¡Piedras del cielo! —jadeó mi madre.

—¡Sí! ¡Día y noche, sin razón, las piedras caen sobre la casa! ¿Por qué? ¿Y cómo se logra hacer esto? ¡Estoy volviéndome loco! Es obra del demonio... —gimió Téllez.

—Valor —dijo mi padre, poniendo la mano sobre el hombro de Téllez.

—Hubo una maldición como ésta, en El Puerto, cuando yo era niña —dijo mi madre—, los platos se movían, las estatuas de los santos se encontraban tiradas en los chiqueros de afuera, y las piedras caían como lluvia sobre la casa...

—Sí, sí —asintió Téllez. Sabía que si mi madre creía, entonces conseguiría la ayuda de Ultima.

—El maleficio se quitó cuando el sacerdote bendijo la casa con agua bendita... —no terminó lo que iba a decir.

—Ay, mujer —gimió Téllez—, ¡crees que mi mujer no pensó en eso! El sacerdote de Vaughn vino a vernos y bendijo toda la casa. No sirvió de nada. Ahora ya no volverá a ir. Dice que ningún mal aguanta la bendición dada con agua bendita, y que debemos estar inventando historias. Historias... —movió la cabeza y rió amargamente—. ¡Qué historias! No podemos comer, no podemos dormir. Mis hijos parecen zombies caminando, la presencia maléfica los mueve como si fueran fantasmas; y el padre dice que inventamos historias... Es demasiado... —se cubrió la cabeza con las manos y lloró.

Así que nuevamente el poder del sacerdote había fallado, pensé. ¿Por qué el poder de Dios no puede contra el mal que se abate sobre la familia Téllez? ¿Por qué Dios permite que continúe?

—¿Qué puedo hacer? —preguntó mi padre, tratando de consolar al pobre hombre.

—Ven conmigo a ver con tus propios ojos las cosas de las que hablo. ¡Alguien me debe creer! —exclamó Téllez, renovando algo de su fe ante el ofrecimiento de mi padre.

—Iré —dijo mi padre.

—¡Ay, gracias a Dios! —Téllez se puso de pie y lo abrazó.

Se fueron inmediatamente, y mi padre no regresó hasta muy entrada la noche. Las luces del camión venían saltando por el sendero de las cabras y corrí a recibirlo, pero no me saludó cuando bajó del camión; de hecho, parecía como si no me hubiera visto. Caminó mecánicamente a la casa, con sus ojos muy abiertos y la mirada fija hacia enfrente. Se veía muy cansado.

—Gabriel —dijo mi madre, pero no le contestó. Se sentó en su silla, viendo de frente, como si estuviera observando un sueño, y no fue sino hasta que tomó un largo trago de café caliente que Última le había puesto en la mano, cuando por fin pudo hablar.

—Al principio no le creí a Téllez —murmuró—, no creo en los espíritus, buenos o malos, pero... —y volteó a vernos como si estuviera regresando a la realidad, con ojos brillantes y acuosos—, pero vi las cosas de las que habló. Todavía no puedo creerlo... —hundió el mentón en el pecho.

—¡Ave María Purísima! —exclamó mi madre, después dio la vuelta y se fue a la sala a rezar. Mientras tanto, esperamos en la cocina.

—¿Qué es lo que está pasando allá en el rancho? —preguntó mi padre. No miró a Última, pero era obvio que buscaba su respuesta.

—Le han hecho un maleficio —dijo Última con sencillez.

—¿Como el de mi tío Lucas? —pregunté. Ya me estaba preguntando si tendría que acompañarla esta ocasión, con objeto de ayudarla.

—No —dijo mirando a mi padre—, este maleficio no se lo hicieron a una persona, pusieron el maleficio en un bulto, un fantasma. Es el bulto el que anda por la casa...

—No entiendo —dijo mi padre. Alzó la mirada para verla, buscando entenderla.

—Hace mucho tiempo —comenzó ella—, el llano del Agua Negra era la tierra de los indios comanches. Después llegaron los comancheros, luego los mexicanos con sus ovejas... Hace muchos años, tres indios comanches hicieron una carnicería con las ovejas de un hombre, que era el abuelo de Téllez. Téllez reunió a los otros mexicanos de los alrededores y colgaron a los tres indios, de acuerdo con sus costumbres. Por consiguiente, las tres almas se quedaron vagando por el rancho. Las brujas que hicieron el maleficio sabían esto, así que en vez de hacerle el maleficio a un miembro de la familia y correr el riesgo de ser descubiertas, sencillamente despertaron a las almas de los tres indios y las forzaron a hacer el mal. Los tres espíritus torturados no son los culpables, son manipulados por las brujas...

—Es increíble —dijo mi padre.

—Sí —asintió Última.

—¿Se les puede detener? —preguntó mi padre.

—Por supuesto —sonrió Última—, todo el mal se puede detener.

En ese momento, mi madre regresó de rezarle a la virgen. —Téllez es tu amigo —dijo.

—Claro que lo es —contestó mi padre—, crecimos juntos en el llano. Todos nos queremos como hermanos...

—Y necesita ayuda —dijo ella, acercándose para que nosotros los oyéramos.

—No hay nadie que merezca más nuestra ayuda en estos momentos —dijo mi padre.

—Bueno, pues entonces debemos ayudar en la medida en que podamos —concluyó—. Iba a voltear a mirar a Última, pero mi padre hizo un ademán para que se quedara quieta. Él se puso de pie y se dirigió hacia Última.

—¿Quieres ayudar a esta pobre familia? ¿Quieres ayudar a mis amigos? —le preguntó.

—Tú conoces las reglas que rigen la interferencia en el destino de cualquier hombre —dijo Última.

—Lo sé —dijo mi padre—. He tratado de vivir mi propia vida, y les he dado a los otros hombres el lugar y el respeto que merecen para que vivan las suyas. Pero siento que debo hacer esto por mis amigos, así que deja que las malas consecuencias en la cadena del destino caigan sobre mi cabeza.

—Partiremos mañana, al salir el sol —dijo Última.

Me permitieron acompañarlos, así que temprano en la mañana nos subimos al camión de mi padre y nos dirigimos al oeste. Viajamos hasta la mitad del camino de Las Pasturas, y luego dejamos el camino pavimentado y dimos vuelta hacia el sur por un camino de terracería. El llano estaba hermoso, temprano por la mañana, hermoso antes de que el sol de verano en agosto lo quemara hasta secarlo. Los arbustos de mezquite estaban verdes, y aun la daga de la yuca era majestuosa al empujar hacia arriba su tallo verde, que floreaba con flores blancas acampanadas. Las liebres brincaban desde el ramaje al acercarse el camión y salían corriendo hacia los montes moteados de árboles de enebro. El sol se puso muy blanco y caluroso en el cielo limpio y azul. Era difícil creer que por esta enorme belleza vagaran tres almas atrapadas en un maleficio.

Dejamos la casa en el gris amanecer, y habíamos permanecido en silencio. Pero ahora la bella expansión del llano llenaba nuestros corazones y durante un rato se nos olvidó el extraño y tenebroso trabajo que nos esperaba.

—¡Ah, no hay libertad como la del llano! —dijo mi padre respirando el aire fresco y limpio.

—Y no hay tierra más bella que ésta —dijo Última. Se miraron y sonrieron, y comprendí que de estas dos personas había aprendido a amar la belleza mágica de la ancha y libre tierra. De mi madre aprendí que el hombre es de la tierra, que sus pies de arcilla, son parte de la tierra que lo alimenta, y que esta mezcla inextricable es lo que le da al hombre su medida para estar a salvo y sentirse seguro. Porque el hombre que siembra la tierra cree en el milagro del nacimiento y brinda un hogar a su familia; construye una iglesia para conservar su fe y su alma, que está unida al cuerpo, su arcilla. Pero de mi padre y de Última aprendí que la inmortalidad está en la libertad del hombre, y que la libertad se alimenta mejor por la noble expansión de la tierra y del aire, y del cielo puro y blanco. No me gustaba pensar en un tiempo en que no pudiera caminar por el llano y sentirme como el águila que flota en los cielos... libre, inmortal, sin límites.

—Hay poder aquí, un poder que puede llenar a un hombre de satisfacción —dijo mi padre.

—Y hay fe aquí —agregó Última—, una fe en el razonamiento de que la Naturaleza es vida, evoluciona, crece...

Y también está el pasado místico, pensé, el pasado de la gente que vivió aquí y dejó sus huellas en la magia que sale a nuestro paso ahora.

Sumergidos en nuestros pensamientos saltábamos por el arenoso camino, que a veces no era más que un sendero de vacas. Yo estaba perdido en la inmensidad de la tierra y del cielo, pero mi padre sabía adónde debería dirigirse. Al pie de un monte que estaba frente a nosotros, se encontraba la casa de los Téllez, tan llena de problemas. Era una sencilla casa de adobe, de rancho, encorvada, baja, junto a la buena tierra, con su techo de hojalata enmohecida, que la resguardaba del sol ardiente. A un lado de la casa estaban los corrales.

—Ésa es su casa —anunció mi padre. Manejó el camión hasta llegar cerca del corral y se detuvo. Téllez llegó corriendo.

—¡Gracias a Dios que viniste! —gritó. Él creía en el poder de la Grande y sabía que era la última fuente de ayuda a quien podía recurrir. Tomó la mano de Última, la besó y después nos guió, excitado, adentro de la casa. Una débil y delgada mujer y sus niños se agazaparon contra la pared cuando entramos. —Todo está bien, todo está bien —dijo Téllez calmándolos—, la Grande ha venido a ayudarnos.

Sólo entonces la mujer, cuyos ojos ardían de fiebre, dio unos pasos hacia el frente y saludó a Última.

—Grande —dijo sencillamente y le besó la mano.

—Dorotea Téllez —saludó Última a la mujer.

—Éstos son tiempos malos —lloriqueó la mujer de Téllez—, me apena no poderles ofrecer algo de comer o de beber... —la voz se le quebrantó, se dirigió a la mesa, se sentó, bajó la cabeza en los duros tablones de madera, y lloró.

—¡Así ha estado! —Téllez aventó los brazos hacia arriba, exasperado—, desde que el mal llegó...

Mientras hablaba sucedió una cosa extraña. Pasó una nube por arriba de la casa y la oscureció. Téllez alzó la vista y gritó. —¡Aquí está! ¡Aquí está!

—Benditos sean los dulces nombres —gimió la esposa. Se persignó y cayó de rodillas.

Hasta hacía unos momentos el cielo estaba claro, y ahora, en la penumbra, nos veíamos como bultos oscuros. Mi padre se dirigió hacia la puerta, pero Téllez se cruzó en su camino de un salto y gritó: —¡No, no vayas! ¡El mal está afuera!

Después comenzaron los golpes. La oscuridad ya había logrado asustarme bastante, pero ahora el extraño ruido de los golpes en el techo me hacía buscar la mano de Última. Estaba parada en silencio, oyendo el bombardeo del Diablo, que nos tenía inmóviles de terror. El temor que nos daba el malévolo y ensordecedor ruido nos mantenía prisioneros. Los niños se agazaparon junto a su madre, pero no lloraban. Parecían estar acostumbrados a los golpes del Diablo en el techo.

—¡Jesús, María y José! —gritó mi padre haciéndose la señal de la cruz en la frente.

—¡Aiiiiiiiiieee! —gimió Téllez—. Es el Diablo que baila en mi techo... —su cuerpo se retorcía al compás del creciente repiquetear del terrible tambor. Pero casi tan rápido como había comenzado, el ruido se detuvo y la oscura nube se fue. Mi padre corrió a la puerta y nosotros lo seguimos.

Era increíble, pero salimos a encontrar el día perfectamente silencioso que habíamos disfrutado antes. El llano estaba tan silencioso que se podían oír los chapulines y los grillos en el pasto.

—¡Las piedras! —murmuró mi padre—, no estaban aquí cuando llegamos... —apuntó hacia las rocas del tamaño de un melón que estaban tiradas alrededor de la casa. ¡Ésas eran las que habían golpeado el techo! ¿Pero de dónde habían venido? Alzamos la mirada. No había una sola nube en el cielo.

—Increíble —dijo mi padre y movió la cabeza—. La nube oscureció nada más la casa, y las piedras solamente cayeron en el techo...

Mientras hablaba, los dos muchachos que habían permanecido adentro con su madre salieron. Sin decir palabra, comenzaron a levantar las piedras y a cargarlas hasta un corral cercano donde ya había una pila de rocas.

—Con la obra del Diablo hacemos una pila en el corral —dijo Téllez—. Es la tercera vez que caen las rocas...

—Pero, ¿¡de dónde? ¿Y cómo?! —gritó mi padre. Téllez sólo se encogió de hombros—. ¿Has buscado alrededor de la casa, hasta llegar a los montes? —Téllez asintió—. ¡Dios mío! —se estremeció mi padre.

—Es obra del Diablo, te digo —murmuró Téllez.

Última, que se había parado en silencio junto a nosotros, contestó:

—Es obra del hombre —dijo—, pero no perdamos tiempo mientras se hacen más fuertes los espíritus. Gabriel, quiero que hagas una plataforma aquí —apuntó al suelo y marcó cuatro esquinas—. Usa algunos de esos postes de cedro que hay en el corral, y hazla de este tamaño —alzó la mano más alto que su cabeza—. Coloca ramas de enebro en la plataforma. Corta muchas ramas porque quizá tengamos que quemarlas durante un largo rato. Haz que Antonio las corte porque él entiende el poder de un árbol... —luego volteó y se llevó a la familia adentro de la casa. Después de eso no la vimos en mucho rato.

Mi padre encontró una hacha en el cuartito de herramientas y me la dio. Subí al monte y comencé a cortar ramas de enebro. Donde era posible, cortaba las ramas ya secas, porque Última había dicho que habríamos de quemarlas, pero cuando tenía que cortar un árbol vivo, primero le hablaba al árbol y le pedía su medicina, como Última me había enseñado a hacer con cada planta viva. Arrastré las ramas hasta donde mi padre estaba construyendo la plataforma. Escarbó cuatro agujeros y colocó los postes de cedro dentro de ellos.

—Fíjate —me dijo—, que no tiene forma de cuadro sino alargada, como si pudiera sostener un ataúd —con alambre aseguró unas vigas, atravesando las terminales de los postes y luego pusimos el techo de ramas de enebro en la plataforma. Cuando terminamos, pudimos descansar y mirar el altar recién construido.

El día se hacía muy largo. No habíamos traído comida, así que lo único con que contábamos era agua del pozo, que sabía bastante mal. —Es por eso que llaman a éstos ranchos de Agua Negra —explicó mi padre. Me preguntaba si el agua que fluía abajo de esta tierra estaba conectada a las aguas de nuestro pueblo, las aguas de la carpa dorada.

—Qué extraño que no haya animales alrededor del rancho —dijo mi padre—. Los animales sienten este maleficio y se alejan de él... así como nosotros nos mantenemos alejados de esas rocas malditas —apuntó hacia la pila de rocas en el corral—. Lo que hemos visto hoy es increíble —terminó diciendo.

—Es bueno tener a Última para que nos explique —le dije y él se encogió de hombros. Esperamos. Un extraño canto, una canción en coro emanó de la casa durante todo el día. Finalmente, cuando oscureció, cuando los murciélagos comenzaban a volar y el sol que se ponía cambió de naranja a gris, Última salió por la puerta de la casa. Cargaba lo que parecían ser tres bultos y fue a pararse rápidamente junto a la plataforma.

—La han hecho bien —dijo, y colocó los tres bultos al pie de la plataforma—. Pon los bultos en la plataforma y préndeles fuego —ordenó y se hizo para atrás. Mi padre se sorprendió cuando levantó el primer bulto y lo encontró pesado. Última había cargado los tres bultos como si hubieran sido muy ligeros, y mi padre tenía que esforzarse al levantarlos para ponerlos en la plataforma. Pasó otra cosa extraña con Última mientras permaneció parada con los brazos cruzados observando a mi padre en silencio cuando trabajaba. La manera de pararse, el cinto brillante que traía en la cintura, y las dos trenzas sedosas que le caían por los hombros, me hacían sentir que ella ya había hecho esta ceremonia en un pasado lejano.

Mi padre recogió un arbusto seco de la hierba de víbora y tomó un cerillo para hacer una antorcha y prenderle fuego a la plataforma. El fuego comenzó con unas cuantas chispas, pero al llegar a las ramas más secas cundió, crujiendo, hasta formar una hoguera que parecía una gran bola de fuego amarillo. La fragancia del arbusto seco era fuerte y penetrante, pero al arder las ramas verdes, el dulce y húmedo olor de la siempreviva llenó el aire.

—Sigue echándole ramas al fuego hasta que yo regrese —ordenó Última, quien se dio la vuelta y caminó hasta la casa. Apilamos ramas abajo de la plataforma y la hoguera siguió ardiendo. Pronto, hasta los postes de cedro estaban ardiendo. Sus chasquidos y dulce aroma penetraban el aire de la noche. De alguna manera el fuego parecía disolver aquel triste misterio que habíamos sentido desde que cayera la lluvia de piedras.

—¿Qué es lo que estamos quemando? —le pregunté a mi padre, al observar el infierno que consumía los bultos.

—No lo sé —contestó mi padre—, todo es tan extraño... —mi padre me contó una vez una historia sobre los primeros comancheros de este llano, y lo que aprendieron de los indios sobre las ceremonias de defunción. No enterraban a sus muertos como lo hacemos nosotros, sino que hacían una plataforma como ésta e incineraban el cuerpo. Era parte de sus costumbres...

Hizo una pausa y le pregunté:

—¿Estos son los...? —pero antes de que pudiera terminar la pregunta dijo:

—No sé, pero si logramos que Téllez se libere de estas malditas cosas, quiénes somos nosotros para cuestionar las antiguas costumbres...

En la oscura noche oímos el canto de una lechuza. Era la lechuza de Última. Parecía ser el primer sonido de vida que hubiésemos oído por el rancho en todo el día, y eso animó nuestro espíritu. De alguna manera, al oír el canto de la lechuza, se disipó la memoria de las piedras cayendo, y aquello que nos había causado miedo y parecía inexplicable, ahora era algo distante. Busqué la pila de rocas en el corral, pero no la pude ver. Quizás era porque el brillante fuego hacía que las sombras que nos rodeaban fueran muy oscuras.

—¡Cuidado! —gritó mi padre. Volteé y di un brinco hacia atrás, mientras la parte alta de la plataforma caía a las cenizas de abajo. Una flor de chispas se abrió en el aire de la noche. Los cuatro postes que habían sostenido la plataforma continuaron quemándose como antorchas, una para cada dirección del viento. Echamos el resto de las ramas de enebro al fuego. Ya la plataforma y los tres bultos eran solamente ceniza blanca.

—Los dos trabajan muy bien —dijo Última. No la habíamos oído y nos sorprendimos con su presencia. Me acerqué a ella y la tomé de la mano. Olía dulcemente a incienso—: Todo está bien ya —dijo ella.

—Qué bueno —contestó mi padre, y se limpió las manos.

—Sabes, Gabriel —le dijo a mi padre—, estoy envejecido. Quizás éste sería el mejor entierro que podrías darme... —se asomó al fuego que se apagaba y sonrió. Me di cuenta de que estaba muy cansada.

—Es una manera muy buena de regresar a la tierra —asintió mi padre—. Creo que estar confinado a un ataúd húmedo me molestaría a mí también. De esta manera, el espíritu vuela de inmediato por el viento del llano y las cenizas se mezclan rápidamente con la tierra...

Téllez llegó y se paró junto a nosotros. Él también se asomó a las cenizas de la extraña hoguera.

—Ella dice que el maleficio se ha ido, —dijo incrédulo. También se veía cansado.

—Entonces se ha ido —contestó mi padre.

—¿Cómo puedo pagarte? —preguntó Téllez.

—En vez de darme plata —dijo Última—, nos puedes llevar un buen borrego la próxima vez que vayas a Guadalupe...

—Llevaré una docena —sonrió débilmente.

—Y aléjate de Tenorio, el tuerto —terminó diciéndole.

—¡Ay! Ese demonio también tuvo que ver en esto... —exclamó mi padre.

—Yo estaba en El Puerto hace como un mes —dijo Téllez—, fui al bar a tomar un trago y a jugar a las cartas. Te digo, Gabriel, que ese hombre no tiene más que venganza en su corazón contra la Grande. Dijo algo insultante y yo le contesté. No pensé más en eso, sólo estaba defendiendo mi honor, nuestro honor, el orgullo de los de Las Pasturas. Bueno, pues una semana después las cosas maléficas comenzaron a suceder aquí...

—Escogiste a un maldito para meterte con él —mi padre movió la cabeza pensativo, mientras veía fijamente el fuego agonizante—. Tenorio ya asesinó a uno de nuestros amigos.

— Ya conozco ahora su maldad... —murmuró Téllez.

—Bueno, lo hecho, hecho está —dijo mi padre—, ahora debemos irnos.

—Nunca podré agradecerte lo suficiente, viejo amigo —dijo Téllez y abrazó a mi padre cálidamente, luego abrazó y besó a Última.

—Adiós...

—Adiós —subimos al camión y nos fuimos, dejando a Téllez de pie junto al fuego agonizante. Las luces del camión brincaban al alumbrar el tortuoso camino, mientras nos alejábamos del oscuro llano rumbo a Guadalupe. Mi padre enrolló un cigarro *Bull Durham* y se lo fumó. La fatiga del día y el sonido de las llantas en el pavimento me hicieron dormir. No recuerdo a mi padre cargándome hasta la cama cuando llegamos.

En mi sueño de esa noche no recordé los extraños eventos que habían sucedido en Agua Negra... ¡En vez de eso vi a mis tres hermanos!

Eran tres formas oscuras, vagando sin cesar, por la sangre de mar que traían en las venas. Envueltos en la niebla del mar, caminaban por las calles de una ciudad extranjera.

"Toniiiiiiii", —llamaban en la fantasía de la noche.

"¡Toniiiiiirielooooooooo! ¿Dónde estás?"

Aquí —contestaba yo—, ¡aquí, junto al río!

Las aguas turbias arremolinadas, reventaban a mis pies, y el monótono sonido de los grillos al cantar en los árboles se mezclaba con una música que yo sentía hasta el fondo del alma.

"Ooooooooo... Toni... —gritaban con un sonido tan triste que sentí que se me helaba el corazón— ayúdanos."

"Toniiiiiiii... ¡Danos... otórganos un descanso de la sangre de mar!"

No tengo poderes mágicos para ayudarlos —les grité.

Marqué cuidadosamente el lugar donde las revueltas aguas llegaban para formar un estanque. Allí estarían los bagres, buscando carne para alimentarse. De mis hermanos desmembrados, tomé los tres cálidos hígados y puse la carnada en el anzuelo.

"¡Pero tú tienes el poder de la iglesia, eres el niño sacerdote! —gritaron—. Elige entre el poder de la carpa dorada o la magia de tu Última. ¡Otórganos el descanso!"

Lloraban con tanto dolor pidiendo alivio, que tomé los hígados del anzuelo y los tiré a las rugientes aguas lodosas del Río de las Carpas.

Luego descansaron, y yo también.

Veintiuno

LOS DÍAS SE HICIERON MÁS CALUROSOS Y NOS DIERON PERMISO DE nadar en el Lago Azul, pero Cico y yo nos apartábamos de los relucientes niños desnudos que retaban el oscuro poder azul del lago. En vez de nadar allí, nos íbamos bordeando el lago hacia el riachuelo. ¡Era tiempo de que llegara la carpa dorada!

—Vendrá hoy —murmuró Cico—, el sol blanco está perfecto para ello. —Apuntó hacia el fabuloso cielo. Alrededor de nosotros, la tierra parecía gemir al volverse verde otra vez. Habíamos esperado muchos días, pero estábamos seguros de que vendría hoy. Nos arrastramos por la espesura de las plantas verdes y nos sentamos a la orilla del estanque. A nuestro alrededor cantaba el coro de insectos que acababan de esforzarse por salir de sus invernales nidos y capullos.

Mientras esperábamos, el tiempo fluyó por mi interior y me llenó de pensamientos. Todavía me preocupaba el silencio de Dios en la comunión. Cada sábado, después de la pascua, había ido a confesarme y los domingos, en la mañana, me hincaba frente a la barandilla y comulgaba. Preparaba mi cuerpo y mis pensamientos para recibir a Dios, pero Él no se comunicaba conmigo. A veces, en momentos de gran ansiedad y desilusión, me preguntaba si Dios estaba vivo todavía, o si alguna vez lo había estado.

No había podido curar a mi tío Lucas ni había liberado a la familia Téllez de su maleficio. No había salvado a

271

Lupito o a Narciso, sin embargo tenía el derecho de mandarte al infierno o al cielo cuando te murieses.

—No parece justo... —decía en voz alta.

—¿Qué? —preguntaba Cico.

—Dios.

—Sí —asentía.

—¿Entonces por qué vas a la iglesia?

—Mi madre cree... —contestaba—, voy para complacerla.

—Solía pensar que todos creían en Dios —dije.

—Hay muchos dioses —murmuró Cico—, dioses de la belleza y de la magia, dioses de los jardines, dioses en nuestros patios de atrás... pero nos vamos a países extraños a buscar nuevos dioses, vemos hacia las estrellas para encontrar nuevos...

—¿Por qué no les decimos a otros sobre la carpa dorada? —pregunté.

—La matarían —murmuró Cico—, El Dios de la iglesia es un dios celoso, no puede vivir en paz con otros dioses. Él le daría instrucciones a sus sacerdotes para que mataran a la carpa dorada...

—¿Qué pasará si me hago sacerdote como quiere mi madre?

—Tienes que elegir, Tony —dijo Cico—, tienes que elegir entre el Dios de la iglesia, o la belleza que está aquí y ahora... —apuntó y miré dentro del agua oscura y transparente del riachuelo. Dos carpas cafés nadaban desde abajo del ramaje hasta el agua despejada.

—Ahí viene ella... —detuvimos la respiración y nos asomamos bajo el agua donde estaban las enredaderas que colgaban. Las dos carpas cafés nos habían visto y ahora nadaban en círculo, esperando a su líder. El sol hacía resplandecer sus doradas escamas.

—¡Es ella!

El pez dorado pasó nadando graciosa y cautelosamente, como probando el agua después de un largo sueño en sus aguas subterráneas. Su poderosa cola se movía lentamente de un lado a otro, al deslizarse por el agua hacia nosotros. Era bellísimo, un verdadero dios. El blanco sol se reflejaba en sus brillantes escamas naranja y la deslumbrante y gloriosa luz nos cegaba y nos llenaba del embeleso que la verdadera belleza provoca. Hizo que las preguntas y las preocupaciones se evaporaran, y me quedé transfigurado, atrapado y acariciado por los elementos esenciales del cielo, la tierra y el agua. El sol nos calentaba con su poder de dar vida, y arriba, en el cielo, nos sonreía una luna blanca.

—Condenación, es hermoso... —chifló Cico cuando la carpa dorada se deslizó frente a nosotros.

—Sí —asentí, y por largo rato no hablamos. La llegada de la carpa dorada nos impuso silencio. Dejamos que el sol cayera sobre nosotros, y como paganos, escuchamos el agua azotar la orilla y la canción de la vida en el pasto a nuestro alrededor.

De quién seré sacerdote, pensé. La idea de que pudiera haber otros dioses además del Dios del cielo corrió por mi mente. La carpa dorada era un dios de la belleza, un dios de aquí y ahora, como decía Cico, que hacía del mundo un lugar tranquilo...

—Cico —le dije—, ¡vamos a decirle a Florencio! —No estaba bien que él no supiera. Florencio necesitaba por lo menos un dios, y yo tenía la seguridad de que él sí creería en la carpa dorada. Casi podía oírlo decir al asomarse al agua—: Por fin, un dios que no castiga, un dios que puede traer belleza a mi vida...

—Sí —dijo Cico después de una larga pausa—, creo que Florencio está listo. Ha estado listo por mucho tiempo; no tiene dioses entre cuáles elegir.

—¿Uno tiene que elegir? —pregunté—. ¿Es posible tener ambos?

—Quizá —respondió—, la carpa dorada acepta toda la magia que sea buena, pero tu Dios, Tony, es un dios celoso. No acepta competencia... —Cico rió con cinismo.

Me tuve que reír con él porque estaba excitado y feliz de que permitiéramos a Florencio compartir nuestro secreto. Quizá después le diríamos a Jasón, y después a otros. Parecía ser el comienzo de la adoración de algo sencillo y puro.

Seguimos nuestro camino por el riachuelo, hasta que llegamos justo abajo de donde se encontraba el Lago

Azul. En este lado del lago había una pared de concreto con una vía de derrame. Cuando se llenaba el lago, el agua se derramaba por ahí y llegaba a El Rito. Nadie tenía permiso de nadar por la pared, porque el agua era muy profunda y había muchas hierbas gruesas y también porque el salvavidas estaba hasta el otro lado del lago. Pero cuando subimos la suave loma oímos los gritos de los que estaban nadando. Reconocí a Caballo y a los otros que gritaban y nos hacían señas.

—No deberían estar aquí —dijo Cico.

—Algo anda mal —contesté. Oí el timbre del miedo en sus voces al llamarnos y hacer señas desesperadas.

—Recuerda, solamente le diremos a Florencio —dijo Cico.

—Sí, ya lo sé —contesté.

—¡Apúrense! ¡Apúrense! —gritó Abel.

—Es un chiste —dijo Cico al acercarnos a la palomilla.

—No, algo sucedió... —dimos unas largas zancadas para llegar más aprisa. Llegamos a la orilla donde se encontraban.

—¿Qué sucede? —pregunté.

—¡Florencio está allá abajo! —gritó Huesos.

—¡Florencio no ha subido! ¡No ha subido! —Abel sollozaba y jalaba mi brazo.

—¿Hace cuánto tiempo? —grité y me solté de Abel. No era chiste. ¡Algo malo sucedía!

—¡Hace mucho rato! —balbuceó Caballo a través de la espuma que tenía en la boca—. ¡Se echó un clavado! —apuntó al agua profunda—, ¡y no salió! ¡Ya hace mucho!

—Florencio —gemí. Habíamos venido a buscar a Florencio para compartir con él nuestro secreto, un secreto de la oscura agua azul en la que él nadaba.

—¡Se ahogó, se ahogó! —lloriqueaba Huesos.

—¿Cuánto tiempo hace? —yo insistía en saber— ¿cuánto hace que está sumergido en el agua? —pero su temor no los dejaba responder. Sentí la mano de Cico en el hombro.

—Florencio es un buen nadador —dijo Cico.

—Pero ha estado sumergido demasiado tiempo —lloriqueó Abel.

—¿Qué hacemos? —preguntó Caballo nerviosamente.

Agarré a Abel:

—¡Ve por el salvavidas! —apunté hacia el otro lado del lago donde unos muchachos de la escuela superior andaban por el muelle y se clavaban de una tabla alta para presumir a las muchachas—. ¡Dile a quien encuentres que ha habido un accidente aquí! —le grité a la cara congelada por el temor.

¡Les diré que hay un ahogado! —dijo Abel, y corrió por el sendero que cruzaba por un lado del lago. En un instante se perdió entre los altos tallos de las plantas.

Era un día caluroso. Sentí el sudor frío en la cara y en los brazos. El sol resplandecía en las anchas aguas del lago.

—¿Qué suced...?

—¡Hay que lanzarse por él!

—¡No! ¡No! —Caballo movió la cabeza violentamente y brincó hacia atrás.

—Yo me clavaré —dijo Cico. Se empezó a quitar la ropa.

—¡Demasiado tarde!

Miramos el cuerpo subir por el agua, rodando una y otra vez, moviéndose muy lentamente, reflejando la luz del sol. El cabello rubio y largo se revolvía suavemente como algas marinas doradas, al tiempo que el lago soltaba el cuerpo, que ahora subía a la superficie. Flotó cerca de donde estábamos parados en la orilla. Sus ojos abiertos nos veían. Había una blanca película en ellos.

—¡Oh, Dios mío!

—¡Ayúdenme! —exclamó Cico y le pudo agarrar un brazo. Jalamos y tratamos de sacar el peso muerto de su cuerpo de las aguas del lago.

Había una mancha roja en la frente de Florencio, donde debió haberse pegado al caer al fondo. También tenía un negro alambre de púas enmohecido alrededor de un brazo. Eso debió haberlo retenido abajo.

—¡Caballo! —grité—, ¡Ayúdanos! El peso era demasiado para Cico y para mí. Caballo titubeó, cerró los ojos y agarró una pierna. Luego jaló como un animal asustado. Al principio casi nos hizo caer a todos al agua, pero jaló, y su fuerza desesperada sacó a Florencio por la orilla del conducto del paso de las aguas.

Huesos no se acercaba. Se quedó apartado, y un sonido seco y ronco hacía eco en su garganta. Se estaba vomitando y el vómito corría por su pecho y estómago hasta manchar su traje de baño. No sabía que estaba vomitando. Sus ojos enloquecidos sólo nos miraban fijamente, cuando por fin jalamos a Florencio hasta la arena.

Miré al otro lado del lago y vi a los muchachos de la escuela superior apuntando excitadamente hacia nosotros. Algunos ya estaban convencidos de que algo malo sucedía y venían corriendo por el sendero. Llegarían en unos segundos.

—¡Condenación! —maldijo Cico—, de seguro está muerto. Está frío y pesado, como la muerte...

—¡Chingada! —murmuró Caballo y nos dio la espalda.

Me hinqué junto al bronceado cuerpo. Le toqué la frente. Estaba fría. Su cabello estaba lleno de musgo y agua. La arena se le pegó a la piel, y al irse secando, las pequeñas hormigas negras comenzaron a subírsele. Hice la señal de la cruz en la frente y recé un acto de contrición como lo había hecho con Narciso, pero esta vez no servía de nada. Florencio nunca había creído.

El salvavidas llegó primero. Me hizo a un lado y junto con él otro muchacho de la escuela superior voltearon a Florencio bocabajo. Comenzó a apretar la espalda de Florencio y una espuma blanca fluyó de su boca.

—¡Condenación! ¿Cuánto tiempo estuvo allí abajo? —preguntó.

—¡Como cinco o diez minutos! —Huesos gruñó a través de su vómito.

—¡Chingados bastardos! —maldijo el salvavidas—, ¡les he dicho cien veces que no naden aquí! ¡Durante dos años he tenido un récord perfecto!... ¡Y ahora esto! —continuó empujando la espalda de Florencio y la espuma blanca seguía saliendo de su boca.

—¿Crees que debemos traer a un sacerdote? —preguntó preocupado el otro chico de la escuela superior. Ya había mucha gente reunida alrededor del cuerpo, observando el trabajo del salvavidas.

Yo ya no veía a Florencio, ya no miraba a nadie. Mi atención se había centrado en los azules cielos del norte, donde dos halcones volaban en círculo al pasar por las cálidas corrientes del aire de la tarde. Volaban hacia la tierra en anchos círculos concéntricos. Sabían que había algo muerto en el camino a Tucumcari. Creo que fue el sonido de la sirena o de la gente que se empujaba a mi alrededor la que me hizo trizas la mirada fija. No tenía idea de cuánto tiempo me había pasado observando el libre vuelo de los halcones. Pero ahora había mucha gente empujándose a mi alrededor, y el sonido de la sirena se hizo más fuerte, más urgente. Busqué a Cico, pero se había ido. Huesos y Caballo contestaban rápidamente las preguntas que la gente les hacía.

—¿Quién es?

—Es Florencio, nuestro amigo.

—¿Cómo se ahogó? ¿Qué sucedió?

—Se clavó y se atoró en un alambre de púas. Le dijimos que no nadara aquí, pero lo hizo. Nos clavamos y lo sacamos...

Yo no quería oír más. Se me volteó el estómago y me enfermé. A empujones me abrí paso entre el gentío y comencé a correr. No sé por qué corría, sólo sabía que me tenía que librar de la gente. Subí corriendo el monte y seguí corriendo por las silenciosas calles del pueblo. Las lágrimas me cegaban, pero la carrera me quitó el malestar que sentía adentro. Llegué hasta el río y lo crucé a pie. Las palomas que habían venido a beber al río piaban con melancolía. Las sombras de los arbustos y de los altos árboles eran espesas y oscuras.

El solitario río era un lugar triste para permanecer cuando uno es apenas un niño pequeño que acaba de ver morir a un amigo. Y se hizo más triste cuando las campanas de la iglesia comenzaron a doblar, y las sombras de la tarde se alargaron.

Veintidós

EN MIS SUEÑOS DE ESA NOCHE VI TRES FORMAS. AL PRINCIPIO pensé que los tres hombres eran mis hermanos. Los llamé y me contestaron a coro.

"Éste es el niño que oyo nuestra última confesión sobre la tierra —decían en coro como si estuvieran rezando—. En su inocencia, rezó el acto de contrición final para nosotros que éramos los marginados del pueblo."

¿Quiénes son —les pregunté y las tres formas se acercaron.

Primero vi a Narciso. Tenía puestas las manos sobre la abierta y sangrante herida en el pecho. Detrás de él venía el cuerpo desgarrado de Lupito, moviéndose alocadamente, mientras la gente del pueblo se reía. Y finalmente vi el cuerpo de Florencio, flotando, sin moverse en el agua oscura.

¡Éstos son los hombres a quienes he visto morir! —grité—. ¿A quién más acompañarán mis oraciones a la tierra de la muerte?

El viento triste pasó como una sombra por la calle, levantando a su paso el polvo y los arbustos secos. De entre el polvo vi a la pandilla levantarse. Se atacaban unos a otros con cuchillos y palos, y peleaban como animales.

¡Por qué debía yo presenciar tanta maldad! Lloré de temor y de protesta.

"El germen de la creación está en la violencia", contestó una voz.

¡Florencio! —grité cuando apareció ante mí—, ¿es que no hay un Dios en el cielo para poder soportar mi peso?

279

"¡Mira! —apuntó hacia la iglesia donde el sacerdote violó el altar al vaciar, dentro del cáliz, la sangre de los pichones muertos—. Los viejos dioses se están muriendo", se rió.

"¡Mira!" —apuntó hacia el riachuelo donde Cico esperaba a la carpa dorada. Cuando apareció la carpa dorada, Cico clavó su lanza y el agua corrió manchada de sangre.

¿Qué es lo que queda? —pregunté con horror.

"Nada" —la respuesta rodó como un silencioso trueno a través de la niebla de mi sueño.

¿No hay cielo ni infierno?

"Nada."

¡La magia de Última! —insistí.

"¡Mira!" —apuntaba a los montes donde Tenorio capturaba el espíritu nocturno de Última y lo asesinaba, y Última moría en agonía.

Todo en lo que yo creía había quedado destruido. Sentí una dolorosa punzada en el corazón que me hizo gritar en voz alta: Dios mío, Dios mío, ¿por qué me has abandonado?

Y mientras las tres formas desaparecían de mi pesadilla, me decían llenas de añoranza:

"Vivimos cuando sueñas, Tony, únicamente vivimos en tus sueños, Tony, vivimos solamente en tus sueños..."

—¿Qué sucede? —preguntó Última. Estaba sentada en mi cama, y me tenía en los brazos. Mi cuerpo se estremecía con los sollozos ahogados que me llenaban la garganta.

—Una pesadilla —murmuré—, una pesadilla...

—Lo sé, lo sé —respondió con suavidad y me retuvo en los brazos hasta que se me quitaron los estremecimientos. Luego fue a su habitación, calentó agua, y me trajo una medicina para que me la tomara—. Esto te ayudará a dormir —me dijo—. Es la muerte de tu pequeño amigo —hablaba mientras yo me tomaba la amarga poción—, quizá sean todas las cosas que últimamente has traído en tus pensamientos las que causaron tu pesadilla... de todas maneras, no es bueno para ti. El fortalecimiento de un alma, el crecimiento de un niño es parte de su destino, pero has visto demasiadas muertes. Es hora de que descanses, de ver crecer la vida. Quizá tus tíos sean los más indicados para enseñarte todo el crecimiento...

Me acosté sobre la almohada y jaló los cobertores para taparme hasta el cuello.

—Quiero que me prometas que irás con ellos. Será lo mejor para ti —asentí con la cabeza. La medicina me hizo dormir, dormir sin sueños.

Cuando enterraron a Florencio no fui al funeral. Las campanas de la iglesia doblaban y llamaban, pero no fui. La iglesia no le había dado la comunión con Dios, así que estaba condenado a vagar en los sueños, como Narciso y Lupito. Sentí que no había nada que la iglesia o yo pudiéramos darle ahora.

Escuché a Última hablar con mi padre y mi madre. Les dijo que yo estaba enfermo y necesitaba descanso. Habló del beneficio que obtendría si me iba a quedar a El Puerto. Mis padres estuvieron de acuerdo. Comprendieron que me tenía que alejar de los lugares que me recordaban a mi amigo. Esperaban que la soledad del pequeño pueblo y la fuerza de mis tíos me prestarían el descanso que requería.

—Me dará tristeza dejarte —le dije a Última cuando estuvimos a solas.

—¡Ay! —trató de sonreír—, la vida está llena de tristeza cuando un niño crece para convertirse en hombre. Pero al ir creciendo no debes desesperarte de la vida, sino ganar fuerzas para que te sostengan... ¿puedes comprender eso?

—Sí —contesté, y ella sonrió.

—No te mandaría si pensara que la visita no te iba a hacer bien, Antonio. Tus tíos son hombres fuertes, puedes aprender mucho de ellos, y te hará bien alejarte de aquí, donde han sucedido tantas cosas. Y otra cosa... —me advirtió.

—¿Sí? —pregunté.

—Prepárate para ver que las cosas han cambiado para cuando regreses...

Pensé durante un rato.

—Andrés dijo que las cosas habían cambiado cuando regresó del ejército... ¿quieres decir que así van a cambiar?

Asintió.

—Estás creciendo y el crecimiento es cambio. Acepta el cambio, hazlo parte de tu fuerza...

Luego vino mi madre a darme sus bendiciones. Me hinqué, y me dijo:

—Te doy esta bendición en el nombre del Padre, del Hijo, y del Espíritu Santo —y deseó que prosperara con la instrucción que me darían sus hermanos. Luego se hincó a mi lado, y Última nos bendijo a los dos. Nos bendijo sin usar el nombre de la Trinidad, como mi madre, y sin embargo su bendición fue tan santa como la de mi madre. Solamente deseó que las personas a quienes bendecía tuvieran fuerza y salud.

—Tu padre te está esperando —dijo mi madre y nos pusimos de pie. Luego hice algo que jamás había hecho antes. Me estiré y besé a Última. Sonrió y dijo:

—Adiós, Antonio...

—Adiós —le contesté. Agarré la maleta con mi ropa y corrí hacia afuera, al camión, donde estaba esperándome mi padre.

—¡Adiós! —gritaron, ya afuera también, pues me habían seguido—, y dale mi cariño a papá...

—Lo haré —dije, y el camión dio un jalón y nos fuimos.

—¡Ay! —se quejó mi padre—, las mujeres toman una hora para despedirse, si se los permites...

Asentí, pero tuve que voltear a agitar el brazo en señal de despedida por última vez. Débora y Teresa habían corrido detrás del camión, mientras mi madre y Última agitaban la mano desde la puerta de la casa. Creo que fue entonces cuando comprendí lo que Última dijo sobre las cosas que cambian... supe que nunca más las vería en la belleza de la mañana, temprano, con el sol brillando.

—Será bueno que te cuides por ti mismo este verano, y que estés separado de tu madre —dijo mi padre después de que dejamos el pueblo y el camión se asentó a su paso por el polvoriento camino a El Puerto.

—¿Por qué? —le pregunté.

—Oh, no lo sé —se encogió de hombros y me di cuenta de que estaba de buen humor—, no puedo decirte por qué, pero es así. Yo dejé a mi madre, que Dios guarde en su seno, cuando tenía siete u ocho años. Mi padre me mandó a un campamento de ovejas en el llano. Me quedé todo un año, viendo por mí mismo, aprendiendo de los hombres que estaban en el campamento. ¡Ah!, ésos fueron días de libertad que no cambio por nada... me hicieron hombre. Después de eso, no dependí de mi madre para que me dijera lo que estaba bien y lo que estaba mal, decidía por mí mismo...

—Y eso es lo que yo debo hacer —dije.

—Eventualmente...

Comprendí lo que decía y le di la razón. No entendía su empeño en mandarme con los hermanos de mi madre. Así que le pregunté.

—No importa —contestó con pesar—, de todas maneras estarás con los hombres, en los campos, y eso es lo que importa. ¡Oh!, me hubiera gustado enviarte al llano, a la clase de vida que yo conocí, pero creo que esa manera de vivir ya casi no existe. Es un sueño. Quizá sea tiempo de deshacernos de algunos de nuestros sueños...

—¿Aun de los sueños de mi madre? —pregunté.

—¡Ay! —murmuró—, vivimos dos vidas distintas tu madre y yo. Yo vine de la gente que tenía al viento por hermano, porque es libre, y al caballo como compañero, porque está vivo... y tu madre, pues vino de los hombres que tienen a la tierra por hermana, gente estable, asentada. Hemos estado contrapuestos todas nuestras vidas, el viento y la tierra. Quizá sea hora de deshacernos de nuestras diferencias...

—Entonces quizá ya no tenga que ser únicamente Mares, o sólo Luna, sino los dos... —dije.

—Sí —asintió. Pero yo sabía que seguía sintiéndose tan orgulloso, como siempre, de ser un Mares.

—Parece que soy una parte del pasado... —dije.

—¡Ay!, cada generación, cada hombre es parte de su pasado. No puede escapar de ello, pero puede reformar los viejos materiales, y con ellos hacer algo nuevo...

—Como tomar el llano y el valle del río, la luna y el mar, Dios y la carpa dorada... y hacer algo nuevo —me dije. Eso quería decir Última con aquello de incrementar la fuerza con la vida misma.

—¿Papá —pregunté—, se puede hacer una nueva religión?

—Supongo que sí —contestó.

—Una religión diferente de la de los Luna —otra vez estaba hablando para mis adentros, intrigado por la facilidad con que me llegaban los pensamientos y la forma en que le estaba platicando a mi padre—. El primer sacerdote que hubo aquí —apunté hacia El Puerto—, fue el padre de los Luna, ¿verdad?

Mi padre me miró y sonrió.

—No hablan sobre eso, son muy sensibles cuando se toca el tema —dijo.

Pero era cierto, el sacerdote que había llegado con los colonizadores al valle de El Puerto había formado una familia y eran las ramas de esta familia las que ahora gobernaban el valle. De alguna manera todo cambió. El sacerdote había cambiado, así que quizá se podría cambiar su religión. Si la antigua religión ya no podía contestar a las preguntas de los niños, quizás era tiempo de cambiarla.

—Papá —dije después de un rato—, ¿por qué existe el mal en el mundo?

—¡Ay, Antonio!, haces tantas preguntas. ¿No te lo explicó el sacerdote de la iglesia, no lo leíste en el catecismo?

—Pero me gustaría saber lo que piensas tú —insistí.

—¡Ah, bueno!, en ese caso... bueno, te diré lo que yo veo. Pienso que la mayoría de las cosas que llamamos malas no son realmente malas; es sencillamente que no entendemos esas cosas y entonces las llamamos malas. Y nos atemoriza el mal porque no lo comprendemos. Cuando fuimos al rancho de Téllez yo tenía miedo porque no comprendía lo que estaba pasando, pero Última no sentía temor porque sabía lo que pasaba...

—¡Pero yo tomé la santa comunión! ¡Busqué la comprensión! —interrumpí.

Mi padre me miró, y por la manera en que movió la cabeza me hizo ver que le daba lástima:

—La comprensión no llega con tanta facilidad, Tony...

—¿Quieres decir que Dios no da la comprensión?

—La comprensión llega con la vida —contestó—, cuando un hombre va creciendo, ve la vida y la muerte, se siente contento o triste, trabaja, juega, conoce personas... a veces toma toda una vida para adquirir la comprensión, el entendimiento, porque al final la comprensión significa sencillamente sentir amor por la gente —dijo—. Última quiere a la gente, y es tan completo su sentimiento, que con él toca sus almas y las cura...

—Ésa es su magia...

—¡Ay!, y no puede existir mayor magia que ésa —asintió mi padre—. Pero al final, la magia es magia, y uno no puede explicarla tan fácilmente. Por eso es magia. Para el niño es algo natural. Para el hombre pierde su naturalidad... así que como viejos vemos una realidad diferente. Y cuando soñamos, se debe a nuestra niñez perdida, o por tratar de cambiar a alguien, y eso no es bueno. Así que, al final, aceptó la realidad...

—Ya veo —asentí. Quizás no comprendía del todo, pero lo que él dijo era bueno. Nunca me olvidé de esa conversación con mi padre.

El resto del verano fue bueno para mí, bueno en el sentido de que yo estaba lleno de su riqueza y sacaba fuerza de todo lo que me había pasado, así que aun al final, la tragedia no pudo derrotarme. Y eso fue lo que Última trató de enseñarme, que las consecuencias trágicas de la vida pueden sobrellevarse con la fuerza mágica que reside en el corazón humano.

Todo el mes de agosto trabajé en los campos y las huertas junto a mis tíos y primos, cuya compañía era buena. Por supuesto que extrañé a mi madre y a Última, y algunas veces, las largas y grises noches eran tristes, pero aprendí a estar a gusto con el silencio de mis tíos, un silencio tan profundo como el de un niño. Observaba de cerca cómo labraban la tierra, el respeto que mostraban por ella, y la manera en que querían a las plantas. Sólo Última los igualaba en el amor que sentían por la vida de las plantas. Ni una sola vez fui testigo de una falta de armonía entre alguno de mis tíos y la tierra y la labranza del valle. Su silencio era el lenguaje de la tierra.

Después de la cena, al terminar un arduo día de trabajo, nos sentábamos afuera, en el aire de la noche, a escuchar historias. Se encendía una hoguera y se ponía estiércol de vaca a quemar. El humo mantenía alejados a los mosquitos. Contaban historias y hablaban de su trabajo mientras miraban el cielo cuajado de estrellas; relataban cosas de los cielos y del reino de la luna. Aprendí que las fases de la Luna no sólo reinaban sobre las siembras, sino casi sobre todas sus vidas. ¡Por eso eran Lunas! No castraban ni les cortaban la lana a los borregos si la Luna no estaba exactamente como debía estar, y no levantaban la cosecha ni guardaban la semilla para el año siguiente, a menos que así lo dictara la Luna. Y la Luna era buena con ellos. Cada noche llenaba el valle con su suave luz, enseñando el camino al hombre solitario que yacía parado en su campo, sintiendo vivir a las plantas, oyendo descansar a la tierra.

Los malos sueños que me perseguían no llegaron, y me fortalecí con el trabajo y la buena comida. Conocí mucho de esos hombres que eran tan oscuros y callados como la tierra del valle y lo que aprendía me hacía más fuerte por dentro. Yo había comprendido que el futuro era incierto y aún no tenía certeza si podría seguir sus pasos y labrar la tierra para siempre, pero sí sabía que si elegía esa vida, era bueno. A veces, al rememorar ese verano, pienso que fue el último que pasé verdaderamente como niño.

Mis tíos se mostraban complacidos con mi progreso. No eran hombres que elogiaran todo el tiempo, pero ya que era el primero de los hijos de su hermana al que le enseñaran sus costumbres, estaban contentos. Era la última semana que permanecería allá. La escuela se iniciaría de nuevo, así que llegó mi tío Pedro a hablar conmigo.

—Es una carta de tu madre —dijo agitando una carta abierta. Vino hasta donde yo me encontraba parado, dirigiendo el agua de la acequia por las filas del maíz. Me dio la carta, y mientras la leía él me adelantaba lo que decía. —Vendrán en unos cuantos días...

—Sí —asentí. Era extraño, siempre hacía el viaje con ellos y ahora estaría aquí para recibirlos cuando llegaran. Me daría mucho gusto verlos.

—La escuela comienza pronto este año —dijo, y se recargó contra el manzano junto al canal del agua.

—Siempre llega pronto —dije, y me metí la carta doblada en la bolsa de la camisa.

—Tu madre dice que vas muy bien en la escuela. ¿Te gusta la escuela...?

—Sí —contesté—, me gusta.

—Eso está muy bien —dijo—, un hombre educado puede llegar lejos en este mundo, puede ser cualquier cosa... tu madre está muy orgullosa y —miró la tierra bajo sus pies y la acarició con la bota como era su costumbre— nos enorgullece el trabajo que has hecho, Antonio. Todos tus tíos están complacidos. Ha sido bueno para nosotros que uno de los hijos de María haya venido a trabajar aquí. Queremos que sepas que siempre habrá un lugar para ti entre nosotros. Deberás elegir lo que vas a hacer cuando seas un hombre, pero si alguna vez decides que vas a ser campesino, serás bienvenido aquí, esta tierra que fue de tu madre será tuya...

Quise darle las gracias, pero cuando estaba por responderle, mi tío Juan llegó corriendo en dirección nuestra. Mi tío Juan nunca se apuraba por motivo alguno, así que desviamos nuestra atención hacia él, sabiendo que algo importante había sucedido. Cuando me vio con mi tío se detuvo y le hizo una seña.

—Pedro, ¿puedo verte un momento? —gritó excitado.

—¿Qué sucede, hermano Juan? —preguntó mi tío Pedro.

—Problemas —mi tío Juan bajó su voz ronca, pero ésta me llegó y pude oírlo—. ¡Problemas en el pueblo! La hija de Tenorio, la que ha estado enferma y consumiéndose... ¡La muerte ha venido por ella!

—Pero, ¿cuándo? —preguntó mi tío, que volteó y se quedó mirándome.

—Creo que sucedió justamente después de que llegamos a los campos. Lo acabo de oír de Esquivel. Lo encontré en el puente. Dice que el pueblo está alebrestado...

—¿Cómo? ¿Por qué? —preguntó mi tío Pedro.

—¡Tenorio llevó el cuerpo al pueblo y, como un loco, puesto que lo es, lo tendió en la barra de la cantina!

—¡No! —jadeó mi tío—, ¡ése hombre está loco!

—Bueno ésa es una verdad que no nos concierne —concordó mi tío Juan—, pero lo que sí me preocupa es que el hombre ése ha estado bebiendo todo el día y aullando su venganza en contra de la curandera, de Última.

Cuando oí eso, se me erizó el cabello de la nuca. Yo había visto al demonio de Tenorio asesinar a Narciso y ahora quién podía decir lo que haría para vengar la muerte de su hija. No había pensado en Tenorio durante todo el verano, aunque el hombre vivía en la negra meseta río abajo y tenía la cantina en el pueblo, pero ahora estaba aquí otra vez, cavilando para traer otra tragedia a mi vida. Sentía latir muy fuerte el corazón, aunque no me había movido de donde estaba.

Mi tío Pedro se quedó mirando al suelo largo rato. Finalmente dijo:

—Última ayudó a que nuestro hermano recobrara la vida... una vez antes, ella necesitó ayuda y no hicimos nada. Esta vez tengo que actuar...

—Pero a papá no le va a gustar...

—... que intervengamos —terminó la frase mi tío Pedro. Nuevamente volteó y me miró—. Estamos endeudados con ella por salvar la vida de nuestro hermano. Es una deuda que gustosamente voy a pagar.

—¿Qué harás? —preguntó mi tío Juan. Su voz estaba tensa. No estaba obligado a actuar, pero tampoco interferiría.

—Me llevaré al niño, nos iremos a Guadalupe hoy en la noche... ¡Hey, Antonio! —me llamó, y me acerqué a ellos. Se sonrió conmigo—. Oye, algo ha sucedido. No es una gran emergencia, pero debemos ayudar a una amiga. Nos iremos a Guadalupe inmediatamente después de cenar. Mientras tanto, ya que sólo quedan unas cuantas horas de trabajo, ve a la casa de tu abuelo y empaca tus cosas. Si alguien pregunta por qué regresas temprano, diles que te dieron unas horas libres por tu buen trabajo, ¿eh? —sonrió.

Asentí. El hecho de que mi tío fuese a Guadalupe esa noche para decir lo que había pasado con Tenorio me quitó un poco la ansiedad. Sabía que mi tío trataba el asunto a la ligera para no alarmarme, y además, si Tenorio estaba bebiendo, pasaría mucho tiempo antes de que sintiera valor suficiente para tomar acción. Para esa hora, mi tío y yo estaríamos en Guadalupe, y Última estaría a salvo con mi tío y mi padre ahí. También dudaba que Tenorio fuera a nuestra casa en Guadalupe. Sabía que si volvía a traspasar nuestras tierras, mi padre lo mataría.

—Muy bien, tío —dije. Le di el rastrillo que había estado utilizando para las hierbas.

—¡Hey!, ¿sabes el camino? —gritó mientras yo brincaba la acequia.

—Por supuesto —contesté. Todavía hablaba a la ligera, para no despertar mis sospechas.

—Vete derecho a la casa de tu abuelo... descansa. Nosotros llegaremos en cuanto terminemos este campo y juntemos las herramientas.

—¡Adiós! —grité y di vuelta en el camino. Una vez que el camino dejaba atrás la orilla del río, se hacía muy arenoso. Un mezquite exuberante y verde bordeaba el camino, y no dejaba ver el horizonte. Pero al oeste pude ver que el sol de verano ya iba en descenso, esperando en su propia luz cegante, mientras se casaba con la noche. Caminaba despacio, sin preocupación alguna, sin tener la más leve idea de lo que la noche me revelaría. El hecho de volver a mi casa en unas cuantas horas me llenaba de entusiasmo y me relajaba tanto que ni siquiera pensaba en lo que podría hacer Tenorio. Mientras caminaba recogí vainas maduras de mezquite y las masqué para probar su dulce jugo.

A un kilómetro de los campos de mis tíos el angosto sendero para carretas daba vuelta hasta encontrarse con el camino que cruzaba el puente y llegaba al pueblo. Ya podía ver, en la puesta de sol, las tranquilas casas de adobe al otro lado del río. El río estaba crecido y abultado con agua lodosa y cosas que arrastraba, así que al cruzar el angosto puente de madera, mi atención se fijó en las rugientes aguas. Pero no fue sino hasta que el jinete casi me atropella, que me di cuenta de él. Las pezuñas del caballo pateaban golpes reverberantes que se mezclaban con el estruendoso sonido del río y su clamor se hizo muy fuerte al llegar hasta donde yo estaba.

—¡Cabroncito! ¡Hijo de la bruja! —dijo el oscuro jinete y espoleó al caballo negro para que me arrollara. Era Tenorio, borracho de whisky y odio, queriendo de verdad arrollarme... El temor me mantuvo inmóvil durante largos y agonizantes segundos, hasta que el instinto me hizo brincar a un lado en el último momento. El enorme caballo asesino pasó como bólido, pero el pie de Tenorio me pegó y me mandó rodando al suelo del puente.

—¡Corre! ¡Corre! ¡Corre! —gritó el loco y volvió a espolear su caballo para que regresara y me arrollara—. ¡Te tengo donde quiero, hijo de la chingada bruja! —gritó iracundo. Golpeó tan salvajemente al caballo, que la sangre le salía a borbotones por las heridas que tenía en los flancos. El aterrorizado animal gemía de dolor, y relinchaba, con sus pezuñas pateando al aire. Rodé, y las pezuñas cayeron junto a mí. Me hubiera forzado a tirar por un lado del puente, si yo no me abalanzo a agarrar las riendas. El jalón del caballo me puso en pie. Le pegué en la nariz tan fuerte como pude, y cuando volteó, le pegué en los flancos, sensibles por las espuelas que le habían abierto profundas cortadas. El caballo giró y relinchó.

—¡Ay, Diablo! ¡Diablo! —gritó Tenorio y trató de controlar al caballo.

El alebrestado animal trataba de tirar al hombre que lo atormentaba y que le impedía regresar al pueblo, así que corrí en dirección opuesta. Al acercarme al final del puente oí el sonido de las pezuñas y de las salvajes maldiciones de Tenorio. Sabía que si me quedaba en el camino que iba de regreso a los campos de mis tíos quedaría atrapado, y Tenorio me arrollaría, así que al sentir el aliento caliente del caballo en mi cuello, brinqué a un lado y rodé abajo, hacia la orilla del río. Caí de cabeza en la maleza, junto a la ribera arenosa, y me quedé muy quieto.

Tenorio le dio vuelta a su caballo asesino y llegó a la orilla de la ribera, mirando hacia abajo. Yo lo alcanzaba a ver por entre las gruesas ramas, pero él no me podía mirar. Sabía que no podría perseguirme con su caballo por la maleza, pero no adivinaba si se iba a bajar de él y me perseguiría a pie. El caballo, sudado, pateaba nerviosamente a la orilla de la ribera mientras el maléfico ojo de Tenorio me buscaba entre las plantas.

—¡Espero que te hayas quebrado el cuello, pequeño bastardo! —se agazapó en su silla de montar y escupió hacia abajo.

—¡Óyeme, cabroncito! —gritó—. ¡Espero que te pudras en ese agujero como tu bruja se va a podrir en el infierno! —se reía horriblemente, con una risa que se oía por el camino desierto. No había nadie que me ayudara. Estaba atrapado de este lado del camino, alejado de mis tíos, con un río que estaba muy crecido como para cruzarlo a nado y llegar a salvo a la casa de mi abuelo.

—¡Los dos han sido una espina clavada en mi costado! —maldijo—, pero voy a vengar la muerte de mi hija. ¡Esta misma noche voy a vengar la muerte de mis dos hijas! ¡Es la lechuza! ¿Lo oyes, bastardo? La lechuza es el espíritu de la vieja bruja y hoy en la noche voy a mandar al infierno a ese miserable pájaro, como espero haberte mandado a ti... —y se reía como un loco, mientras el caballo enloquecido echaba sangre y espuma.

Al decir que la lechuza era el espíritu de Última tuvo sentido todo lo que yo sabía sobre Última y la lechuza. La lechuza era el espíritu protector de Última, el espíritu de la noche y de la luna, ¡el espíritu del llano! ¡La lechuza era su alma!

Una vez que ese pensamiento encajó entre los mil fragmentos de la memoria que volaban por mi mente, el dolor de los rasguños y de la piel raspada desapareció. El temor me dejó, o más bien el temor por mí se alejó y temí por Última. Comprendí que el maléfico Tenorio había encontrado la manera de hacerle daño a Última, y que haría cualquier cosa por dañarla. ¡Había tratado de pisotearme con su caballo casi a la vista del pueblo! Me metí entre la maleza y huí.

—¡Ay, cabroncito! —gritó al oír el ruido—, ¡así que todavía te arrastras! ¡Eso es bueno, los coyotes te destrozarán al devorarte esta noche...!

Corrí por la maleza con un solo pensamiento en la mente, llegar a ver a Última para advertirle lo que intentaba Tenorio... los gruesos arbustos me rasguñaban la cara y los brazos, pero corrí tan rápido como pude. Mucho tiempo después, pensé que de haberme esperado y haber ido con mis tíos, o si de alguna manera hubiera cruzado el puente y advertido a mi abuelo lo que pasaba, las cosas habrían resultado de otra manera. Pero estaba asustado y creí que podría correr las diez millas hasta Guadalupe, sabiendo que de este lado del río llegaría casi directamente a los montes donde estaba enclavado mi hogar. La única otra cosa que pensé fue en la manera en que Narciso había corrido locamente por la tormenta de nieve para avisarle a Última, y hasta ahora comprendía el sacrificio al que se vio obligado. Para nosotros, Última personificaba la bondad y cualquier riesgo en defensa de la bondad era bueno. Era la única persona que yo había visto derrotar a la maldad, donde todo lo demás había fallado. El amor a las personas que ella poseía, decía mi padre, había derribado todos los obstáculos.

—Corrí muchas millas hasta que ya no pude más, y caí al suelo. Mi corazón latía con tal fuerza que mis pulmones se quemaban, y en el costado sentía clavado un dolor agudo. Durante largo rato permanecí tirado; jadeaba tratando de respirar mientras rezaba para no morir de dolor antes de poderle advertir del peligro a Última. Cuando hube descansado y pude correr otra vez, agarré mi paso para no rendirme como había sucedido con la primera carrera alocada. La segunda vez que me detuve a descansar, vi al sol meterse en llamas detrás de las copas de los árboles, y las espesas y pesadas sombras trajeron el anochecer. Un estado de melancolía se esparció por el río, y después de que cesaron los gritos de los pájaros que se acomodaban para descansar, un extraño silencio invadió el río.

Cuando cayó la oscuridad tuve que dejar la maleza y correr por los montes, por la línea de la arboleda. Sabía que si dejaba el contorno del río podía ahorrarme una o dos millas, pero tenía miedo de perderme en los montes. La Luna salía por el este sobre mis hombros, y me alumbraba el camino. En una ocasión me topé con un pedazo de tierra lodosa del río, y lo que parecía tierra sólida, con la luz de la luna resultó ser tierra pantanosa. El lodo me chupó hacia adentro y llegó casi a la cintura antes de poder soltarme. Exhausto y tembloroso me fui gateando hasta llegar a tierra sólida. Mientras descansaba sentí la tristeza de la noche asentarse en el río. La oscura *presencia* del río era como algo que me rodeaba, llamándome. Los grillos cantaban y el suspiro del viento en los árboles murmuraba el llamado del alma del río.

Luego escuché una lechuza que con su canto daba la bienvenida a la noche, y eso me recordó mi propósito. El grito de la lechuza revivió la amenaza de Tenorio:

—¡Esta misma noche vengaré la muerte de mis dos hijas! La lechuza es el espíritu de la vieja bruja...

Era cierto que la lechuza era el espíritu de Última. Había llegado con Última, y al traer los hombres la maldad a nuestros montes, la lechuza se quedó velando por nosotros, protegiéndonos. Me guió hasta la casa desde el lugar donde había muerto Lupito. Cegó a Tenorio la noche que había venido a hacerle daño a Última. También había alejado a los animales que aullaban la noche que curamos a mi tío, y había estado presente cuando se eliminó la miseria de la familia Téllez.

La lechuza siempre había estado allí. Cantó la noche que mis hermanos llegaron a la casa, procedentes de la guerra, y a veces la veía en mis sueños, guiándoles los pasos cuando tropezaban por las calles de las ciudades lejanas. Mis hermanos, pensé, ¿los volveré a ver algún día? Si mi sangre de mar me llevaba a vagar lejos de mi río y de mi llano, quizá los encontraría en una de esas resplandecientes calles de sus ciudades encantadas... ¿y los abrazaría y les diría que los amaba?

Proseguí con una nueva resolución. Corrí para salvar a Última y conservar esos momentos en que la belleza, mezclándose con la tristeza, fluían por mi alma como un río del tiempo. Dejé el río y corrí a través del llano. Me sentía ligero como el viento, mientras mis pasos acompasados me llevaban a la casa. Yo no sentía el dolor de mi costado ni las espinas de cactus ni las agujas de la yuca que me laceraban las piernas y los pies.

La luna llena de la cosecha subía por el este y bañaba el llano con su luz. Había tocado suavemente a la puerta del valle de mis tíos, quienes sonriéndole la admitieron. ¿Sonreirían cuando se enteraran que yo dudaba del Dios de mis antepasados, del Dios de los Luna, y supieran que yo alababa la belleza de la carpa dorada?

¿Correría otra vez como niño, como un cabrito salvaje que hace sonar las piedras en el sendero de las cabras? ¿Volvería a luchar con el loco de Caballo y el salvaje Huesos? ¿Qué sueño se formaría para guiar mi vida de hombre? Estos pensamientos se agolpaban en mi mente, hasta que vi las luces del pueblo, al otro lado del río. Había llegado. Justo adelante estaban las lomas, manchadas de enebros, que conocía tan bien.

El corazón, que me latía con mucha fuerza, revivió al verlos, y con una ola de velocidad, me impulsé hacia adelante y llegué hasta arriba de la suave loma. Desde ahí podía ver nuestra casa, agazapada. Había una luz que se percibía a través de la puerta de la cocina, y desde donde yo estaba podía ver la silueta de mi padre. Todo estaba tranquilo. Me detuve para recobrar el aliento, y por primera vez dejé de correr y caminé. Estaba agradecido de llegar a tiempo.

Pero la tranquilidad de la noche era falsa. Fue sólo un momento de serenidad, que duró nada más el tiempo que tardé en suspirar de alivio. Un camión venía saltando por el sendero de las cabras y paró rechinando los frenos frente a la puerta de la cocina.

—¡Antonio! ¿Ya llegó Antonio? —escuché gritar a mi tío Pedro.

—¿Qué? ¿Qué sucede? —mi padre apareció en la puerta. Última y mi madre permanecían detrás de él.

Estaba por gritarles, contestando que me encontraba bien, cuando vi una sombra en acecho bajo el enebro.

—¡Aquí! —grité— ¡Tenorio está aquí! —me helé cuando Tenorio volteó y me apuntó con el rifle.

—¡Espíritu de mi alma! —escuché la orden de Última sonar en el aire tranquilo de la noche, y un aleteo rodeó a Tenorio.

Maldijo y disparó. El estruendoso sonido del rifle se dejó oír, seguido de un destello de fuego, que destruyó la paz callada de la luz de la luna en la loma, y deshizo mi niñez en mil fragmentos que hace mucho tiempo dejaron de caer y son ahora reliquias polvorientas recogidas en recuerdos distantes.

—Última —grité.

Mi padre corrió hasta arriba de la loma, pero mi tío Pedro, que había permanecido en el camión, pasó junto a él. Las luces del camión mostraron a Tenorio de rodillas, con las manos buscando algo en el suelo, al pie del árbol.

—¡Aiiiiiieeeee! —gritó como un monstruo, cuando encontró el objeto que buscaba. Brincó y agitó sobre su cabeza el cuerpo muerto de la lechuza de Última.

—No —gemí cuando vi las plumas revueltas y ensangrentadas—, ¡Oh, dios! No...

—¡Yo gano! ¡Yo gano! —aullaba y bailaba—, he matado a la lechuza con una bala moldeada por el Príncipe de la Muerte... —me gritó—, ¡la bruja ha muerto, mis hijas han sido vengadas! ¡Y tú, cabroncito, que te escapaste de mí en el puente, la seguirás al infierno! —tomó puntería con su maléfico ojo centelleando por el barril del rifle. Apuntó a mi frente y escuché el disparo.

Hubo un ruido ensordecedor y esperé a que las alas de la muerte me recogieran y me llevaran con la lechuza. Pero en vez de eso vi la cabeza de Tenorio que se torció, tomándolo por sorpresa; después soltó la lechuza y el rifle, y se agarró el estómago. Volteó despacio y vio a mi tío Pedro parado en el escalón del camión. Sostenía la pistola humeante, apuntando todavía hacia Tenorio, pero no se necesitaba un segundo disparo. La cara de Tenorio se torcía con el dolor de la muerte.

—Aiiiiiiiieeee —gimió y cayó al polvo.

—Ojalá y tus malditas acciones lleven tu alma al infierno —escuché a mi tío Pedro murmurar al tirar la pistola al suelo—, y que Dios me perdone...

—¡Antonio! —mi padre llegó corriendo en medio del polvo y el humo. Me cargó y me alejó de ahí—. Ven, Antonio —me dijo.

—Sí, papá —asentí, pero no pude dejar la lechuza. Fui al lado de Tenorio y cuidadosamente levanté la lechuza de Última. Había rezado porque estuviera viva, pero la sangre ya casi no fluía. La muerte se la llevaba en su carroza. Mi tío me dio un cobertor que traía en el camión y la envolví con él.

—¡Antonio! ¡Antonio, mi hijito! —escuché los desesperados gritos de mi madre, y sentí que me abrazaba y que sus cálidas lágrimas caían en mi cuello. —¡Ave María Purísima!

—¿Última? —pregunté—, ¿dónde está Última?

—Pues creí que estaba conmigo —mi madre se volvió y miró la oscuridad.

—Debemos ir con ella...

—Llévatelo —dijo mi padre—, está a salvo. Pedro y yo iremos por el alguacil...

Mi madre y yo bajamos el monte tropezándonos. No creía que ella o mi padre comprendieran lo que significaba la muerte de la lechuza, y yo, que compartía el misterio con Última, me estremecí pensando en lo que podría encontrar.

Llegamos muy apurados, a la casa.

—¡Mamá! —gritó Débora. Abrazaba a Teresa que estaba temblando.

—Está bien —les aseguró mi madre—, ya pasó todo.

—Llévalas a su cuarto —le dije a mi madre. Era la primera vez que le hablaba a mi madre como hombre. Asintió y obedeció.

Entré suavemente a la habitación de Última. Solamente ardía una vela en el cuarto, y por su luz pude ver a Última acostada en la cama. Puse la lechuza a su lado y me hinqué.

—La lechuza está muerta... —fue todo lo que logré decir. Le quería decir que había tratado de llegar a tiempo, pero no pude hablar.

—No está muerta —sonrió débilmente—, es sólo que va con sus alas a un nuevo lugar, a un nuevo tiempo... igual que yo, que estoy lista a emprender el vuelo...

—No puedes morir —grité. Pero en la tenue luz ondulante vi el color ceniza de la muerte en su cara.

—Cuando era niña —murmuró—, un viejo sabio me enseñó lo que sería el trabajo de mi vida; era un buen hombre. Me dio la lechuza y me dijo que ella era mi espíritu, mi unión con el tiempo y armonía del universo...

Su voz se oía ya muy débil y sus ojos estaban vidriosos por la cercanía de la muerte.

—Mi trabajo era hacer el bien —continuó—, yo tendría que curar a los enfermos y enseñarles el camino de la bondad. Pero no debería interferir con el destino de ningún hombre. Los que practican la maldad y la brujería no comprenden esto. Crean la desarmonía, y al final ésta toma y destruye la vida... Con la muerte de Tenorio y la mía, la interferencia se acabará, y la armonía quedará reconstruida. Eso es el bien... no le guardes rencor... acepto mi muerte porque acepté trabajar para la vida...

—Última —quería gritarle—, no te mueras, Última —quería alejar la muerte de Última y de la lechuza.

—Shhhhhh —murmuró, y cuando me tocó, me calmé—. Hemos sido buenos amigos, Antonio, no dejes que mi muerte disminuya nuestra amistad. Ahora quiero pedirte un favor. Mañana deberás limpiar mi habitación. Al salir el sol, debes recoger mis medicinas y mis hierbas y las debes llevar hasta el río y quemarlas todas...

—Sí —le prometí.

—Ahora llévate la lechuza, ve al oeste, a los montes, hasta que encuentres un enebro cuyo tronco se abre en dos, y allí la enterrarás. Ve rápidamente...

—Grande —la llamó mi madre desde afuera.

Caí de rodillas.

—Bendíceme, Última...

Su mano tocó mi frente y sus últimas palabras fueron:

—Te bendigo en nombre de todo lo que es bueno y fuerte y bello, Antonio. Ten siempre la fuerza para vivir. Ama la vida, y si la desesperanza entra en tu corazón, búscame al anochecer cuando el viento esté tranquilo y se oiga el canto de las lechuzas en los montes. Estaré contigo...

Recogí la lechuza y salí de la habitación sin ver para atrás. Pasé junto a mi madre, que estaba preocupada, y entonces me gritó; después corrió a atender a Última. Partí hacia la oscuridad de los tranquilos montes. Caminé durante largo rato, a la luz de la luna, y cuando encontré el enebro caí de rodillas y con las manos cavé un agujero lo suficientemente grande para enterrar a la lechuza. La coloqué en su tumba y le puse encima una piedra grande para que los coyotes no la fueran a escarbar. En seguida tapé el agujero con la tierra del llano. Cuando me puse de pie sentí que por las mejillas me rodaban lágrimas calientes.

A mi alrededor, parecía que las piedritas del llano brillaban con la luz de la luna y en el cielo de la noche, un millón de estrellas centelleaban. Al otro lado del río podía ver las luces del pueblo. En una semana regresaría a la escuela, y como siempre, estaría corriendo por el sendero de las cabras y cruzaría el puente para ir a la iglesia. Algún día, en el futuro, tendría que construir mi propio sueño con todas las cosas que habían sido parte importante de mi niñez.

Escuché el aullido de una sirena, por alguna parte, cerca del puente, y supe que mi padre y mi tío regresaban con el alguacil. Tenorio —que estaba muerto y se había inmiscuido en el destino de Narciso—, y Última, serían alejados de los montes. Pensé que no podían castigar a mi tío Pedro por la muerte de ese hombre. Me había salvado la vida y quizá, de haber llegado antes, habríamos salvado a Última. Pero era mejor no pensar así. Última había dicho que debíamos tomar fuerza de las experiencias de la vida, no debilidades.

Mañana, las mujeres que vinieren al funeral de Última, ayudarían a mi madre a vestirla de negro, y mi padre le haría un buen ataúd de pino. Los dolientes traerían comida y bebida y por la noche habría un largo velorio, tiempo para recordarla. En dos días tendríamos que celebrar la misa de cuerpo presente y llevaríamos su cuerpo a Las Pasturas para sepultarla en el cementerio. Pero todo eso sólo sería una ceremonia que las costumbres ordenaban. Última realmente quedaría enterrada aquí. Esta noche.